Meurtres et charlotte aux fraises

Hannah resta quelques secondes à contempler les éclats de lumière sur le métal. Ce marteau faisait désordre mais ne signifiait rien en soi. Boyd aurait très bien pu s'en servir pour bricoler et oublier de le remettre en place.

« Il est… il est par là », gémit Danielle en l'entraînant vers le Grand Cherokee de son mari.

En approchant, Hannah repéra tout près de la roue arrière le couvercle en plastique de son plat à gâteau. Il dépassait légèrement, comme s'il avait roulé sous le châssis. Encore quelques pas et Hannah poussa un cri étouffé. L'homme qui avait si souvent mené à la victoire l'équipe de basket du lycée Jordan gisait dans une matière visqueuse constituée de pâte à biscuit, de crème Chantilly et de fraises écrasées.

Sa première pensée fut pour sa pauvre charlotte. Quel dommage. Danielle se serait régalée. Puis elle sentit un nœud se former au fond de sa gorge. Les fluides rouges répandus sur le ciment ne provenaient pas des fraises écrasées mais du crâne défoncé de Boyd. L'homme était mort. Pour elle, cela ne faisait aucun doute. On ne pouvait pas perdre une telle quantité de sang et rester en vie.

DU MÊME AUTEUR
AU CHERCHE MIDI :

Meurtres et pépites de chocolat

À PARAÎTRE
AU CHERCHE MIDI :

Meurtres et muffins aux myrtilles
Meurtres et tarte au citron meringuée

Joanne Fluke

Meurtres et charlotte aux fraises

Les enquêtes d'Hannah Swensen : 2

Traduit de l'anglais (États-Unis)
par Florianne Vidal

le cherche midi

Vous pouvez consulter notre catalogue général
et l'annonce de nos prochaines parutions sur notre site :
www.cherche-midi.com

Directeur de collection : Arnaud Hofmarcher
Relecture : Hubert Robin

Titre original : *Strawberry Shortcake Murder (A Hannah Swensen Mystery)*
Éditeur original : Kensington Publishing Corp.

92, avenue de France
75013 Paris

Mis en pages par Nord Compo
Dépôt légal : avril 2021
ISBN 978-2-7491-6447-2

À mes enfants.
Vous vouliez les recettes de vos desserts préférés.
Les voici sous la forme d'un roman.

Chapitre 1

Hannah Swensen se réveilla en sursaut. Elle avait entendu un bruit, comme si un objet était tombé par terre. Étant donné qu'elle vivait seule, cela voulait dire que quelqu'un avait pénétré dans son appartement. Elle se redressa dans son lit, saisit la première chose qui se présenta puis réalisa, à travers les brumes du sommeil, qu'un oreiller en plumes d'oie ne suffirait pas à repousser un intrus. Avant de passer à l'action, elle devait commencer par émerger. C'est alors qu'un deuxième bruit retentit dans la cuisine. Cette fois, un raclement sur le lino.

Hannah plissa les yeux, mais il faisait si sombre qu'on distinguait seulement un trait pâle autour de la fenêtre. Allumer la lampe de chevet n'aurait servi qu'à s'exposer davantage, songea-t-elle avant d'opter pour une autre solution. Très discrètement, elle sortit de son lit douillet et, sur la pointe des pieds, alla chercher la batte de base-ball qu'elle gardait en vue dans un coin de sa chambre depuis la nuit où elle avait cru que l'assassin de Ron LaSalle la guettait au bas de son immeuble. Une terrible expérience qui avait connu un heureux dénouement puisque l'assassin en question était désormais derrière les barreaux.

Hannah s'engagea dans le couloir, les deux mains crispées sur le manche en bois. De la cuisine provenait toujours le même raclement. Une personne moins courageuse qu'elle aurait composé le 911 sur le poste de la chambre, mais Hannah n'était pas du genre à se terrer au fond d'un placard en attendant que la police débarque. En plus, elle était furieuse à l'idée qu'un inconnu se soit permis de violer son domicile. Elle avait sur lui l'avantage de connaître les lieux par cœur et de ne faire aucun bruit, pieds nus sur la moquette. Avec un peu de chance, et à condition que son swing se soit amélioré depuis le collège, elle parviendrait à l'assommer avant qu'il réalise ce qu'il lui arrivait.

Une faible lumière filtrait entre les stores de la cuisine. Hannah passa la tête mais ne vit rien. Pas de silhouette sombre se découpant sur le mur du fond, pas de forme inquiétante tapie sous la table. En revanche, elle percevait nettement des claquements de mandibules et autres bruits de déglutition. Un cambrioleur qui entrait chez les gens pour assouvir une fringale nocturne ? Hannah franchit le seuil en soulevant légèrement sa batte, fit encore un pas, puis deux, et vit une paire d'yeux jaunes tout ronds flotter à vingt centimètres du sol, près du frigo. « Moshe », souffla-t-elle, soulagée. Elle avait bêtement laissé un pot d'herbe à chat sur le plan de travail en allant se coucher, tout à l'heure.

Hannah fit demi-tour et regagna sa chambre en se disant qu'elle nettoierait les dégâts plus tard. Derrière elle, son gros matou orange continuait à mâchouiller en ronronnant. À quoi bon le gronder, songea-t-elle. Le mal était fait, et, de toute façon, il se fichait éperdument de ce qu'elle pouvait dire. C'était un chat, et tous les chats se comportaient ainsi.

Elle se recoucha, mais à peine eut-elle fermé les yeux – du moins lui sembla-t-il – que son réveil se mit à sonner. Après vérification, Hannah dut se rendre à l'évidence : il était 6 heures du matin. Alors, en pestant plus que d'habitude, elle coupa l'alarme d'un geste rageur, alluma sa lampe de chevet, bâilla à s'en décrocher la mâchoire et entreprit de masser sa nuque endolorie. Moshe ronflait auprès d'elle, voluptueusement lové au creux de l'oreiller qu'il lui avait chipé durant la nuit, d'où les crampes qu'elle avait au cou.

Hannah poussa un grand soupir et, comme chaque matin, récapitula mentalement les mille et une choses qu'elle avait prévu de faire dans la journée. Un exercice d'autant plus pénible qu'elle s'était couchée tard la veille. Mike Kingston, le bras droit du shérif du comté de Winnetka, l'avait emmenée à une réception organisée à l'auberge de Lake Eden, et la fête avait duré jusqu'à minuit.

« Allez, Moshe, bouge de là. » Hannah se tourna vers le gros chat qu'elle avait tiré du ruisseau quelques mois auparavant et le souleva pour récupérer son oreiller. Après quoi elle enfila la paire de mules fourrées qui l'attendait au bas de son lit et mit le cap sur la cuisine. Pour elle, le café était une nécessité vitale, surtout à une heure pareille ; le minuteur branché sur la cafetière était réglé de manière que le divin breuvage soit prêt dès son lever. Au mois de décembre dans le Minnesota, on ne faisait guère la distinction entre la nuit et l'aube. En fait, il faudrait encore attendre quatre-vingt-dix minutes pour voir le soleil pointer à l'horizon. Hannah venait d'allumer la série de néons qui transformaient sa cuisine immaculée en salle d'opération quand le téléphone sonna. Sachant qu'une seule personne était susceptible de l'appeler si tôt, Hannah décrocha en gémissant. « Bonjour, maman. »

Comme il fallait s'y attendre, Delores Swensen avait hâte de savoir comment s'était passé son rendez-vous avec Mike. Hannah lui en fit un compte rendu succinct tout en se versant une première tasse. Elle se brûla presque mais tant pis, elle avait trop besoin de caféine. D'ailleurs, que dire de cette soirée à l'auberge de Lake Eden, à part que Mike était passé la chercher, qu'ils avaient fait la connaissance des candidats inscrits au concours du meilleur pâtissier organisé par les farines Hartland, qu'ils avaient grandement apprécié le buffet, et qu'après avoir écouté le discours inaugural de Clayton Hart, le patron des farines Hartland, elle avait regagné sa boutique pour préparer la pâte des cookies qu'elle devait cuire le lendemain matin ?

« Et voilà. Mike a été très gentil, et j'ai passé un bon moment. »

Hannah coinça le combiné entre sa joue et son épaule, attrapa un balai et se mit en devoir de réparer les bêtises de son chat. Il ne restait plus un seul brin d'herbe parmi la terre répandue et les tessons de céramique disséminés sur le lino. Moshe avait tout englouti. Quand elle eut repoussé les débris dans un coin, et devant l'insistance du matou qui se frottait vigoureusement contre ses chevilles, elle ouvrit une boîte de croquettes. Puis elle reprit le téléphone à temps pour répondre à la question de Delores.

« Non, maman. Mike n'a pas parlé mariage. Le sujet n'a même pas été évoqué. »

Hannah leva les yeux au ciel tout en versant les croquettes dans le bol Garfield qu'elle avait trouvé chez Helping Hands, la boutique de charité de Lake Eden. Pour Delores, une femme de presque trente ans se devait d'être mariée, sinon c'était une preuve de mauvaise volonté. Hannah ne partageait nullement cette opinion, surtout en ce qui la concernait personnellement. Pour l'instant, elle n'avait aucune intention de se marier et elle ignorait si elle en aurait envie un jour.

« Écoute, maman... » Hannah fit de son mieux pour demeurer aimable. « Il n'y a rien de mal à rester célibataire. Je suis indépendante, mes affaires vont bien, je suis propriétaire de mon appartement et j'ai des tas d'amis. Attends une seconde, il faut que je donne de l'eau à Moshe. »

Hannah laissa le combiné sur le comptoir, ouvrit le robinet, remplit le bol à ras bord, le posa près de la gamelle et murmura à l'intention de son chat : « Tu vas voir, je vais avoir droit au couplet sur les bébés. Je ferais bien d'évacuer le sujet tout de suite. » Elle reprit le téléphone. « Ce n'est pas comme si j'étais pressée d'avoir des enfants, maman. J'ai déjà Tracey et je la vois presque tous les jours. De toute façon, entre ma boutique et les buffets que j'organise à droite et à gauche, je n'aurais pas le temps de m'en occuper correctement. »

Hannah se versa une deuxième tasse de café en écoutant d'une oreille distraite Delores débiter des arguments mille fois ressassés. Tracey était sa nièce, pas sa fille. Hannah ne savait pas ce qu'elle ratait. Il n'y avait rien de plus beau que de tenir dans ses bras la chair de sa chair... Quand sa mère aborda le chapitre de l'horloge biologique, Hannah regarda sur le mur de sa cuisine la pendule en forme de pomme qu'elle avait trouvée chez Helping Hands, elle aussi. Il était temps de clore cette conversation, songea-t-elle. Mais l'exercice était périlleux, madame mère ayant horreur qu'on interrompe ses envolées.

« Je dois y aller, maman. J'ai promis d'être au lycée Jordan dans moins d'une heure. »

Il en fallait davantage pour détourner Delores de son objectif prioritaire. Surtout qu'elle avait encore une information essentielle à lui communiquer : d'après elle, Mike Kingston n'était pas intéressé par le mariage. Pour le coup, Hannah ne put lui donner tort. Mike avait perdu son épouse deux ans auparavant dans des circonstances tragiques et n'avait pas hâte de se remarier. Les choses auraient pu en rester là, mais Delores rembraya sur Norman Rhodes, le dentiste de Lake Eden. Et là, Hannah sentit sa patience l'abandonner. Depuis que Norman s'était installé dans leur ville et avait repris le cabinet de son défunt père, sa mère Carrie et la sienne conspiraient dans le but de les caser ensemble.

« Écoute, je sais que tu t'entends bien avec Carrie, mais vous perdez votre temps toutes les deux, s'empressa-t-elle de préciser avant que Delores ne recommence à énumérer les qualités du gendre qu'elle s'était choisi. J'aime bien Norman. Il est sympa, intelligent, plein d'humour. Mais nous sommes amis, rien de plus. »

Et comme Delores ne lâchait toujours pas, Hannah se servit d'une méthode mise au point par sa sœur cadette, Andrea. Elle appuya deux fois sur le clapet du téléphone en disant :

« Oups, je crois qu'il y a un problème sur la ligne. Si jamais ça coupe, je te rappellerai plus tard, depuis la boutique. »

Puis elle démarra une phrase et raccrocha brusquement. Hannah laissa passer quelques secondes et, quand elle fut certaine que sa mère ne rappellerait pas, esquissa un petit sourire satisfait. Selon Andrea, cette méthode marchait à tous les coups. Et visiblement, elle avait raison.

Vingt minutes plus tard, Hannah sortait de la douche. Elle enfila un jean râpé – qui semblait avoir un peu rétréci à la taille depuis qu'elle l'avait acheté – et un sweat beige marqué *JE VEUX DES COOKIES* sur le devant en grosses lettres rouges. Elle adorait le rouge mais n'avait jamais trouvé la nuance qui allait avec ses cheveux.

Après avoir rempli une dernière fois la gamelle de Moshe et ajouté deux ou trois friandises à base de saumon frais – lisait-on sur l'emballage –, Hannah se dépêcha de descendre au sous-sol où était garé le break rouge cerise dont elle avait fait l'acquisition en ouvrant sa pâtisserie, deux ans auparavant. Elle avait fait peindre en lettres dorées le nom de sa boutique, Le Cookie Jar sur les portières avant et s'était procuré une plaque d'immatriculation personnalisée marquée *COOKIES*. Une publicité ambulante, disait chaque année Stan Kramer, l'unique comptable de Lake Eden, quand il s'occupait de sa déclaration de revenus.

Hannah entamait une marche arrière quand elle entendit un cri. C'était Phil Plotnik, le voisin du rez-de-chaussée. Le voyant agiter les bras, elle s'arrêta net et le regarda se diriger vers l'avant de son véhicule pour décrocher le câble du chauffe-moteur resté branché sur l'une des prises fixées au mur du garage. Hannah le remercia d'un signe de tête, leva le pouce et attendit qu'il enroule le câble autour du pare-chocs. Chaque hiver, elle en arrachait un ou deux avant de se faire à l'idée que son break était branché. Phil venait de lui épargner des frais inutiles.

Il ne neigeait pas quand elle émergea dans l'obscurité glaciale au sortir de la rampe d'accès, mais les flocons tombés durant la nuit volaient devant ses phares, soulevés par les rafales de vent. Elle dut baisser sa vitre pour pouvoir ouvrir la barrière en bois au moyen de sa carte magnétique, et un courant d'air glacé en profita pour envahir l'habitacle avec un sifflement rageur. Hannah frissonna et releva le col en fourrure de sa parka. Un petit moins six degrés, à vue de nez.

Le chauffage consentit à se mettre en route au moment où elle tourna pour s'engager sur Old Lake Road. Il lui faudrait patienter encore cinq bonnes minutes pour que la température devienne acceptable. Hannah garda son col relevé mais retira le gant de sa main droite et attrapa le sac de cookies posé sur la banquette.

Hannah ne vendait que des cookies cuits le jour même. Ceux qui étaient dans le sac dataient de la veille. Chaque soir, avant de fermer sa boutique, elle rassemblait les invendus et les stockait à l'arrière de son véhicule pour les distribuer aux amateurs. Ainsi, elle ne gaspillait rien et faisait des heureux. Les habitants de Lake Eden célébraient sa générosité, les petits enfants l'appelaient la « Dame aux Cookies », et il fallait les voir sourire béatement quand le break rouge cerise s'arrêtait près d'eux, le long du trottoir. Hannah partait du principe que chaque cookie offert pouvait lui amener un nouveau client, surtout si un écolier rentrait chez lui en vantant les mérites de ses produits.

Hannah était justement en train de déguster un cookie de la veille quand elle aperçut les lumières de la laiterie Cozy Cow. Elle freina et s'arrêta au carrefour entre Old Lake Road et Dairy Avenue. Sous les projecteurs du quai de chargement, Pete Nunke vérifiait les marchandises qu'il venait de placer dans le fourgon de sa camionnette de livraison. Le feu passa au vert, Hannah démarra, le salua d'un petit coup de klaxon et poursuivit son chemin. Pete faisait bien son boulot, mais elle n'oublierait jamais le pauvre Ron LaSalle, son prédécesseur.

Dix minutes plus tard, Hannah pénétrait sur le parking du lycée Jordan. À 7 heures du matin, il n'y avait personne dans les parages. Elle choisit la meilleure place, devant l'entrée de l'auditorium. Une énorme bannière verte tendue au-dessus des portes annonçait le concours du meilleur pâtissier, organisé par les farines Hartland.

« Bonjour, Hannah. » Herb Beeseman, marshal de son état et seul membre des forces de l'ordre rétribué par la Ville, était déjà dans le hall. « Pile à l'heure. »

Hannah le salua aimablement et lui tendit le petit sac de cookies qu'elle lui destinait.

« C'est comme porter de l'eau à la rivière, mais ce sont tes préférés, des croustillants à la mélasse.

— Porter de l'eau à la rivière ? » répéta Herb, un peu décontenancé. Puis il éclata de rire. « J'ai compris. Tu penses que les candidats me désigneront comme leur goûteur attitré ?

— Je n'en serais pas étonnée. Après tout, il n'y a guère que toi dans le coin.

— Exact. » Cette perspective semblait le combler d'aise.

« Je ne peux pas quitter mon poste, mais M. Hart a dit que tu pouvais entrer directement. C'est allumé. »

Hannah eut une surprise en poussant les portes de l'auditorium. Cette grande salle lui était familière puisqu'elle avait fait ses études secondaires au lycée Jordan, et pourtant ce matin-là, elle la reconnaissait à peine. La scène qui servait habituellement aux représentations théâtrales était divisée en quatre parties égales par des cloisons amovibles d'environ un mètre de hauteur. Chaque espace ainsi créé abritait une cuisine rutilante entièrement équipée. Rien ne dépassait, ni les branchements électriques, ni les tuyaux dissimulés dans des gaines qui passaient sous le plateau. Tout était conçu pour qu'on puisse aisément démonter le décor à la fin des épreuves. M. Purvis, le proviseur du lycée Jordan, avait bien spécifié que le plancher de la scène ne devait subir aucun dommage.

Ayant gravi les quelques marches qui la séparaient des quatre cuisines identiques, Hannah prit le temps d'admirer les éviers, les lave-vaisselles, les fours et les frigos qui bourdonnaient dans le silence. Sur chaque plan de travail étaient disposés toutes sortes d'ustensiles flambant neufs. M. Hart avait promis d'offrir ces belles choses à la section arts ménagers du lycée Jordan quand le concours serait terminé. Il avait également promis de rénover la cantine scolaire durant l'été, un geste dont Edna Ferguson, la chef cuisinière, ne cessait de vanter l'incroyable générosité.

Il lui fallut un bout de temps pour tester les différents appareils et s'assurer que tous les candidats seraient logés à la même enseigne. Mais c'était son devoir en tant que première jurée. Quand elle eut tout vérifié, Hannah prit congé de Herb et se dépêcha de regagner son break. Il était

7 h 30, et son assistante, Lisa Herman, aurait besoin d'elle pour accueillir les clients qui, dès 8 heures, se presseraient au comptoir du Cookie Jar.

Hannah se gara dans la ruelle derrière la pâtisserie, près de la vieille voiture de Lisa, dont le pare-brise était recouvert d'une épaisse couche de glace. Sachant qu'il fallait bien deux heures pour parvenir à ce résultat, elle en déduisit que son assistante était arrivée très tôt.

Lisa finissait de sortir les plaques des fours. Elle glissa les cookies dans l'échelle pâtissière et s'essuya les mains sur la serviette accrochée au tablier drapé autour de son corps frêle. Conçu pour une personne de la taille de Hannah, il était tellement grand pour elle qu'elle devait le rouler plusieurs fois sur ses hanches pour ne pas marcher dessus.

« Salut, Hannah. Tu as pensé à brancher ton break ?

— Oui, Lisa. Tu es là depuis combien de temps ?

— Je suis arrivée à 5 heures. Je me suis dit que la préparation du concours risquait de te prendre du temps et je voulais que tout soit prêt pour l'ouverture. Les cookies sont cuits et j'ai fait le café. Tu peux aller te servir.

— Merci, j'en ai bien besoin. »

Hannah alla suspendre sa parka à l'un des crochets qui s'alignaient sur le mur du fond. Elle se dirigeait vers la porte battante séparant le fournil de la boutique proprement dite, quand elle se souvint du pot d'herbe à chat que Lisa lui avait donné pour Moshe.

« Au fait, dit-elle en se retournant. Moshe a adoré ton cadeau. Il n'en reste plus un brin.

— Tu l'as laissé à sa portée durant la nuit ?

— Oui. J'ai fait cette bêtise. » Hannah préféra garder pour elle l'histoire de la batte de base-ball. « Dis-moi, que deviennent tes fraises ? Elles sont mûres ? Sinon, j'irai en acheter des surgelées pour ce soir.

— Elles sont à point. Maintenant que je sais comment faire, j'en cultiverai chaque hiver. Si tu veux goûter, il y en a un bol dans le frigo.

— Non, merci. Je ne suis allergique qu'à une chose : les fraises. Donc tes cultures en serre sont une réussite ?

— Oui, du moins pour ce qui est des fraises et des tomates. C'est tout ce que j'ai pu récolter cette année. Tant mieux, parce que papa adore les clubs-sandwichs, et comme il ne se rappelle plus que les tomates du supermarché n'ont pas de goût en hiver...

— Tu les cultives à domicile, pour lui faire plaisir. C'est adorable de ta part. »

Hannah refit volte-face et partit en direction de la cafetière. Lisa avait renoncé à sa bourse universitaire pour s'occuper de son père, Jack Herman, affligé de la maladie d'Alzheimer. C'était dommage pour elle, mais Lisa avait pris cette décision en toute conscience et ne la regrettait pas.

Ayant allumé les lustres à l'ancienne, Hannah se dirigea vers la fontaine à café posée derrière le comptoir, se versa une tasse puis regagna le fournil pour jeter un œil sur les trois biscuits qu'elle avait cuits deux jours auparavant puis enveloppés séparément dans un film plastique doublé d'une feuille d'aluminium. Elle choisit un couteau bien aiguisé, pénétra dans la chambre froide et préleva deux fines tranches sur celui qui lui servait de test. Après l'avoir remballé, elle porta une tranche à Lisa qui l'attendait, assise sur un tabouret près de l'îlot central en inox.

« J'adore manger du gâteau au petit déjeuner. C'est

comme si j'étais riche. » Lisa prit une bouchée qu'elle mastiqua pensivement. « Excellent. Qu'en penses-tu ? »

Hannah goûta à son tour et acquiesça.

« Je crois qu'on peut difficilement obtenir mieux. Deux jours, c'est le laps de temps idéal.

— Il était déjà savoureux en sortant du four, mais à présent c'est un vrai délice. On dirait presque du cheesecake sans fromage. »

Hannah sourit de plaisir en entendant le commentaire de Lisa. En effet, le biscuit qui servirait de base à la charlotte qu'elle devait réaliser devant les caméras le soir même était proche de la perfection.

« C'est la densité de la pâte qui fait toute la différence. Plus elle passe de temps en chambre froide, plus elle se bonifie.

— Tu vas faire un tabac, je te le garantis. » Lisa avala une dernière bouchée et se leva. « C'est l'heure. Veux-tu que j'aille ouvrir ?

— Je m'en charge. Toi, pendant ce temps, termine la décoration des cookies que le cercle Dorcas nous a commandés pour sa fête de Noël. »

Hannah revint côté boutique. Elle se sentait encore un peu nerveuse à la perspective de passer à la télé, mais l'émission était une idée de M. Hart et tout le monde en ville, y compris Hannah, avait envie de faire plaisir à M. Hart. C'était le premier événement de ce genre organisé par les farines Hartland et, si tout allait bien, on pouvait espérer qu'il se transformerait en un rendez-vous annuel.

Le concours du meilleur pâtissier avait sorti Lake Eden de sa torpeur hivernale. La population de la ville, dont le nombre chutait sensiblement quand les estivants quittaient les cottages au bord du lac pour regagner leurs appartements en ville, avait de nouveau augmenté avec l'arrivée des candidats, de leurs familles et des spectateurs. Sally et Dick Laughlin, les propriétaires de l'auberge de Lake Eden, avaient accepté avec enthousiasme d'ouvrir hors saison pour héberger tout ce petit monde. Quant aux commerçants du centre-ville, ils se félicitaient d'accueillir cet afflux inespéré de nouveaux clients à une période où la plupart avaient du mal à joindre les deux bouts. M. Hart avait embauché des plombiers, des menuisiers, du personnel d'accueil. Et le maire espérait que le concours s'installerait définitivement dans leur ville. C'était du moins ce qu'il avait dit à Hannah quand il l'avait appelée la veille.

Désireuse d'apporter sa contribution, Hannah avait accepté d'intervenir quatre jours de suite durant les bulletins d'information que la chaîne KCOW enregistrerait sur place. Pour la soirée d'ouverture, Mason Kimball, producteur de l'émission et citoyen de Lake Eden, lui avait conseillé de préparer un dessert coloré, avec des fruits rouges de préférence. Hannah l'avait pris au mot, d'où la charlotte aux fraises Swensen qu'elle assemblerait devant les caméras. Pour une question de *timing* tout à fait compréhensible, elle ferait juste semblant de mettre un biscuit au four après avoir mélangé les ingrédients et garni le moule – pour éviter le gâchis, Edna Ferguson avait promis de le cuire après l'émission – puis en sortirait un autre déjà fait, comme dans un tour de passe-passe. Et pendant que les présentateurs de l'émission dégusteraient leur dessert aux fraises s'afficherait à l'écran le numéro mis à la disposition des téléspectateurs désireux de recevoir un exemplaire de la recette. Le nombre d'appels au standard de la chaîne donnerait une idée du taux d'audience.

Peu après qu'elle eut tourné dans le bon sens l'écriteau *OUVERT/FERMÉ* accroché sur la porte du Cookie Jar, la sonnerie du téléphone retentit. Sachant que Lisa se chargerait de décrocher, Hannah prit le temps d'accueillir les clients qui faisaient la queue sur le trottoir.

Le premier était Bill Todd, le beau-frère de Hannah, suivi par Mike Kingston, son superviseur. Clayton Hart et Mason Kimball venaient ensuite, puis Andrea accompagnée de la petite Tracey, quatre ans, la nièce de Hannah. Encore plus élégante que d'habitude, Andrea avait rassemblé ses cheveux dorés en un chignon alambiqué et revêtu un tailleur bleu marine qui avait dû lui coûter une semaine de salaire. On aurait dit qu'elle sortait d'un magazine de mode pour femmes d'affaires. Hannah ressentit une pointe de jalousie qu'elle chassa dans la seconde. Question look, elle n'arrivait pas à la cheville de sa sœur, mais, depuis leurs années lycée, elle en avait pris son parti. Andrea et leur cadette Michelle ressemblaient à Delores, dont la beauté ne s'était pas ternie avec l'âge. Hannah, quant à elle, tenait de son père sa stature et ses boucles rousses. Par chance, Tracey avait reçu les gènes de sa mère. L'enfant était une version miniature d'Andrea ; elle avait même ses beaux cheveux blonds.

Hannah s'occupa d'abord de sa nièce unique et préférée. Elle l'installa sur un tabouret, lui donna un verre de lait, une assiette de cookies, puis se tourna vers les autres. Elle prenait la commande de M. Hart quand Lisa passa la porte de séparation. Hannah lui fit signe de patienter et servit une dernière tasse de café noir ainsi qu'un assortiment de croquants au gingembre façon Régence.

« Il y a un problème ? demanda-t-elle dès qu'elle eut rejoint son assistante.

— Je crains que oui, fit Lisa à mi-voix de peur qu'on ne l'entende. Norman Rhodes est au téléphone. Il dit que c'est urgent. Je te remplace. »

Hannah fit un pas de côté pour laisser passer Lisa et se dépêcha d'aller répondre. Norman était un homme pondéré, pas du genre à utiliser le terme « urgent » à tort et à travers. Le combiné pendait au bout du fil. Hannah respira à fond avant de le coller contre son oreille.

« Bonjour, Norman. Lisa parlait d'une urgence...

— M. Rutlege est venu se faire soigner une molaire. J'ai de mauvaises nouvelles. »

Il semblait vraiment inquiet. Des scènes d'horreur défilèrent à toute vitesse dans son esprit. Norman savait qu'elle avait aidé Bill à résoudre deux affaires de meurtre et qu'elle ne s'évanouissait pas à la vue d'un cadavre. Mais quoi ? M. Rutlege était-il mort sous la roulette du dentiste ? Et d'abord, qui était ce monsieur ? Ce nom lui rappelait quelque chose, mais où l'avait-elle entendu ?

« M. Rutlege, vous dites ?

— Oui, vous l'avez sûrement croisé hier soir à l'auberge de Lake Eden. C'est un homme grand et mince avec des cheveux gris et un faux air de Ricardo Montalbán. »

Hannah avait croisé des dizaines d'inconnus la veille au soir. Leurs noms formaient un brouillard dans sa tête, mais la description de Norman l'aida à se souvenir. M. Rutlege était un membre du jury qu'elle présidait.

« Que lui est-il arrivé ?

— Tout avait bien commencé. Comme sa dent était très abîmée, j'ai décidé de l'extraire. Malheureusement, il a mal réagi à l'anesthésie, et par-dessus le marché il a un problème de coagulation sanguine, ce que j'ignorais. »

La main de Hannah se crispa sur le combiné.

« Il n'est pas... mort, n'est-ce pas ?

— Mort ? s'écria Norman, scandalisé. Bien sûr que non, il n'est pas mort. Mais il n'est pas en état d'assister au concours. Je lui ai interdit de manger autre chose que de la purée pendant une semaine minimum. »

Charlotte aux fraises Swensen

Pour 12 personnes
(ou pour 6 si chacun en prend 2 parts).

Pour réaliser ce dessert, vous aurez besoin d'une pâte à biscuit*, d'un kilo de fraises bien mûres et d'un grand bol de chantilly façon Hannah.

La pâte à biscuit

Mettre le four à préchauffer à 165 °C,
la grille en position médiane.

1 ½ tasse de beurre ramolli (3 plaquettes)
2 tasses de sucre blanc
4 œufs
1 tasse de crème aigre (ou 1 yaourt nature pour une pâte moins grasse)

* Une fois cuits, les biscuits doivent passer 48 heures au réfrigérateur. Il faut donc les préparer 2 jours avant la date où vous prévoyez d'assembler la charlotte. Vous pouvez aussi les cuire, les laisser refroidir, les envelopper d'un film plastique doublé d'une feuille d'aluminium et les mettre à congeler. Les quantités inscrites dans cette recette correspondent à 2 charlottes de 6 parts chacune.

½ cuillerée à thé de levure chimique
1 cuillerée à thé de vanille
2 tasses de farine (ne pas tamiser)

Chemisez 2 moules ronds de 24 centimètres de diamètre (n'utilisez pas de matière grasse en aérosol – ça ne marchera pas).

Mixez le beurre ramolli et le sucre avec un batteur électrique. (Vous pouvez le faire à la main mais il faut de l'huile de coude.) Ajoutez les œufs, l'un après l'autre, et fouettez jusqu'à ce que le mélange soit homogène et mousseux. Incorporez dans un premier temps la crème aigre, la levure chimique et la vanille, puis la farine, une tasse après l'autre, et remuez longuement pour obtenir une pâte lisse sans aucun grumeau.

Versez cette pâte dans les moules et faites cuire à 165 °C pendant 45 à 50 minutes. (Les gâteaux doivent être brun doré.)

Sortir du four, laisser refroidir sur une grille pendant 20 minutes. Glisser une lame de couteau sur le pourtour afin de bien détacher les gâteaux avant de les démouler.

Quand ils sont à température ambiante, enveloppez-les hermétiquement dans un film plastique, doublez avec une feuille d'aluminium et laissez au frigo 48 heures. Sortez-les

1 heure avant de servir mais ne les déballez qu'au dernier moment, juste avant de disposer la garniture.

Les fraises

(À préparer 3 ou 4 heures avant.)

Nettoyer 1 kilo de fraises et retirer les tiges. (Le plus facile consiste à trancher la partie supérieure du fruit avec un couteau à éplucher.) En réserver une douzaine, parmi les plus belles, pour le décor. Coupez les autres en petits morceaux. Goûtez-les et ajoutez du sucre si vous les trouvez trop acides. Remuez avec une cuiller, couvrez et mettez au frigo.

La chantilly façon Hannah

(Elle reste ferme longtemps.
Faites-la d'avance et mettez-la au frais.)

2 tasses de crème fraîche épaisse

½ tasse de sucre blanc

½ tasse de crème aigre (vous pouvez remplacer par du yaourt nature mais ça ne tient pas aussi bien et vous devrez donc attendre la dernière minute)

½ tasse de sucre roux (à saupoudrer sur la garniture avant de servir)

Battre la crème avec le sucre blanc. Quand la consistance est assez ferme (faites un essai en plongeant une cuiller), incorporer la crème aigre. Vous pouvez utiliser un fouet ou un mixeur réglé sur petite vitesse.

Assemblage de la charlotte aux fraises Swensen

Coupez votre biscuit en 6 parts égales que vous poserez sur des assiettes à dessert. Recouvrez chaque part de fraises en morceaux, étalez par-dessus une bonne couche de crème fouettée, posez au centre une grosse fraise bien rouge et pour finir saupoudrez de sucre roux. Servez et recueillez les louanges des convives.

Je l'ai fait goûter à Norman, à Carrie et à maman. Ai utilisé un seul biscuit et mis l'autre au congélateur. Ai réduit de moitié les ingrédients pour la crème fouettée et pris seulement six cents grammes de fraises.

Chapitre 2

Pendant le bulletin météo, Hannah versa le sucre sur la crème fraîche et fouetta vigoureusement en priant pour que la chaleur dégagée par les projecteurs ne réduise pas ses efforts à néant. Ayant obtenu la consistance désirée, elle incorpora la crème aigre qui en plus de ses qualités gustatives empêcherait que la chantilly ne retombe. Elle s'apprêtait à goûter avec le doigt mais, se souvenant à temps qu'elle était filmée, s'empara d'une cuiller. Après quoi elle étala une bonne poignée de fraises en morceaux – celles de Lisa – sur chaque tranche de biscuit, ajouta deux généreuses cuillerées de crème Chantilly et paracheva son œuvre en plantant au centre une belle fraise bien ronde avant de saupoudrer l'ensemble avec du sucre roux. Sa création originale, la charlotte aux fraises Swensen, était prête à déguster.

Le régisseur, un petit homme enrobé débordant d'énergie, se tourna vers elle, le doigt levé. Ce serait bientôt son tour. Le bulletin météo venait de s'achever et Chuck Wilson, l'apollon qui présentait les programmes, s'employait à convaincre les téléspectateurs de rester sur KCOW pour assister au concours du meilleur pâtissier organisé par les farines Hartland juste après les « infos internationales ».

Hannah sentit son cœur s'emballer. Elle avait maintes fois répété son entrée, mais avec un plateau vide. À présent, il s'agissait de traverser la scène en transportant des assiettes garnies et des fourchettes à dessert posées en équilibre sans trébucher sur les câbles maintenus au sol par ce que Mason Kimball appelait des *gaffers*, mais qui à ses yeux n'étaient que de vulgaires rubans adhésifs. Elle afficha son plus beau sourire, mit le cap sur la longue table incurvée derrière laquelle étaient assis les quatre journalistes, et leur présenta son dessert en faisant bien attention à ne pas relâcher ses zygomatiques, comme Mason le lui avait recommandé.

Hannah attendit qu'ils finissent de s'exclamer et lui livrent enfin leurs commentaires. Chuck Wilson, l'animateur vedette, fit remarquer que des fraises en hiver devaient coûter extrêmement cher et voulut savoir d'où elles venaient. Hannah sourit et répondit que son assistante Lisa Herman en cultivait sous serre. Dee-Dee Hughes, sa collègue anorexique, demanda combien de calories contenait chacune des parts. Hannah répondit qu'elle l'ignorait mais que cela n'avait guère d'importance puisque les personnes au régime faisaient souvent l'impasse sur le dessert. Wingo Jones, le journaliste sportif, intervint en disant que les athlètes professionnels devraient manger ce genre de chose pour faire le plein d'énergie avant les compétitions. Hannah eut très envie de lever les yeux au ciel mais parvint à garder son sourire et à répondre que oui, ce serait une excellente idée. Seul Rayne Phillips, M. Météo, ne proféra aucune bêtise, trop occupé à engloutir son morceau dont il ne resta bientôt plus une miette.

Après les infos, Hannah regagna la cuisine pour rassembler ses affaires. Elle ouvrit le four ; il était vide. Edna avait déjà emporté le gâteau pour le faire cuire dans le four du lycée. Comme il lui restait pas mal de crème et de fraises, elle décida qu'au lieu de rapporter les récipients à moitié pleins, elle assemblerait une dernière charlotte qu'elle dégusterait tranquillement chez elle. Elle sortit donc le biscuit qu'elle avait gardé en réserve, le décora selon les règles de l'art puis le glissa dans son plat à gâteau et posa le couvercle en cloche par-dessus. Après quoi, elle entassa bols, tasses et autres ustensiles dans des caisses en carton qu'elle emporta dans les coulisses.

« Tu as été formidable, Hannah. » Andrea, qui l'attendait derrière la scène, l'aida à hisser les caisses sur les étagères en métal dressées contre le mur du fond.

« Merci », dit Hannah en cherchant sa nièce du regard.

Ayant appris que l'un des jurés était indisponible, M. Hart avait décidé que la petite fille tirerait au sort son remplaçant parmi les conseillers municipaux de Lake Eden, dont les noms inscrits sur des bouts de papier seraient rassemblés dans une grande coupe.

« Où est Tracey ?

— Au maquillage. Bill est avec elle.

— Elle n'a pas trop le trac ?

— Non, ça l'amuse. Tu n'as pas oublié de mettre l'émission à enregistrer, j'espère. Bill a programmé notre magnétoscope avant de partir mais j'ai besoin d'une deuxième copie.

— Tu en auras trois. Notre mère l'enregistre aussi.

— Delores ? » Andrea écarquilla les yeux. « Elle en est parfaitement incapable. L'autre jour, quand notre télé était en panne, je lui ai demandé de m'enregistrer un film et j'ai eu droit à deux heures d'aérobic. »

Hannah posa la main sur l'épaule de sa sœur.

« Respire. Lisa va l'enregistrer, ainsi que la plupart de mes clients. Tu auras des dizaines de copies, fais-moi confiance.

— Tant mieux. C'est la première fois que Tracey passe à la télé. On ne sait jamais, peut-être qu'un grand producteur verra l'émission. C'est comme ça qu'on découvre les enfants stars. »

Hannah eut un sourire forcé, le même que tout à l'heure devant les commentaires débiles des journalistes, et s'abstint de lui préciser que les producteurs de Hollywood avaient sûrement autre chose à faire que regarder les émissions culinaires des chaînes locales.

« Je vais aller la retrouver. » Andrea fit deux pas, s'arrêta et se retourna. « Tu devrais te donner un coup de peigne avant que le concours démarre. Tes cheveux frisottent. Ça fait bizarre sous la lumière des projecteurs. »

Quand elle vit le cameraman braquer son objectif sur la table des jurés, Hannah ressentit un léger malaise. Pourtant elle n'avait pas de souci à se faire, songea-t-elle. Aucun producteur connu ne prêterait attention à une femme de bientôt trente ans ayant dix centimètres et cinq kilos de trop, sans parler du nuage de farine qui lui tenait lieu de fond de teint. Hannah avait toujours eu tendance à se trouver moche. En revanche, sa nièce Tracey était jolie comme un cœur avec ses cheveux blonds qui luisaient comme des fils d'or. La petite fille prit un air concentré et plongea la main dans la coupe en cristal.

« Merci beaucoup, Tracey, dit M. Hart, tout sourire, en prenant le papier qu'elle lui tendait. Tu n'as pas tiré le nom de ton papa, j'espère ? »

Tracey secoua la tête.

« Il ne fait pas partie du conseil municipal, monsieur Hart. Mon papa est inspecteur de police et il travaille pour le bureau du shérif du comté de Winnetka.

— Sais-tu en quoi consiste le métier d'inspecteur de police, Tracey ? renchérit M. Hart.

— Oui, un inspecteur enquête sur les crimes. Si quelqu'un se fait assassiner, mon papa rassemble les indices, attrape le méchant et le met en prison jusqu'à son jugement.

— C'est une excellente réponse, Tracey, dit M. Hart, visiblement impressionné. Je voulais te demander de lire le nom du nouveau juré mais tu n'es pas encore à l'école primaire, n'est-ce pas ?

— Je suis à la maternelle, monsieur Hart. C'est là qu'on met les enfants trop jeunes pour entrer au cours préparatoire. Mais je sais lire. Si vous me donnez ce papier, je vous dirai ce qu'il y a écrit dessus. »

Le cameraman fit un gros plan sur le visage ébahi de Clayton Hart au moment où il remit le bulletin à la petite fille qui s'exprimait si bien. Hannah regarda sa nièce le déplier, former le nom avec ses lèvres, lever les yeux et annoncer :

« Le juré remplaçant est... M. Boyd Watson. »

Les projecteurs éclairèrent le public, et, sous une salve d'applaudissements, le célèbre entraîneur du lycée Jordan se leva de son siège. Près de lui, on apercevait sa sœur Maryann. En revanche, son épouse Danielle brillait par son absence. Quelques mois auparavant, Hannah avait découvert qu'elle était victime de violences domestiques. N'ayant pas réussi à la convaincre de porter plainte, Hannah en avait informé Bill qui lui avait promis de surveiller le mari violent.

Quand Boyd fut assis sur la chaise qui l'attendait à la droite de Hannah, M. Hart présenta les candidates – il n'y avait que des femmes – et les escorta vers les quatre cuisines où elles étaient censées apporter la touche finale à leurs desserts respectifs. Et pendant qu'elles tranchaient, nappaient, versaient et disposaient leurs créations sur des assiettes, il entreprit d'exposer le mécanisme du concours.

Les douze personnes sélectionnées pour les quatre jours d'épreuves étaient déjà sorties victorieuses des éliminatoires organisées dans différentes villes de la région. Les quatre premières avaient travaillé une partie de l'après-midi pour mettre au point les desserts que le jury goûterait les uns après les autres. Pendant la dégustation, la régie diffuserait un petit reportage censé les présenter dans leur environnement familial, et après cet intermède, les notes tomberaient, assorties de commentaires. La gagnante serait désignée et invitée à participer à la grande finale du samedi soir.

Hannah attendit que le petit film démarre pour se tourner vers son voisin.

« Où est Danielle ?

— À la maison. » Boyd prit sa fourchette, piqua un morceau de tarte à la cerise et le porta à ses lèvres. « Elle est comme celle de ma mère, tellement sucrée qu'elle vous agace les dents. »

Hannah goûta la sienne et ne put que lui donner raison.

« Elle n'avait pas envie de venir, ce soir ?

— Ma mère ?

— Non, Danielle. »

Hannah inscrivit une note et passa au deuxième dessert, une tranche de gâteau fourré aux noix.

« Danielle est souffrante.

— C'est grave ? »

Hannah dévisagea Boyd mais ne décela en lui aucun signe de culpabilité.

« Un mauvais rhume. Elle se bourre de médicaments. » Boyd prit une bouchée de gâteau aux noix et fit la grimace. « Ce truc-là aussi me rappelle mon enfance. Je déteste quand il y a trop de cannelle. »

Hannah goûta et, de nouveau, se rangea à l'avis de Boyd. La saveur des noix disparaissait sous une tonne de cannelle et de noix de muscade. Elle nota et passa au troisième dessert, un gâteau à l'orange.

« Elle a consulté un médecin ?

— Elle dit que c'est inutile. Danielle a horreur des médecins. »

Hannah resta coite et prit une bouchée de gâteau à l'orange. Elle savait pourquoi Danielle refusait qu'un médecin l'examine. En remarquant les traces de coups, il aurait aussitôt téléphoné à la police.

« Trop amer. »

Boyd repoussa son assiette et passa au quatrième dessert. Hannah soupira. Il avait encore raison. La candidate avait laissé de la peau blanche sur ses zestes d'orange.

« Pas mauvais, dit Boyd en engloutissant un bout de tarte au citron. Rien à voir avec les autres. Cela dit, ç'aurait été difficile de faire pire. »

Hannah acquiesça. La pâte sablée était fondante, avec ce qu'il fallait de beurre, et la crème au citron à la fois douce et acidulée. Hannah détestait Boyd mais devait reconnaître que c'était un fin gourmet. Non seulement il avait jugé les quatre desserts à leur juste valeur, mais ses remarques étaient pertinentes. Comme quoi on pouvait être à la fois un homme de goût et une brute arrogante.

Hannah vit se rallumer la lumière rouge sur la caméra tournée vers le jury. Le moment était venu de donner son avis. En tant que présidente, Hannah était censée prendre la parole après les autres. Les trois premiers jurés se prononcèrent en faveur de la tarte au citron mais firent preuve de tact pour éviter de froisser les perdantes.

Quand vint le tour de Boyd, Hannah se crispa. Elle craignait le pire. Et elle avait raison car il répéta mot pour mot ce qu'il lui avait dit en aparté. Un jour, Hannah avait entendu l'un de ses joueurs déclarer : « Le coach, il vous dit les choses comme il les pense. » Certes, songea-t-elle, mais pour une fois, il aurait pu glisser quelques compliments entre ses critiques, histoire de faire passer la pilule.

Hannah, qui n'était pourtant pas une grande diplomate elle-même, essaya de rattraper le coup. D'abord, elle remercia les candidates, rappela au public qu'elles étaient sorties victorieuses des épreuves éliminatoires et enfin trouva un petit mot élogieux à propos de chaque dessert. Mais le mal était fait et l'ambiance irrémédiablement gâchée. La gagnante reçut son ruban bleu de finaliste, l'émission se termina et Hannah suivit Boyd dans les coulisses.

« Vous auriez pu être un peu plus sympathique, lui dit-elle en le rattrapant. Pourquoi avoir mis ces personnes dans l'embarras ? »

Boyd la regarda, interdit. De toute évidence, il ne voyait pas ce qu'elle lui reprochait.

« La sympathie n'a pas sa place dans une compétition, répondit-il. Soit on gagne, soit on perd, point barre. À quoi bon enrober les choses ? La vérité c'est qu'il y a toujours un vainqueur et derrière lui une bande de ratés. »

Hannah resta sans voix, ce qui ne lui était pas arrivé depuis bien longtemps. En tant que présidente du jury, elle devait redresser la situation avant l'épreuve du lendemain. Mais par quel moyen ? Comme rien ne lui venait en tête, elle décida d'y réfléchir plus tard, en rentrant chez elle. Et elle appellerait Boyd dans la matinée. Pour l'instant, mieux valait ne rien tenter.

« Je vous ai vue préparer la charlotte aux fraises, rebondit Boyd. Dommage que vous ne participiez pas au concours. Je parie que vous auriez gagné haut la main. »

Hannah ne répondit rien mais une idée germa en elle. Danielle était sans doute trop fatiguée pour cuisiner ; elle apprécierait peut-être un bon dessert.

« Boyd ?

— Oui ?

— Il m'en reste une. Vous pouvez l'emporter, si vous voulez. »

Boyd parut surpris.

« Oui, pourquoi pas ? Danielle a un faible pour la charlotte aux fraises. Et moi aussi.

— Tant mieux. Vous n'hésiterez pas à me faire vos commentaires, n'est-ce pas ? J'ai bien vu que vous étiez un gastronome. » Hannah alla chercher son plat à gâteau et le lui remit. « J'ai l'intention d'ajouter quelques desserts de ce genre à ma carte. »

Manifestement ravi, Boyd regardait avec convoitise les belles fraises rouges qui transparaissaient sous le couvercle en plastique. « J'en donnerai une grosse part à Danielle. Les fruits frais sont excellents contre le rhume. Merci, Hannah. »

Elle le regarda s'éloigner en branlant du chef. Ce type aimait sa femme, cela ne faisait aucun doute, et pourtant il se défoulait sur elle à la moindre contrariété. Quant à Danielle, elle aimait son mari malgré les blessures qu'il lui infligeait. Hannah avait beaucoup de mal à comprendre leur relation. D'ailleurs, elle n'essayait même pas. Elle espérait seulement que cette histoire ne déboucherait pas sur l'une de ces tragédies qui faisaient la une des journaux.

« Je suis rentrée, Moshe », dit-elle en cueillant au passage la boule orangée qui s'était jetée contre ses chevilles dès qu'elle avait ouvert la porte de son appartement.

Moshe était toujours content de la revoir, surtout si elle avait passé la soirée dehors. Hannah choisissait de croire qu'elle lui manquait, mais c'était peut-être juste parce qu'il ne pouvait pas remplir sa gamelle tout seul.

« Donne-moi une seconde, dit-elle en le grattouillant sous le menton. Je me change et je prépare ton dîner. »

Après avoir retiré et suspendu la jolie robe couleur café qu'elle avait choisie dans la boutique de Claire Rodgers, Au Beau Monde, Hannah mit son vieux jogging et fila dans la cuisine, une pièce qu'elle considérait comme le centre névralgique de tout foyer. Elle sortit une coupelle à entremets en verre ciselé dans laquelle elle versa quelques cuillerées de yaourt à la vanille, puis elle remplit un verre de vin blanc au cubi qu'elle gardait au bas de son frigo et alla se vautrer sur son canapé pour regarder la cassette de l'émission.

Les informations locales n'étaient guère passionnantes, et en plus elle les connaissait déjà. Son intérêt se réveilla dès qu'elle se vit apparaître. C'était une expérience un peu déconcertante, mais, au final, elle se trouva plutôt télégénique. Son tablier blanc à bavette faisait de l'effet, surtout avec les grosses lettres rouges *Le Cookie Jar* imprimées sur le devant. Stan Kramer serait content, lui qui avait inscrit le coût de ces accessoires dans la rubrique frais publicitaires soumis à une réduction d'impôts.

Hannah observa sa prestation d'un œil impartial et ne trouva rien à redire. Ses gestes étaient précis, efficaces, elle ne faisait rien tomber et jonglait avec le mixeur et la spatule comme une vraie pro. Normal, elle *était* une vraie pro, même si cet état de fait n'en finissait pas de la surprendre tout en lui procurant un certain plaisir.

Moshe ne consentit à lever la tête de sa coupelle vide qu'en reconnaissant la voix de sa maîtresse qui répondait à une question de Chuck Wilson, l'animateur vedette. Les yeux rivés sur l'écran, les oreilles rabattues en arrière, il sursauta quand la vraie Hannah tendit la main pour le rassurer. Échappant à sa caresse, il recula et la scruta un bon moment tandis que sa queue battait la mesure et que du fond de sa gorge montait un son qui tenait plus du grognement que du ronron.

« Ce n'est qu'une vidéo, Moshe. »

Hannah s'empara de la télécommande et mit sur pause.

Le visage trop parfait de Dee-Dee Hughes resta figé en gros plan, la bouche ouverte.

Comme il n'entendait plus rien, Moshe rassembla son courage, sauta sur le poste de télé et atterrit dans la posture du chat d'Halloween, dos arqué, poil hérissé. Il avait presque triplé de volume. Pourquoi une telle réaction ? se demanda-t-elle. Puis il lui vint une hypothèse.

« Descends de là, Moshe, ordonna-t-elle en tapotant l'assise du canapé. Je ne suis pas dans la télé. Je suis ici, devant toi. »

Mais il en fallait plus pour le convaincre. Pour vérifier sa théorie, Hannah rappuya sur « Play ». Dès qu'il entendit de nouveau la voix de sa maîtresse, Moshe poussa un miaulement déchirant ; sa tête pivota vers le canapé et tout de suite après vers l'écran. Non, ce n'était pas de l'anthropomorphisme. Son chat réagissait bel et bien à ce qu'il considérait comme une aberration, une infraction aux lois de la physique.

« Je renonce », marmonna-t-elle avant de couper le son.

Moshe faisait un tel raffut que de toute façon on n'entendait rien. Elle s'apprêtait à avancer la bande pour vérifier que la suite était correctement enregistrée quand le téléphone sonna.

Hannah décrocha en regardant la pendule. 22 heures. C'était probablement Andrea qui l'appelait pour s'assurer qu'elle avait bien immortalisé les débuts de sa fille dans le monde du spectacle.

« Hannah ! Je suis tellement contente de te trouver chez toi ! C'est... c'est Danielle Watson.

— Bonsoir, Danielle. »

Au même instant, une boule de poils orange atterrit

sur ses cuisses. Apparemment, Moshe lui avait pardonné sa mauvaise plaisanterie.

« Comment va ton rhume ?

— Hannah... je t'en prie ! Peux-tu venir chez moi immédiatement ? Je... je ne savais pas qui appeler... à part toi.

— Que se passe-t-il, Danielle ? »

Hannah imagina le pire. La dernière fois qu'elle s'était rendue à son domicile, Danielle avait un œil au beurre noir. Son mari l'avait-il encore tabassée ?

« C'est Boyd ?

— Oui. Mais je ne veux pas en parler au téléphone. Je t'en prie, Hannah !

— Du calme, j'arrive tout de suite. »

Hannah raccrocha, fit descendre Moshe, attrapa son sac et enfila sa parka. Danielle lui avait paru terriblement bouleversée. Peut-être accepterait-elle enfin de porter plainte contre l'homme qui avait trahi sa promesse de l'aimer, de la chérir et de la protéger jusqu'à ce que la mort les sépare.

Moins de quinze minutes plus tard, Hannah sonnait chez Danielle en espérant ne pas tomber sur Boyd. S'il était là, la situation risquait d'être gênante, voire dangereuse. Un jour, Bill lui avait dit que les interventions pour violences domestiques étaient le cauchemar des policiers, juste après les agressions de collègues. La porte s'ouvrit. Danielle apparut, lui prit la main et s'y accrocha comme une femme qui se noie.

« Qu'y a-t-il, Danielle ? »

Hannah entra et referma derrière elle. Les voisins n'avaient pas besoin de voir Danielle dans cet état. Elle pleurait, l'un de ses yeux était horriblement tuméfié et son visage si pâle qu'elle semblait prête à s'évanouir.

« C'est... c'est Boyd, redit-elle en sanglotant. Il est... il est... dans le garage.

— Montre-moi. »

Hannah tint Danielle par le bras pour l'aider à traverser la cuisine et passer dans le garage.

De prime abord, Hannah ne constata rien d'inhabituel. Il y avait deux voitures rangées côte à côte, un néon allumé au-dessus de l'établi de Boyd. Le garage était d'une incroyable propreté, si l'on exceptait les taches d'huile sans doute causées par une fuite de moteur. Sur le tableau derrière l'établi, chaque outil avait sa place attitrée, matérialisée par une forme peinte en bleu. Ils étaient tous accrochés sauf un, le marteau à panne ronde qui luisait sur le sol en ciment, près du véhicule de Danielle.

Hannah resta quelques secondes à contempler les éclats de lumière sur le métal. Ce marteau faisait désordre mais ne signifiait rien en soi. Boyd aurait très bien pu s'en servir pour bricoler et oublier de le remettre en place.

« Il est... il est par là », gémit Danielle en l'entraînant vers le Grand Cherokee de son mari.

En approchant, Hannah repéra tout près de la roue arrière le couvercle en plastique de son plat à gâteau. Il dépassait légèrement, comme s'il avait roulé sous le châssis. Encore quelques pas et Hannah poussa un cri étouffé. L'homme qui avait si souvent mené à la victoire l'équipe de basket du lycée Jordan gisait dans une matière visqueuse constituée de pâte à biscuit, de crème fouettée et de fraises écrasées.

Sa première pensée fut pour sa pauvre charlotte. Quel

dommage. Danielle se serait régalée. Puis elle sentit un nœud se former au fond de sa gorge. Les fluides rouges répandus sur le ciment ne provenaient pas des fraises écrasées mais du crâne défoncé de Boyd. L'homme était mort. Pour elle, cela ne faisait aucun doute. On ne pouvait pas perdre une telle quantité de sang et rester en vie.

Chapitre 3

Bill était dans le garage. Il aidait le Dr Knight à charger le cadavre de Boyd Watson sur un brancard pour le conduire à la morgue. Le Dr Knight avait deux casquettes : quand il n'exerçait pas dans son cabinet en ville, il occupait la fonction de légiste pour la police du comté de Winnetka. Il lui restait donc peu de temps pour les loisirs, d'où son agacement quand il entendait les méchantes langues dire que les médecins passaient leurs week-ends à taper dans des balles de golf.

Au même moment, dans le salon, Hannah assistait à l'interrogatoire de Danielle. Pour obtenir ce privilège, elle avait dû insister auprès de Mike en prétextant qu'elles étaient amies, et que, dans son état, Danielle avait besoin d'un soutien moral.

« J'ai allumé la télé pour regarder le concours pendant que le magnétoscope l'enregistrait. » Comme ses mains tremblaient, Danielle posa son verre d'eau sur la table basse. « Après l'émission, je suis passée sur une autre chaîne et je me suis assoupie devant un film. À cause des médicaments que je prends pour soigner mon rhume. J'avais vraiment envie de monter me coucher. »

Mike hocha la tête. Hannah appréciait de le voir si prévenant.

« Mais vous êtes quand même restée sur le canapé ?

— Oui. Quand il rentre tard, Boyd veut que je sois là pour l'accueillir. S'il ne me voit pas, il... il s'énerve. Mais je suppose que vous êtes au courant. »

Hannah jeta un regard discret à Mike, qui lui répondit d'un signe de tête. Ils savaient l'un comme l'autre ce qui se passait quand Boyd s'énervait contre Danielle. Son œil au beurre noir en était l'illustration.

« Quand vous a-t-il frappée ? » demanda Mike d'une voix tendue.

Hannah sentait qu'il déployait de gros efforts pour rester calme. Ils avaient discuté du problème ensemble peu après que Danielle s'était confiée à elle, la première fois, et Mike lui avait avoué que les violences conjugales le mettaient hors de lui.

« Hier, vers midi. Boyd était rentré pour déjeuner et il s'est fâché... contre moi.

— Vous avez vu un médecin ?

— Non. Je sais comment faire. Et ce n'est pas aussi méchant que ça en a l'air. D'ailleurs, je n'ai presque plus mal. »

Hannah allait intervenir mais Mike l'en dissuada d'un simple regard. Puis il se retourna vers Danielle.

« Moi, si quelqu'un me mettait un coquard pareil, je serais furieux contre lui. Étiez-vous furieuse contre Boyd ?

— Non. Je sais bien qu'il est malheureux quand il

s'aperçoit de ce qu'il a fait. Il était vraiment désolé. Il est allé me chercher de la glace. »

Hannah eut encore droit à un coup d'œil dissuasif. Elle ravala son exaspération et resta bouche cousue. Boyd Watson était une brute, un tyran domestique. Et des années durant, au lieu de porter plainte, Danielle avait préféré subir en silence. Hannah savait que la plupart des femmes battues ne dénonçaient pas leur bourreau parce qu'elles estimaient avoir mérité la violence qu'elles enduraient. Maintenant que Boyd était mort, Danielle ne serait plus obligée de vivre dans la peur. Hannah n'aurait souhaité à personne une fin aussi horrible, mais le fait est qu'elle ne ressentait aucune tristesse pour l'homme qui avait transformé le quotidien de son amie en un véritable enfer.

« Revenons aux événements de cette nuit. » Mike s'exprimait avec gentillesse pour l'inciter à se confier. « Vous vous êtes assoupie, c'est bien ce que vous disiez ?

— Oui, c'est exact.

— À quelle heure vous êtes-vous réveillée ?

— Je ne sais pas trop. Le film était terminé, donc il devait être plus de 21 h 30. J'ai éteint la télé et j'ai appelé Boyd mais il n'a pas répondu. Je me suis dit qu'il était peut-être monté se coucher sans que je l'entende. Alors, je suis allée voir si sa voiture était dans le garage. »

Mike fronça les sourcils.

« Vous n'êtes pas allée vérifier dans votre chambre ?

— Non, j'étais vraiment trop fatiguée. S'il n'avait pas été là-haut, il aurait fallu que je redescende. C'était plus simple de regarder d'abord dans le garage.

— Dites-moi exactement ce que vous avez vu en entrant.

— Eh bien... Il faisait sombre, alors j'ai allumé le néon au-dessus de l'établi. Comme sa voiture était là, je me suis dit qu'il était rentré. Après ça, j'ai vu que la porte du garage était ouverte. Donc je suis allée la fermer.

— La porte du garage était ouverte mais la lumière éteinte ?

— Hier, l'ampoule au plafond a grillé. Boyd comptait la remplacer mais il n'avait pas eu le temps de le faire. Quand j'ai aperçu le marteau par terre, j'ai compris que quelque chose clochait.

— Pourquoi ? s'étonna Mike.

— Boyd est aux petits soins avec ses outils. Chacun a sa place sur le tableau, et quand il a fini de s'en servir, il le raccroche immédiatement. C'est comme ça qu'il a été élevé.

— Vous les utilisez de temps en temps ?

— Jamais, répondit Danielle comme si la question de Mike lui paraissait incongrue. Il m'a acheté une trousse à outils pour la maison. Elle dort dans un tiroir de la cuisine. »

Hannah hocha la tête. Elle imaginait sans peine la réaction de Boyd si jamais sa femme avait pris l'un de ses chers outils et oublié de le ranger ensuite.

« Et le marteau de Boyd ? Y avez-vous touché ?

— Oui. Je ne voulais pas qu'il se fâche en constatant qu'il n'était plus à sa place. Il... il aurait pu me le reprocher. Donc je l'ai ramassé et il était... collant. » Danielle frémit légèrement. « J'ai regardé mes doigts et ensuite je... je l'ai lâché.

— Parce qu'il était plein de sang ?

— Je ne sais plus. Je suppose que oui, sinon je ne l'aurais pas lâché. Je me suis approchée de sa voiture et... je l'ai vu. Boyd. Étendu par terre.

— À ce moment-là, qu'avez-vous fait ?

— Je me suis agenouillée près de lui et j'ai cherché son pouls. Je ne l'ai pas trouvé. Alors, j'ai tenté de lui faire un massage cardiaque. Il était encore tiède, je me suis dit que... peut-être... » Danielle étouffa un sanglot et prit une longue inspiration tremblante. « Mais ça n'a pas marché. Je suis restée pendant une minute à le regarder. Je... je n'arrivais pas à le croire ! Ensuite je me suis levée et je suis allée dans la cuisine appeler Hannah. »

Hannah répondit à la question de Mike avant que celui-ci la formule.

« Quand le téléphone a sonné, j'ai regardé la pendule. Danielle m'a appelée à 22 heures pour me demander de la rejoindre. En arrivant chez elle, j'ai vu qu'il était 22 h 15.

— Très bien. » Mike nota l'heure dans son carnet et se retourna vers Danielle. « Vous rappelez-vous autre chose ? Un bruit qui vous aurait réveillée ? Une voiture dans l'allée ? »

Danielle prit le temps de réfléchir et fit non de la tête.

« Je ne crois pas. Peut-être qu'un bruit m'a réveillée mais je ne m'en souviens pas.

— Encore un point, Danielle, ajouta Mike avec un air grave. Je sais ce que votre mari vous faisait subir. Je suppose que parfois vous aviez peur de lui. Est-ce exact ?

— Oui, admit Danielle, et une larme roula sur sa joue.

— Quand Boyd vous cognait, il vous arrivait de répliquer ?

— Oh, non ! s'écria Danielle, horrifiée. Cela n'aurait

fait qu'aggraver les choses. Boyd n'a jamais voulu me faire de mal. Il m'aimait. C'est juste qu'il ne pouvait s'empêcher de me frapper. »

Mike se pencha vers Danielle et lui posa la main sur l'épaule.

« Peut-être vous aimait-il, mais par ailleurs, il vous martyrisait. Beaucoup de femmes battues subissent sans rien dire pendant un certain temps, et un beau jour elles n'en peuvent plus. La coupe est pleine. Les unes quittent le foyer familial, les autres trouvent le courage de riposter. Si votre mari vous a menacée et que vous avez pris ce marteau dans l'intention de vous défendre, personne ne vous en blâmera.

— Je sais, fit Danielle en déglutissant, mais ce n'est pas le cas. Quand j'ai trouvé Boyd dans le garage il était déjà mort. Je sais que quelqu'un l'a tué mais ce n'est pas... ce n'est pas moi ! »

Danielle étouffa un autre sanglot. Mike prit un mouchoir dans la boîte posée sur la table basse et le lui tendit. « OK. Je voulais juste que vous sachiez qu'on ne vous tiendrait pas rigueur de l'avoir frappé pour vous défendre. »

Hannah rassembla mentalement tous les indices en sa possession et fut saisie d'une légère nausée. Danielle avait collé ses empreintes sur l'arme du crime, le sang de Boyd maculait ses vêtements, elle avait avoué que Boyd s'en était pris à elle la veille vers midi et son œil au beurre noir était là pour le confirmer. Hannah savait qu'une femme battue pouvait ourdir sa vengeance durant des jours, des semaines, voire des mois après l'événement déclencheur. Il n'y avait aucun témoin du meurtre de Boyd, pas encore du moins, et si l'on se fiait à la scène de crime, tout laissait penser que Danielle lui avait fracassé le crâne avec son marteau.

« Vous... vous me croyez, n'est-ce pas ? » fit Danielle en regardant Mike d'un air suppliant.

Mike opina et se leva du canapé. « Oui, je vous crois. »

Hannah soupira de soulagement. Mike était la franchise faite homme. Donc, il la croyait vraiment. Mais qu'en serait-il du shérif Grant ? Les élections devaient avoir lieu dans le courant de l'année suivante et le meurtre du coach Watson risquait de faire couler beaucoup d'encre, surtout dans le *Journal de Lake Eden*. Si le shérif Grant estimait Danielle coupable, il dissuaderait ses inspecteurs de creuser davantage. Elle leva les yeux et croisa le regard de Mike. Avait-il deviné ce qui la tracassait ? Elle devait s'entretenir avec lui en tête à tête, et le plus tôt serait le mieux.

« Tu as reçu un choc terrible, Danielle. » Hannah se leva pour prendre la place que Mike avait quittée. « Il faut que tu essaies de te reposer. »

Danielle s'épongea les yeux avec son mouchoir en papier trempé de larmes.

« Je... je ne peux pas. Je dois... je dois appeler les parents de Boyd et...

— Il est trop tard pour faire quoi que ce soit, l'interrompit Hannah. Demain matin, je viendrai t'aider. »

Danielle s'enfonça dans le canapé, visiblement soulagée.

« Merci, Hannah. Mais je ne pourrai pas dormir. Dès que je ferme les yeux, je vois son visage... couvert de sang !

— N'y pense pas », lui conseilla Hannah en sachant que c'était inutile. Il suffisait qu'on vous dise de ne pas penser à telle ou telle chose pour que vous ne pensiez plus qu'à cela. « Je vais te préparer une tasse de chocolat. Ça te fera du bien.

— C'est gentil à toi, mais il n'y a pas de chocolat instantané dans la cuisine.

— Et de la poudre de cacao ?

— Je... je crois que oui. Je dois en avoir quelque part.

— Du sucre ? Du lait ?

— Le sucre est dans le placard à gauche en entrant et il y a du lait au frigo.

— Je vais te faire un vrai chocolat. Tu verras, c'est bien meilleur.

— Je... je ne suis pas réellement branchée cuisine. Qu'est-ce que tu appelles un vrai chocolat ? »

Hannah sourit, satisfaite d'avoir au moins réussi à la distraire de ses pensées morbides.

« Je te montrerai, un jour. Pour l'instant, je veux que tu t'allonges sur ce canapé et que tu te détendes. Il faut que tu gardes tes forces.

— D'accord », fit Danielle en s'exécutant. Sa voix tremblait, son visage tirait sur le gris. « Merci, Hannah. »

Hannah attrapa le plaid posé sur le dossier du canapé, le déplia et l'en couvrit. « Voilà, repose-toi. Je reviens dans deux minutes. »

En s'éloignant, Hannah fit un petit signe à Mike. Ce dernier la suivit dans la cuisine, s'assit sur une chaise et la regarda ouvrir les tiroirs du buffet à la recherche des ingrédients dont elle avait besoin. Danielle avait péché par excès de modestie en prétendant n'être pas réellement branchée cuisine. En fait, c'était pire que cela : ses placards ne contenaient que des aliments précuits, entassés dans le plus grand désordre. Les purées en flocons côtoyaient les sauces cuisinées et les entremets instantanés, les sachets de riz minute se cachaient derrière les conserves de raviolis. Hannah repéra également des bocaux de café et de thé lyophilisés.

« De quoi s'agit-il ? » demanda Mike au bout d'un moment.

Hannah leva les yeux de la casserole où elle venait de verser l'équivalent d'un bol de lait.

« Pardon ?

— Cette histoire de chocolat chaud.

— C'est simple, répondit-elle en remuant avec un fouet pour éviter que le lait n'attache. Danielle est très enrhumée et je suppose qu'elle ne se nourrit pas correctement. Le sucre contient des carbohydrates purs qui lui apporteront les calories dont elle manque. La caféine et les endorphines du chocolat l'aideront à lutter contre la déprime.

— Je ne parle pas de cela, Hannah. Pourquoi m'avez-vous demandé de vous suivre ici ?

— Oh, désolée. » Hannah mélangea le sucre et le cacao dans un bol et versa un peu de lait chaud dessus. « J'avais besoin de vous parler en privé.

— Parler de quoi ?

— Je m'inquiète pour Danielle. Je la sens à deux doigts de craquer. Vous n'allez pas l'emmener au poste de police ce soir, n'est-ce pas ?

— Non, pour l'instant, je me contenterai de sa première déposition. Elle n'est pas en état de répondre à d'autres questions. »

Hannah remua jusqu'à ce que le sucre fonde et que le cacao prenne l'aspect d'une pâte.

« Je vais rester avec elle. Sa mère habite en Floride et

elle n'a pas de famille dans le coin. Il ne faut pas la laisser seule dans un moment pareil.

— Danielle ne sera pas seule. Le Dr Knight dit qu'il y a de la place pour elle à l'hôpital de Lake Eden. Je vais l'y envoyer. »

Hannah versa petit à petit la pâte de chocolat dans la casserole de lait chaud en remuant avec le fouet. Le Dr Knight avait pris soin d'examiner Danielle après avoir fait transporter le corps de Boyd à la morgue.

« Il l'a donc trouvée très mal en point ?

— Non, mais je préfère qu'elle n'ait pas de contacts avec l'extérieur. Une chambre d'hôpital est préférable à une cellule. Je passerai la voir demain matin pour l'interroger plus avant. »

Hannah n'en croyait pas ses oreilles. Elle suspendit son geste et se tourna vers lui.

« Vous la soupçonnez ?

— On soupçonne toujours le conjoint, répondit Mike en évitant de croiser son regard. Vous feriez bien de remuer avant que ça n'attache. »

Hannah se remit à touiller. Les paroles de Mike résonnaient dans sa tête. Elle voulait en savoir davantage mais elle attendrait que Danielle soit dans son lit à l'hôpital.

« Je peux l'y conduire, si ça vous arrange.

— Non, j'ai déjà demandé à Bill de l'emmener dans la voiture de patrouille.

— Sur la banquette arrière ? Comme une criminelle ? répliqua-t-elle, indignée.

— Mais non. Danielle n'est pas en état d'arrestation. Je pourrais appeler une ambulance mais je pense qu'elle sera plus à l'aise avec Bill. Je me contente de suivre la procédure. »

Hannah versa le chocolat chaud dans le plus gros bol qu'elle avait pu trouver.

« Je vais lui apporter ça pour qu'elle le boive avant de partir.

— Bonne idée. Bill est en train d'inspecter l'allée. Il devrait revenir d'une minute à l'autre. »

Hannah s'arrêta alors qu'elle s'apprêtait à sortir de la cuisine.

« Vous aurez le temps de passer chez moi quand vous aurez fini ?

— Il sera sans doute très tard. Qu'avez-vous en tête exactement ? ajouta-t-il avec un rictus démoniaque.

— Quelle question ! Je compte vous tirer les vers du nez, évidemment.

— Ah, fit Mike, déçu. J'essaierai de passer avant 1 heure du matin, mais ne vous faites pas d'idées. Je serai muet comme une tombe.

— Pas de problème. Je m'arrêterai en chemin vous acheter de la bière. Cold Spring Export, c'est cela ?

— C'est cela. »

Hannah repartit vers le salon en dissimulant un sourire machiavélique. Mike lui dirait tout ce qu'elle avait besoin de savoir pour aider Danielle, même si pour l'instant il était persuadé du contraire.

« Avec quoi le nourrissez-vous ? Des briques ? demanda Mike en considérant le gros matou qui venait d'atterrir sur ses genoux.

— Je lui donne des tombereaux de croquettes mais

il n'en a jamais assez. » Hannah se pencha pour soulever Moshe et le poser sur un coussin. « Comment va Danielle ? »

Mike prit une gorgée de bière.

« Elle va bien. Le docteur dit que ce n'est qu'un mauvais rhume, mais il va la garder en observation deux ou trois jours. Il lui a donné un sédatif qui la fera dormir toute la nuit.

— Oui, elle a surtout besoin de sommeil », répondit Hannah en plongeant les lèvres dans son verre de vin blanc. Puis elle lui tendit le sachet de bretzels à l'oignon qu'elle avait acheté chez le caviste en même temps que la bière. « Vous avez des témoins ?

— Pas encore.

— Et dans l'allée, il y avait quelque chose ? »

Mike fit signe que non et croqua dans un bretzel.

« Ils sont bons.

— Fabriqués en Bavière. » Hannah respira profondément et se lança. « Dites-moi la vérité, Mike. Ça se présente mal pour Danielle, n'est-ce pas ?

— Eh bien… nous avons un paquet de preuves indirectes contre elle.

— Ses empreintes sur l'arme du crime ? Le sang de Boyd sur ses vêtements ? Son œil poché ?

— Oui, et aussi le fait qu'elle n'a pas d'alibi. Elle n'a parlé à personne, ne serait-ce qu'au téléphone, jusqu'à ce qu'elle vous appelle. Vous m'avez entendu tout à l'heure, je lui ai offert une porte de sortie. Si elle avouait, elle pourrait plaider la légitime défense. Aucun jury ne la condamnerait.

— Mais ce n'est valable qu'à condition qu'elle l'ait vraiment tué », répliqua Hannah en prenant un bretzel.

Sur l'emballage était mentionné « bretzels durs », et de fait ils l'étaient. Elle en toucherait un mot à Norman qui cherchait des petits cadeaux de Noël pour ses patients. Comment accroître sa clientèle tout en faisant plaisir.

« Mais si ce n'est pas elle...

— Alors, il s'agit de quelqu'un d'autre, compléta Mike sans craindre de souligner l'évidence.

— Donc vous ne l'avez pas crue quand elle a dit qu'elle était innocente.

— Si, je l'ai crue, fit Mike en mastiquant d'un air pensif. Je suis sûr qu'elle dit la vérité... enfin selon elle. Mais il est possible que sa mémoire lui joue des tours. L'esprit a tendance à refouler les souvenirs traumatisants.

— Donc, d'après vous, Danielle a pu oublier qu'elle a tué son propre mari ?

— Ce n'est pas exclu. Elle nous a dit qu'elle s'était assoupie à cause des médicaments qu'elle prend pour soigner son rhume. Elle a peut-être agi en n'étant qu'à moitié consciente. Comme dans une crise de somnambulisme.

— Impossible, répondit Hannah en secouant la tête. Quand elle m'a appelée au secours, elle était bouleversée mais parfaitement lucide. Et quand je suis arrivée, elle s'exprimait clairement.

— Peut-être. »

Décidément, Mike serait difficile à convaincre. Hannah poussa un grand soupir.

« Supposons une seconde que Danielle n'ait pas tué Boyd. Vous comptez chercher d'autres suspects, j'espère ?

— Comme dans toute enquête de routine. Mais si aucune piste ne se présente d'ici à quelques jours, le shérif Grant exigera qu'on boucle l'affaire.

— Ouais, je vois, fit Hannah en levant les yeux au ciel. Un meurtre non résolu risquerait de gêner sa réélection. C'est tellement plus simple de déclarer coupable une femme qui ne l'est peut-être pas. Mais si de nouveaux indices apparaissent, le shérif Grant ne pourra pas clore l'enquête, n'est-ce pas ?

— Non. » Mike fronça les sourcils. « Écoutez, Hannah. Je ne veux pas que vous vous mêliez de cela. Laissez faire les professionnels. »

Bien qu'agacée par le ton condescendant que Mike venait d'utiliser à son encontre, Hannah décida de répondre calmement.

« Pourtant, les *professionnels* en question se contenteront d'une enquête de routine. C'est vous qui l'avez dit. Or Danielle a besoin que quelqu'un prouve son innocence.

— C'est plus facile à dire qu'à faire, Hannah, poursuivit Mike sur le même ton énervant. N'allez pas interférer dans cette histoire. C'est peut-être dangereux. Si Danielle n'a pas tué Boyd, cela signifie qu'un tueur traîne dans les parages.

— Exact. Et alors ?

— Si vous tombiez sur un indice ? Si cet individu vous soupçonnait d'être sur sa piste ? C'est trop risqué, Hannah. » Mike lui prit la main. « Vous comptez énormément pour moi. Vous êtes ma meilleure amie à Lake Eden. S'il vous arrivait quelque chose, je ne sais pas ce que je ferais. Promettez-moi de vous tenir à l'écart. »

Hannah garda le silence. Danielle avait besoin de son aide. Il n'était pas question qu'elle se tienne à l'écart, comme le préconisait Mike. Mais par ailleurs, elle répugnait à lui mentir. Par conséquent, elle devait trouver une réponse qui le rassure sans toutefois la contraindre à l'inaction.

« Hannah ? insista-t-il.

— N'ayez crainte, Mike, fit-elle en arborant son sourire le plus désarmant. Je ne vous piquerai pas votre boulot.

— Mon boulot ? répliqua-t-il, amusé. Vous pensez vraiment que vous pourriez le faire ?

— Bien sûr que non. Et je n'en voudrais pour rien au monde. D'abord à cause de l'uniforme. »

Mike la regarda comme si elle avait perdu la raison.

« Qu'est-ce qu'il a, mon uniforme ? Vous trouvez que cette chemise bordeaux et ce pantalon kaki ne me vont pas ?

— Mais si. Sur vous, ils sont parfaits. Mais sur moi... étant donné ma couleur de cheveux... »

Mike la dévisagea puis éclata de rire.

« Vous avez raison. Une chemise bordeaux avec des cheveux roux, c'est une hérésie.

— Vous voyez ? Gardez votre boulot, Mike. Moi, je garde mes cookies. Au moins, je ne risque pas de trouver des gens assassinés dans mon four. En parlant de four, au début du concours, Boyd était assis dans le public avec sa sœur Maryann. Savez-vous à quelle heure il l'a ramenée chez elle ?

— Oui. Nous sommes passés lui annoncer la mauvaise nouvelle. C'est le seul aspect de mon métier que je déteste vraiment.

— Ça ne doit pas être facile de dire à quelqu'un que l'un de ses proches est décédé.

— En effet. Bill m'a conseillé de l'interroger avant, et il a bien fait.

— Pourquoi ?

— Elle a piqué une crise de nerfs. Il a fallu qu'on l'emmène à l'hôpital.

— Zut ! » gémit Hannah.

Maryann ne pouvait pas sentir Danielle. Les placer toutes les deux dans le même endroit revenait à enfermer un chat et une souris dans une penderie. Surtout si Maryann soupçonnait Danielle d'avoir tué son frère.

« Dites-moi qu'elles ne sont pas voisines de chambre.

— Non. Le Dr Knight les a mises chacune à un bout du couloir. Et pour plus de sûreté, j'ai posté un agent devant la porte de Danielle.

— Pour la protéger ? Ou parce que c'est la procédure habituelle ?

— Un peu des deux, reconnut Mike.

— C'est ce que je pensais. À quelle heure Boyd a-t-il quitté Maryann ?

— À 20 h 20. Elle lui a proposé une tasse de café mais il a refusé en disant qu'il devait rentrer pour 20 h 30 parce que Danielle ne se sentait pas bien.

— Si Boyd est sorti de l'appartement de Maryann à 20 h 20, ça veut dire qu'on l'a tué entre 20 h 30 et 22 heures.

— En effet. Le Dr Knight a pris la température du foie mais n'a pu fournir d'estimation plus précise.

— Comment fait-il pour prendre la température d'un f... » Hannah s'interrompit. « Non, ne dites rien. Je ne veux pas le savoir. Qu'en est-il des voisins ? Quelqu'un a-t-il vu ou entendu quelque chose ?

— Rien du tout.

— Et vous n'avez rien trouvé dans l'allée ?

— Des traces de pneus à profusion mais tous les voisins passent par là. Impossible de savoir lesquelles sont récentes. Et dans le garage, tout ce qu'on a c'est l'arme du crime et votre plat à gâteau. D'ailleurs, vous pourrez le récupérer dès que le labo aura relevé les empreintes. Il vous reste des bretzels ? Ils sont vraiment bons. »

Hannah alla chercher un autre sachet et une bière fraîche.

« Voilà, dit-elle en revenant. Ceux-ci sont à l'ail.

— Génial ! J'adore l'ail. » Mike s'empara du sachet mais ne l'ouvrit pas. « Vous comptez en manger ?

— Oui, je crois. » Hannah devinait la raison de sa question mais préférait l'entendre de sa bouche. « Pourquoi ?

— L'odeur est un peu forte. Surtout si l'autre n'en prend pas.

— Cette remarque ne vaut que si vous espérez coucher avec moi. »

Mike éclata de rire. « C'est ce que j'apprécie chez vous, Hannah. Vous dites toujours ce que vous pensez. »

Hannah regrettait d'avoir encore parlé sans réfléchir. Elle n'était pas du genre à coucher à droite et à gauche. Le sexe pour le sexe ne l'intéressait pas. Elle avait eu une liaison brève et passionnée avec un professeur à la fac, mais cette aventure s'était très mal terminée et Hannah s'était juré de ne plus s'engager à la légère.

« Je propose qu'on reprenne un verre, qu'on finisse ces bretzels et qu'on aille dormir.

— Ça marche pour moi.

— Chacun dans son lit, précisa-t-elle pour éviter tout malentendu.

— Oh, fit Mike, les sourcils froncés. D'accord, si c'est ce que vous voulez. »

Hannah préféra se taire. Ce n'était pas vraiment ce qu'elle voulait, mais la question était ailleurs. Par principe, elle s'interdisait de coucher avec la concurrence, et, en l'état actuel des choses, Mike était un concurrent.

Quand Mike regagna ses pénates une demi-heure plus tard, Hannah était très fière de sa prestation. Elle ne lui avait pas menti mais ne lui avait pas non plus promis de ne pas enquêter sur le meurtre de Boyd.

Chapitre 4

Le lendemain matin, lorsqu'elle entra dans sa cuisine et trouva le café prêt, Hannah remercia Thomas Edison pour l'invention du minuteur et de la cafetière électrique. Démarrer sa journée après seulement quatre heures de sommeil était absolument inenvisageable sans une bonne dose de caféine. Elle engloutit la première tasse sans attendre qu'elle refroidisse et se mit à sourire béatement ; le breuvage avait accompli son miracle quotidien. Elle s'en versait une deuxième tasse quand le téléphone sonna.

« Super. Justement je commençais à m'ennuyer », marmonna-t-elle en fixant l'appareil d'un œil torve.

Le téléphone aussi faisait partie des grandes inventions dont l'humanité pouvait s'enorgueillir, songea-t-elle en allant décrocher. Ce qui ne l'empêcha pas de reléguer Alexander Graham Bell tout en bas de son palmarès personnel. Qui d'autre que Delores aurait eu l'idée saugrenue de l'appeler si tôt ? Cela dit, à une heure pareille, il pouvait aussi s'agir d'une urgence.

« Hannah ?

— Oui, maman », fit-elle en grimaçant.

Elle aurait dû laisser le répondeur parler à sa place.

« Je viens d'entendre les infos sur KCOW. Tu savais que Boyd Watson était mort ? Un meurtre, paraît-il.

— Oui, maman. »

Hannah tira sur le fil entortillé du téléphone pour atteindre le placard où elle rangeait la nourriture de Moshe, décrocha le sandow qui le maintenait fermé et sortit une boîte de croquettes. Le sandow n'était pas là pour décorer. Moshe avait su ouvrir cette porte dès le lendemain du jour où Hannah l'avait accueilli chez elle. Et quand il décidait de se servir lui-même, il n'était pas du genre à laisser les lieux comme il les avait trouvés en arrivant.

« Je croyais que tu n'écoutais pas la radio le matin, s'étonna Delores.

— C'est le cas. Je suis au courant depuis hier soir.

— Oh ? C'est Bill qui te l'a dit ?

— Non. »

Hannah savait précisément comment Delores réagirait en apprenant que sa fille aînée était encore une fois tombée sur un cadavre, et ne se sentait pas le courage d'endurer ses reproches.

« Ne quitte pas, maman. Il faut que je m'occupe de Moshe.

— Ça ne peut pas attendre ?

— Non, si je tiens à mes chevilles. »

Hannah posa le combiné et repoussa Moshe avec le bout du pied. C'était sans doute parce qu'il avait souffert de la faim à l'époque où il vivait dans la rue, mais dès qu'il était question de nourriture, ce chat devenait hystérique.

Quand elle eut rempli sa gamelle et renouvelé l'eau de son bol, Hannah reprit le combiné.

« Me revoilà.

— Si ce n'est pas Bill, comment l'as-tu appris ? Mike Kingston, peut-être ? »

Hannah s'assit à la table, prête à affronter l'inévitable. Quand même, elle aurait eu mieux fait de tenir sa langue, tout à l'heure.

« Non, ce n'est pas Mike. En fait, Danielle m'a appelée hier soir.

— Pourquoi t'a-t-elle appelée ? fit Delores, surprise.

— Parce que je suis son amie et qu'elle n'avait pas d'autre recours.

— Et elle t'a dit que son mari était mort ?

— Danielle n'était pas en état de dire quoi que ce soit. Elle m'a juste demandé de venir. Quand je suis arrivée et que j'ai vu Boyd, j'ai appelé Bill et Mike.

— Donc tu as encore trouvé un cadavre, articula Delores comme si Hannah ne cherchait qu'à la contrarier. Il va vraiment falloir que ça cesse. Si tu ne prends pas garde, les hommes de cette ville vont croire que tu attires les catastrophes comme un paratonnerre la foudre.

— Et personne n'a envie de mourir électrocuté, c'est ça ?

— Très drôle, gloussa Delores. Tu as le sens de l'humour, Hannah. Et tu es très séduisante quand tu daignes t'arranger un peu. Normalement, tu ne devrais pas avoir de mal à...

— Laisse tomber, maman. Tu ne veux pas savoir ce qui s'est passé hier soir ? »

Il y eut un bref silence que Hannah interpréta comme

un changement d'aiguillage. Sa mère devait se dire qu'au lieu de se lancer dans une énième conférence sur les bienfaits du mariage, elle avait tout intérêt à glaner des infos qu'elle resservirait ensuite à son cercle d'amies.

« Bien sûr que si, ma chérie. Je suis tout ouïe.

— Je l'ai trouvé allongé sur le sol du garage près de sa Jeep Grand Cherokee, le crâne défoncé à coups de marteau. Il y avait du sang partout.

— Inutile d'être aussi précise, se récria Delores comme si Hannah pouvait ignorer que son récit serait rapporté mot pour mot. Danielle le prend mal, j'imagine ? »

Hannah fut tentée de lui demander comment une femme était censée réagir en découvrant son mari assassiné, mais préféra rester sobre.

« C'est le moins qu'on puisse dire. Elle souffrait déjà d'un mauvais rhume qui l'avait empêchée d'assister à l'émission, hier soir. Le voir dans cet état a fini de la briser. Bill l'a conduite à l'hôpital.

— La pauvre chérie ! Et Maryann ? Elle était si proche de son frère. C'est elle qui l'a élevé, pour ainsi dire. Leur mère n'avait pas le temps, vu qu'elle travaillait.

— Maryann est à l'hôpital elle aussi. Mike m'a dit qu'elle avait fait une crise de nerfs en apprenant la nouvelle.

— Tu crois que je devrais passer les voir ? Maryann est membre du club Regency Romance, comme moi, et j'étais assise près d'elle lors de la dernière réunion du cercle Dorcas. » Ces deux associations faisaient partie de la douzaine de clubs auxquels Delores avait adhéré après la mort de son mari. « Je connais moins Danielle mais je voudrais quand même lui présenter mes condoléances. »

Hannah frémit. Elle imaginait sa mère à l'hôpital de

Lake Eden, faisant la navette entre la chambre de Danielle et celle de Maryann pour rapporter à l'une ce que l'autre disait d'elle.

« Je ne pense pas que les visites soient autorisées, maman. Pourquoi ne pas leur envoyer un petit mot, plutôt ?

— Bien sûr, tu as raison. Mais les cartes de condoléances sont si impersonnelles.

— Alors, arrange-toi pour que l'une de tes associations lui livre des fleurs. Un bouquet, ça fait toujours plaisir.

— Excellente idée. Je m'en occupe immédiatement. À propos, tu passes très bien à l'écran. J'ai programmé mon magnétoscope mais il n'a pas démarré. Je crois qu'il a un problème. »

Hannah esquissa un sourire. Le magnétoscope de sa mère n'avait aucun problème, sauf quand c'était elle qui s'en servait.

« Comment sais-tu que je passe bien à l'écran si tu n'as pas pu enregistrer l'émission ?

— Carrie l'a fait. Quand nous sommes rentrées après le concours, elle m'a apporté sa cassette et nous l'avons regardée ensemble. Tracey est trop chou.

— Oui, je suis d'accord. »

Hannah reprit une gorgée de café en se demandant comment clore cette conversation.

« Je n'arrive toujours pas à croire qu'un nouveau meurtre ait eu lieu chez nous ! C'est sûrement à cause de cette violence qu'on voit sans arrêt à la télévision. Ils ont des suspects ? »

Hannah croisa les doigts, comme elle le faisait depuis l'enfance chaque fois qu'elle s'apprêtait à mentir.

« Je n'en sais rien.

— Eh bien, si tu apprends quelque chose, tiens-moi au courant. Il faut que je te laisse, ma chérie. Je dois appeler Carrie pour qu'elle m'aide à choisir les fleurs. »

Hannah raccrocha en souriant jusqu'aux oreilles. Elle venait d'inventer une méthode imparable pour écourter les appels téléphoniques de sa mère. Il suffisait de l'investir d'une mission importante nécessitant une action immédiate.

Dix minutes plus tard, Hannah était douchée et quasiment habillée. Elle jeta un coup d'œil sur le thermomètre accroché à l'extérieur et frissonna. Le mercure était descendu sous la barre des moins douze. La journée promettait d'être glaciale. Elle enfila un jean propre et chercha un haut dans son placard. Elle avait l'embarras du choix. Ses amis s'ingéniaient à lui offrir des cadeaux sur le thème des cookies et elle possédait toute une collection de sweats et de pulls ornés de slogans humoristiques ou tendres ou parfois carrément débiles. Hannah choisit un chandail bleu vif proclamant en grosses lettres dorées : *Le bonheur c'est une vie en chocolat*.

Hannah referma le placard pour examiner son reflet dans le miroir sur la porte. Elle avait les traits tirés et des cernes sous les yeux, mais que pouvait-elle y faire ? Elle se brossa les cheveux, les attacha avec la barrette dorée qu'Andrea lui avait offerte pour son anniversaire et alla se servir une dernière tasse de café.

La voyant s'éloigner, Moshe sauta du lit où il avait assisté à son habillage, la rejoignit dans le couloir et se frotta contre ses chevilles. Ce qui signifiait à n'en point douter que sa gamelle était à nouveau vide. En quelques mois, le chat malingre qu'elle avait tiré du ruisseau était devenu un gros matou de douze kilos. Le vétérinaire de la ville, Bob Hagaman, le disait en bonne santé et c'était l'essentiel. Mais pour ce qui était de l'esthétique, il pouvait repasser. Entre son oreille déchirée et son œil aveugle, il ne participerait jamais à un concours de beauté féline.

Pendant qu'il se régalait, Hannah prit le temps de souffler en savourant les dernières gouttes de son café. Elle avait quinze minutes devant elle et comme Delores avait déjà appelé, elle pouvait s'estimer tranquille. Le moment était venu de planifier sa journée.

Elle s'installa à la table en formica blanc qu'elle avait trouvée chez Helping Hands et attrapa l'un des blocs sténo à couverture verte qu'elle laissait dans chacune des pièces de son appartement. Il y avait quelque chose d'excitant dans le fait d'ouvrir un bloc sur une page blanche barrée de lignes bleues et de songer qu'en l'espace de quelques secondes, cette surface vierge pouvait se transformer en une liste de courses ou recueillir l'incipit d'un futur chef-d'œuvre.

Elle se remémora son tout premier carnet et sa belle couverture rouge. Elle l'avait emporté à l'école maternelle comme un trésor dont on ne veut pas se séparer. Elle revit l'illustration sur la première page, le portrait d'un chef indien au visage noble, souligné à l'encre noire et surmonté d'une coiffe emplumée.

Ce genre de carnet n'existait plus. Elle le savait pour avoir tenté de s'en procurer un récemment. Les grands chefs indiens ne décoraient plus les cahiers d'écolier, sans doute à cause de la mode du politiquement correct. D'ailleurs, on ne disait plus « chef indien », mais « dirigeant d'une communauté de natifs américains ». À Lake Eden, Minnesota, le mot « indien » n'avait pas de connotation raciste. Jon Walker, le Chippewa qui vous remettait vos médicaments dans la pharmacie du centre-ville, disait que l'expression « natif américain » était erronée du point de vue historique. D'après ses recherches, ses ancêtres étaient venus de Sibérie et s'étaient mélangés aux populations autochtones vivant au nord d'un continent qui ne s'appelait pas encore l'Amérique.

Hannah chercha un stylo dans le mug ébréché reconverti en pot à crayons. Les prochaines heures risquaient d'être épuisantes. Entre sa fonction de présidente du jury, sa prestation télévisée destinée à promouvoir le concours du meilleur pâtissier et son travail au Cookie Jar, elle n'aurait pas une minute à elle.

Hannah inscrivit la date en haut de la page. Il allait falloir désigner un nouveau juré pour remplacer Boyd. Étant donné son comportement de la veille, elle doutait que les candidates recalées aient pitié de lui ; peut-être même estimeraient-elles qu'il avait mérité son sort.

Et si l'une d'entre elles avait voulu lui faire payer sa méchanceté ? Hannah mordilla la pointe de son stylo. Une candidate ou un membre de sa famille auraient-ils pu suivre Boyd jusque dans son garage et lui fendre le crâne ? C'était une hypothèse peu probable mais qui méritait qu'on s'y attarde. Et comme tous les participants au concours étaient censés rester à Lake Eden jusqu'au samedi soir, Hannah disposait du temps nécessaire.

Elle griffonna sur la première ligne : *Vérifier les alibis des candidates et de leur famille.* La gagnante étant éliminée d'emblée, elle n'avait plus qu'à se pencher sur le cas des trois autres. Hannah doutait qu'il y ait eu préméditation. Si la meurtrière avait suivi Boyd dans l'intention de le tuer, elle aurait certainement emporté une arme à feu au lieu d'attraper un objet au hasard, en l'occurrence un marteau accroché à un établi.

Sur la deuxième ligne, Hannah inscrivit une plage horaire, mercredi 20 h 30 – 22 heures. Elle réfléchit un instant et ajouta : *Interroger les voisins*. Les policiers du comté s'en étaient déjà chargés mais repasser derrière eux ne pouvait pas faire de mal. Parfois les gens rechignaient à parler aux forces de l'ordre de peur d'être impliqués.

Un coup d'œil à la pendule lui apprit qu'il était temps de partir. Mais d'abord, elle devait compléter sa liste. *Autres cas de vengeance*, écrivit-elle. Si après vérification elle découvrait que Boyd n'avait pas été tué par une candidate malheureuse, les représailles n'en demeureraient pas moins un mobile valable. Un habitant de Lake Eden avait pu nourrir contre lui une rancune assez violente pour passer à l'acte et lui fracasser la tête avec un marteau. Par conséquent, il fallait qu'elle sache si l'un de ses concitoyens avait eu une bonne raison de vouloir sa mort.

Pour le deuxième matin consécutif, Lisa était venue travailler très tôt, si bien qu'à son arrivée, Hannah n'avait plus grand-chose à faire. Après avoir réglé deux ou trois bricoles, elle passa côté boutique pour profiter d'un moment de calme avant la tempête. Allumer aurait incité les clients à se présenter avant l'heure. Hannah traversa donc la salle dans la pénombre, se versa une énième tasse de café, s'assit à l'une des petites tables bistrot et prit le temps d'admirer le comptoir en acajou poli et les étagères chargées de bocaux en verre contenant les cookies du jour.

C'était Andrea qui lui avait suggéré d'ouvrir ce commerce. Après avoir interrompu sa carrière universitaire pour rentrer au pays et aider leur mère à gérer les suites du décès de son mari, Hannah avait connu une période difficile. L'inactivité lui pesait, elle se sentait perdue. Sa famille avait insisté pour qu'elle reparte et termine sa thèse, mais la perspective d'enseigner la littérature anglaise à des étudiants obtus ne l'attirait plus autant qu'avant. Ce désintérêt avait une autre cause, plus intime, qu'elle n'avait avouée ni à sa mère ni à sa sœur ; en fait, le campus était devenu trop petit pour elle, son ex et la femme qu'il avait épousée.

Hannah soupira et mit ses mains autour du mug de café chaud. Cet épisode de sa vie lui semblait terriblement lointain. Comme on dit, le temps avait fait son œuvre. Les rares fois où son histoire avec Bradford Ramsay lui revenait en tête, elle ne ressentait plus qu'un très léger regret.

Bradford était un jeune, beau et brillant professeur. Hannah était tombée éperdument amoureuse de lui, comme la jeune femme naïve qu'elle était alors. Elle aurait pu se poser des questions quand il avait refusé de partir en voyage avec elle au prétexte qu'il devait s'occuper de ses parents âgés. Mais comment aurait-elle pu deviner qu'il passait toutes ses vacances avec sa fiancée qui vivait non loin de la maison familiale ?

Hannah avait beaucoup mûri depuis son retour à Lake Eden. Elle adorait son travail, avait acquis de l'assurance et réussi à établir une relation amicale avec Andrea. Elle parvenait même à supporter sa mère, ce qui était une vraie prouesse. Une seule chose dans son existence posait problème : l'amour. Mais on a raison de dire que chat échaudé craint l'eau froide.

Il y avait une vue magnifique derrière la vitrine. Le visage de Hannah s'illumina. Le soleil d'hiver venait de surgir à l'horizon et ses rayons repeignaient en jaune pâle les toits enneigés qui scintillaient comme des vitraux. Avec ses branches alourdies par la neige, le vénérable conifère dressé sur le trottoir d'en face ressemblait à s'y méprendre à un arbre de Noël, illusion confortée par les cardinaux au plumage rouge vif et les geais bleu électrique perchés dessus comme autant de bibelots.

Une voiture s'arrêta devant sa boutique, l'arrachant à cet instant de grâce. Le pot d'échappement crachait un panache de fumée blanche. Hannah se leva pour aller voir de qui il s'agissait. Ce véhicule lui était inconnu : une Grand Am rouge vif, avec des plaques d'immatriculation provisoires. Dans une petite ville comme Lake Eden, les propriétaires de voitures neuves passaient beaucoup de temps à se vanter de leurs acquisitions. Normalement, Hannah aurait dû en entendre parler.

La portière côté chauffeur s'ouvrit sur une femme brune aux cheveux courts bien coupés. Hannah reconnut l'élégant manteau turquoise qu'elle portait pour l'avoir vu exposé dans la vitrine du Beau Monde. Quand la nouvelle venue traversa le trottoir en direction du Cookie Jar, Hannah fut tellement surprise que ses sourcils grimpèrent jusqu'au milieu de son front. Cette gravure de mode n'était autre que Lucy Richards, reporter au *Journal de Lake Eden*.

Hannah fit une rapide opération de tête. Le manteau avait coûté quatre cents dollars. Hannah avait lu la somme sur l'étiquette le jour même où Claire Rodgers l'avait mis en vente. Les bottines en cuir doublées de fourrure devaient valoir à peine moins. Quant à la Pontiac Grand Am, elle préférait ne pas y songer. Lucy faisait des économies de loyer en vivant dans un studio que lui prêtait sa grand-tante, Vera Olsen, mais avec le petit salaire que lui versait Rod Metcalf, le patron de l'hebdomadaire, elle n'avait assurément pas les moyens de s'offrir de telles merveilles !

Hannah se colla vite contre le mur pour éviter d'être vue. Il n'était pas question d'ouvrir avant l'heure, surtout pour Lucy Richards. Elles s'étaient pris le bec la semaine précédente après la parution de l'article que Lucy avait écrit pour annoncer le concours des farines Hartland. Lucy lui avait prêté des propos qu'elle n'avait jamais tenus et Hannah lui en voulait toujours.

Lucy frappa et attendit en trépignant d'impatience. Hannah la laissa poireauter, sachant fort bien que dehors, il gelait à pierre fendre. Elle n'était censée ouvrir que dans un petit quart d'heure. Avec un peu de chance, Lucy finirait par se lasser.

Mais quand elle la vit grelotter, Hannah fut prise de pitié. Après tout, elle était peut-être venue faire amende honorable. Hannah alluma les lumières et déverrouilla la porte.

« Ça caille ! » Lucy se dépêcha d'entrer. « Il y a du café ? demanda-t-elle en s'essuyant les pieds sur le paillasson.

— Bien sûr. »

Hannah lui désigna un tabouret près du comptoir et alla remplir une tasse.

« Merci. Je prendrais bien un ou deux cookies aux raisins et aux flocons d'avoine. » Lucy frissonna en serrant ses mains autour de son mug, puis elle respira un bon coup comme avant de se jeter à l'eau. « Désolée pour l'article. Mon enregistreur ne marchait pas, je l'ai écrit de mémoire. » Son *mea culpa* était un peu bref, mais Lucy avait quand même fait l'effort de venir s'excuser. « Mais ce n'est pas pour ça que je suis là.

— Oh ? » fit Hannah, déconcertée.

Elle posa deux cookies aux flocons d'avoine sur une serviette blanche brodée du nom de sa boutique, attrapa un chiffon et, pour s'occuper les mains, entreprit d'astiquer le comptoir. Si Lucy avait quelque chose à lui demander, elle n'avait qu'à s'exprimer au lieu d'attendre qu'on lui tire les mots de la bouche.

« Je voulais te parler en privé, Hannah. » Lucy termina le premier cookie et attaqua le second. « Je sais que nous ne sommes pas sur la même longueur d'onde, mais il faut bien que j'exerce mon métier.

— Un métier qui rapporte, à ce que je vois, dit Hannah en montrant la Pontiac rouge garée dehors. Cette voiture a dû te coûter un bras.

— C'est une location-vente. Avec ce que je gagne au journal, je serais bien en peine de me l'offrir. Rod ne se rend pas compte de ce que je vaux. »

Hannah fut tentée de saisir cette magnifique perche. Elle trouva même plusieurs répliques cinglantes mais les garda pour elle au prix d'un effort surhumain.

« Tu as un nouveau manteau ? grinça-t-elle. Très joli. Et de nouvelles bottines ? »

Après quoi, elle se tut et attendit. Elle avait passé tellement de temps à faire la queue chaque année à la période des inscriptions universitaires qu'elle n'était plus à quelques minutes près.

« Oui, souffla Lucy que son soudain silence semblait mettre dans l'embarras. Je les ai achetés avec mon avance.

— Ton avance ?

— Pour mon livre.

— Vraiment ? fit Hannah, curieuse. J'ignorais que tu avais écrit un livre.

— Oh, ce n'est pas encore fait, enfin pas vraiment. D'où le terme *avance*. Il s'agira d'une biographie, celle d'une personne riche et célèbre.

— Donc pas quelqu'un d'ici !

— Très juste. » Lucy eut un petit rire nerveux. « Je ne peux pas te donner de détails, Hannah. Mon éditeur souhaite ménager l'effet de surprise.

— Et la sortie est prévue pour quand ?

— Je n'en sais encore rien. Tout dépendra de la date à laquelle je finirai d'écrire. Mon éditeur est très pressé, mais je ne peux pas laisser tomber Rod au journal. Il compte sur moi pour tous les grands reportages.

— C'est tout à ton honneur. »

Hannah dut se retenir pour ne pas hurler. Rod avait engagé Lucy pour faire plaisir à Vera Olsen et ne lui confiait que des tâches secondaires.

Lucy frémit d'orgueil et reprit avec enthousiasme :

« Il pense que ce sera un best-seller. Peut-être la plus grosse vente de l'année. D'où la somme qu'il m'a versée à titre d'avance.

— Je vois », fit Hannah, circonspecte.

Cette histoire de best-seller lui semblait hautement improbable. Jusqu'à preuve du contraire, Lucy ne connaissait aucune personne riche et célèbre. Elle avait dû inventer cela pour justifier son nouveau train de vie. Soit elle avait explosé le plafond de ses cartes de crédit, soit elle avait un amant plein aux as. Hannah penchait pour la première hypothèse. Un jour, Vera avait dit à Delores que sa petite-nièce Lucy avait été renvoyée de l'université pour « comportement aberrant ».

Lucy sortit un calepin et l'ouvrit sur une page blanche.

« Dis-moi ce qui s'est passé hier soir. Rod m'a demandé d'écrire un article là-dessus. »

Hannah hésita. Et si cette fille déformait encore ses propos ?

« Tu n'as pas besoin de moi. Tu étais sur place. »

Sa réponse dut déplaire car Lucy reposa sèchement sa tasse sur le comptoir.

« J'étais *où* ?

— Sur le plateau de tournage. Je t'ai vue discuter avec les candidates. »

Lucy leva les yeux au ciel.

« Ne fais pas l'imbécile, s'il te plaît. Je ne parle pas du concours.

— Ah bon ? s'écria Hannah en feignant la surprise. De quoi, alors ?

— J'ai convaincu Rod de sortir mon reportage sous le titre "Meurtre d'un coach", et maintenant je voudrais savoir comment tu as découvert le cadavre de Boyd Watson. »

Hannah n'en revenait pas d'une telle indécence. La plupart des habitants de Lake Eden recevraient un choc en apprenant l'horrible nouvelle. Était-il besoin d'en rajouter dans le sensationnel ?

« Qui t'a dit que j'y étais ?

— L'une de mes sources a vu ton break sur les lieux. Allons, Hannah. J'ai vraiment besoin de savoir. »

Hannah secoua la tête.

« Je ne peux rien pour toi, Lucy. Le bureau du shérif a ouvert une enquête.

— La belle affaire ! répliqua Lucy en balayant le problème d'un revers de main. Dans quel état l'as-tu trouvé ? Qu'est-ce que Danielle a dit ? C'est ça qui intéresse les gens.

— Ils attendront la conférence de presse. Si tu veux des détails, adresse-toi aux inspecteurs chargés de l'enquête.

— Ils ne me diront rien. C'est toujours pareil avec eux. Allons, Hannah, je te soumettrai mon article avant qu'il sorte et tu pourras rayer tout ce qui te déplaît. »

Hannah n'en croyait pas un mot, mais là n'était pas la question.

« Je te le répète, Lucy. Je ne dirai rien avant que les services du shérif m'y autorisent.

— J'en conclus que tu les aides ? »

Lucy griffonna dans son carnet.

« Je n'ai pas dit cela, s'indigna Hannah.

— Pourtant, la dernière fois que quelqu'un s'est fait tuer ici, c'est bien toi qui les as mis sur la piste de la meurtrière, non ? »

Hannah devait faire très attention à sa réponse. Effectivement, elle avait largement contribué à l'arrestation de la femme qui avait assassiné Ron LaSalle, mais personne n'était censé être au courant.

« Non ? » insista Lucy.

Hannah voyait bien qu'elle ne lâcherait pas. Il fallait lui donner un os à ronger.

« Oh, je n'ai pas fait grand-chose. J'ai juste ouvert mes oreilles et relayé les infos, comme n'importe quel autre citoyen soucieux du bien public.

— Oh, mais bien sûr, ricana Lucy. Bon, si c'est comme ça que tu veux la jouer... Revenons au coach Watson. À ton avis, qui aurait pu le tuer ? Après tout, tu étais la première à arriver sur la scène de crime.

— Non.

— Non, tu n'étais pas la première ? demanda Lucy, son stylo levé. Ou non, tu ne sais pas qui aurait pu le tuer ?

— Les deux. »

Sa conscience n'aurait pas à pâtir de ce mensonge qui n'en était pas vraiment un. C'était Danielle qui avait trouvé Boyd la première, pas elle. Et pour ce qui était des suspects, aucun nom ne lui venait en tête, du moins pas pour l'instant.

« Que penses-tu de Danielle ? Avait-elle une raison de vouloir la mort de son mari ? »

Hannah fut tentée de l'envoyer balader mais s'en abstint.

« Je n'en sais strictement rien. Et je refuse d'émettre la moindre hypothèse. Tu t'adresses à la mauvaise personne, Lucy. Je te conseille plutôt d'interroger Bill ou Mike Kingston.

— Si j'allais voir Mike Kingston, ce ne serait pas pour l'interroger sur une affaire de meurtre, rétorqua Lucy en faisant bouffer ses cheveux courts. Mais tu es la dernière à laquelle je devrais dire ça, j'imagine. »

Hannah serra les dents. Lucy essayait de la déstabiliser mais ce petit jeu ne marchait pas avec elle.

« Désolée, Lucy. Je te l'ai déjà dit, je ne peux absolument rien pour toi. En fait, je ne devrais même pas te parler.

— Ça signifie que tu en sais davantage que tu ne veux bien le dire ?

— Non. Ça signifie que je vais bientôt ouvrir ma boutique. Tu perds ton temps, Lucy. Et tu abuses de mon hospitalité. Tu me dois un dollar vingt-quatre pour le café et les cookies.

— Je te paierai plus tard. Je suis pressée. » Lucy se leva, marcha jusqu'à la porte, puis fit volte-face. « Puisque tu refuses de coopérer avec un membre respecté du quatrième pouvoir, je vais de ce pas m'entretenir avec Danielle ! »

Hannah gémit en regardant Lucy sortir et claquer la porte derrière elle. Puis elle décrocha le téléphone et composa le numéro de Mike en espérant qu'il serait à son poste, malgré l'heure matinale.

« Kingston, annonça Mike à la troisième sonnerie.

— C'est Hannah. Je suis à la boutique. Lucy Richards vient de sortir. Elle a tenté de me soutirer des infos sur le meurtre de Boyd Watson.

— Ça ne m'étonne pas, répondit Mike, sarcastique. Elle a appelé Bill chez lui à l'instant même où KCOW diffusait la nouvelle. Je crois qu'elle s'est fait recevoir assez froidement.

— Je vois ça d'ici. » Hannah esquissa un sourire. « Le matin, Bill n'est pas à prendre avec des pincettes.

— C'est Andrea qui a répondu. C'est son jour de congé. Et Bill était sous la douche.

— Oups. »

Le sourire de Hannah s'épanouit avantage. Réveiller

Andrea à 6 heures du matin un jour de congé était un crime passible d'une bonne engueulade.

« En partant, Lucy a dit qu'elle allait parler à Danielle. Vous pouvez l'en empêcher ?

— Ne vous inquiétez pas. Rick Murphy monte la garde devant sa chambre. Je lui ai dit de ne laisser entrer personne.

— Bien », fit Hannah, rassurée. Puis elle réalisa ce que cela voulait dire. « Danielle peut recevoir des visites, n'est-ce pas ?

— En ce moment, ce n'est pas conseillé.

— Pour raisons médicales ?

— Elle est toujours grippée, mais le Dr Knight n'est pas inquiet. » Mike s'interrompit et laissa échapper un soupir. « Écoutez, Hannah. Que vous l'acceptiez ou pas, Danielle est notre suspecte numéro un.

— Mais même les détenus ont le droit de se rendre au parloir, objecta Hannah. Vous avez pris sa déposition, non ?

— Si.

— Alors, vous n'avez pas à craindre que quelqu'un l'influence ou lui dicte ses propos. »

Il y eut un nouveau silence, un nouveau soupir.

« Certes.

— Danielle n'est pas en état d'arrestation, n'est-ce pas ?

— Non, pas officiellement.

— Donc vous ne pouvez pas m'interdire de la voir. » Hannah essaya de faire vibrer sa corde sensible. « Elle est toute seule, Mike. Elle doit être folle d'inquiétude. Ce n'est pas bien de la garder enfermée, loin de ses amis, alors que vous n'avez rien de précis contre elle.

— Bon, d'accord.

— Alors, je peux lui rendre visite ?

— Oui, mais vous seule. Je vais appeler Rick et lui dire de vous laisser passer. »

Hannah soupira de soulagement.

« Génial ! J'irai dans la matinée et je lui apporterai des cookies.

— Hannah ?

— Oui, Mike.

— C'est juste une démarche amicale, hein ?

— Évidemment.

— Donc, vous avez décidé d'écouter mes conseils et de ne pas interférer dans mon enquête ?

— Depuis le temps, vous devriez savoir que j'écoute toujours vos conseils, Mike. »

Ce qui n'était pas faux. Mais elle s'était bien gardée de répondre à la seconde partie de sa question. Sinon, elle aurait dû lui dire : « J'y ai longuement réfléchi la nuit dernière et j'en suis arrivée à la conclusion que vous aviez tort et que j'avais raison. Et comme Danielle n'a personne d'autre que moi à ses côtés, vous n'imaginez quand même pas que je vais rester en dehors de cette affaire. »

Chapitre 5

Hannah avait fini de servir ses clients les plus matinaux quand Lisa passa la tête par la porte séparant la boutique du fournil.

« Hannah ? Peux-tu venir une minute ?

— J'arrive ! »

Hannah s'excusa auprès de Bertie Straub, la gérante du salon de coiffure Cut 'n Curl, et partit rejoindre son assistante. Mais à peine eut-elle poussé le battant qu'elle vit Delores perchée sur un tabouret devant l'îlot de travail en inox, son sac à main posé en travers de ses cuisses. Sur la plupart des femmes de son âge, l'ensemble rose framboise – jupe, pull, cardigan – qu'elle portait aurait paru légèrement déplacé, mais pas sur elle. Sa coupe dégradée mettait superbement en valeur ses cheveux bruns soyeux et son maquillage était impeccable. Hannah ne se faisait aucune illusion, ce n'était pas pour elle que sa mère s'était ainsi pomponnée. En fait, Delores ne sortait jamais sans avoir passé de longues minutes à peaufiner son apparence, comme si elle s'attendait à être pourchassée par une meute de paparazzis.

« Maman ? » fit Hannah, perplexe. Les rares fois où Delores daignait lui rendre visite au Cookie Jar, elle passait toujours par-devant. « Il y a un problème ?

— Non, ma chérie. C'est juste que j'ai oublié de te dire quelque chose au téléphone ce matin. » Delores se tourna vers Lisa. « Vous pourriez peut-être remplacer Hannah dans la boutique ? Juste une minute ? »

Lisa sourit avec indulgence devant cette injonction à peine voilée.

« Bien sûr, madame Swensen. Voulez-vous un cookie ? Les croustillants à la mélasse viennent de sortir du four.

— Non, merci, ma chère. Ils sentent merveilleusement bon, mais je surveille ma ligne. Noël approche, vous savez. »

Hannah dissimula un léger rictus. À l'époque de son mariage, Delores faisait du trente-huit et, trente ans plus tard, elle n'avait pas pris cent grammes. À Lake Eden, passé cinquante ans, la plupart des femmes étaient moins obsédées par leur physique. Delores, elle, était toujours résolue à ne rien négliger – régimes, coiffeuse, esthéticienne, chirurgie plastique – pour conserver le plus longtemps possible son capital séduction.

Quand Lisa eut disparu derrière la porte battante, Delores se tourna vers sa fille.

« J'étais tellement secouée ce matin en apprenant la mort de Boyd que j'ai complètement oublié pourquoi je t'appelais.

— Ah ? » Hannah prit l'un des cookies encore tièdes et le goûta, sachant que c'étaient les préférés de sa mère. « Tu es sûre que tu n'en veux pas, maman ? »

Delores se laissa fléchir.

« Eh bien... juste un, alors. Mais ne t'avise pas de m'en proposer un deuxième. Je viens de m'acheter une robe pour le réveillon et j'ai l'intention de la porter.

— Tiens, maman. » Hannah lui tendit le croustillant à la mélasse. « Que voulais-tu me dire ?

— Qu'à mon avis, tu ne devrais pas mettre tous tes œufs dans le même panier.

— Pardon ?

— Promets-moi de bien réfléchir, ma chérie. Je sais que tu es attirée par Mike, mais ce serait vraiment dommage de négliger un parti aussi intéressant que Norman. Lucy Richards a des vues sur lui, tu sais ? C'est Carrie qui me l'a dit hier soir.

— Lucy Richards ? Et Norman ? »

Hannah avait du mal à en croire ses oreilles. Norman, cet homme si gentil, si drôle, et la pseudo-journaliste qui se prenait pour l'héritière de Bob Woodward ! Le mariage de la carpe et du lapin.

« Ils sortent ensemble ?

— Pas encore, mais Carrie dit que la semaine dernière, elle est allée voir son fils à son cabinet et qu'ils sont restés un moment enfermés tous les deux dans son bureau. Après le départ de Lucy, Carrie a voulu savoir ce qu'elle était venue faire et Norman s'est comporté bizarrement.

— Comment cela ?

— Il a refusé de répondre. Je t'assure, il y a anguille sous roche. Carrie craint le pire. Je pense que tu devrais t'occuper de Norman avant que Lucy ne te le pique. »

La mâchoire de Hannah se décrocha. Lui « piquer »

Norman ? Norman était un garçon charmant, ils avaient dîné au restaurant deux ou trois fois, mais entre eux il n'y avait rien sauf de l'amitié. Seulement voilà, tenter d'en convaincre Delores risquait de lui prendre énormément de temps, et le temps était une denrée trop précieuse pour qu'elle le gâche ainsi.

« Merci pour ton conseil. Je parlerai à Norman dès aujourd'hui, c'est promis.

— Et tu feras bien. » Visiblement satisfaite par la réponse de sa fille, Delores se leva en lissant sa jupe. « Il faut que je file, ma chérie. J'ai dit à Carrie que je passerais la prendre dans dix minutes.

— Vous allez au centre commercial choisir des cadeaux de Noël ?

— Bien sûr que non, répliqua Delores, légèrement vexée. Je les achète toujours le lendemain du 25 décembre. Tu n'imagines pas les rabais qu'ils pratiquent. Ça fait presque un an que mes cadeaux sont emballés et rangés au fond d'un placard. »

Hannah regarda sa mère sortir puis rejoignit Lisa derrière le comptoir. Delores avait toujours été une femme organisée. Hannah admirait cette qualité tout en sachant qu'elle ne l'aurait jamais. Si elle achetait ses cadeaux de Noël un an à l'avance, elle oublierait où ils étaient rangés et devrait se précipiter dans les magasins à la dernière minute pour en trouver d'autres.

Au cours des deux heures suivantes, Hannah se consacra exclusivement à ses clients. La verseuse dans une main, une assiette de cookies dans l'autre, elle slalomait entre les tables en écoutant les conversations d'une oreille distraite.

Chacun avait sa théorie sur le meurtre de Boyd Watson. Kathy Purvis, la femme du proviseur, croyait à un cambriolage ayant mal tourné. Lydia Gradin, guichetière à la First National Bank, parlait d'un règlement de comptes ; des gangsters auraient débarqué de Minneapolis pour lui faire la peau. Mme Robbins et ses amies de la résidence pour seniors Lakewood racontaient que le tueur s'était échappé de la maison de correction de St. Cloud, tandis que M. Drevlow, le voisin de Lisa, penchait plutôt pour un malade mental que l'hôpital d'État de Wilmar aurait relâché dans la nature à cause des restrictions budgétaires. Le concours du meilleur pâtissier ne fut mentionné qu'une fois, et encore par allusion, M. Gibson, judicieusement surnommé « le croque-mort » parce qu'il dirigeait l'entreprise de pompes funèbres locale, défendant l'hypothèse que Boyd avait été refroidi par un vieil ennemi qui l'avait reconnu à la télévision. Personne n'avait l'air de croire que Danielle pouvait avoir joué un rôle dans l'affaire et quand ils prononçaient son nom, les gens ajoutaient systématiquement « la pauvre chérie ». Hannah en déduisit que l'ignoble secret de Boyd était toujours bien gardé. Pour l'instant, ils considéraient Danielle comme une épouse éplorée, mais la sympathie qu'ils affichaient envers elle pourrait facilement se muer en suspicion du jour au lendemain. Si jamais la vérité sur leurs relations éclatait, ils auraient tôt fait d'en conclure que Danielle avait tué son mari soit pour se défendre, soit pour se venger de lui.

Une fois passé les 11 heures et quart, il ne restait plus qu'un seul client dans la boutique. La pause-café du milieu de matinée était terminée, le petit déjeuner n'était plus qu'un lointain souvenir et les habitués qui chaque jour se précipitaient chez Hannah pour déguster un cookie en guise de dessert après le déjeuner ne se pointeraient pas avant quarante-cinq minutes. Elle finissait de préparer les tables pour le rush de midi quand Andrea poussa la porte et entra.

« Salut, Hannah. »

Andrea accrocha son manteau à la patère et se percha sur l'un des tabourets le long du comptoir en jetant un regard furtif au vieux M. Lempke, que Hannah était chargée de surveiller pendant que sa fille faisait un saut au drugstore.

« Son Sonotone est allumé ? demanda-t-elle en fronçant les sourcils.

— Non. Roma a retiré les piles pour pouvoir acheter les mêmes.

— Bien. Il faut que je te parle de Danielle. Bill m'a tout dit. Je veux faire quelque chose pour la soutenir. Je ne crois pas une seconde qu'elle l'ait tué et même si c'est elle, il l'a bien mérité !

— Je sais. »

Hannah attrapa la verseuse, qu'elle avait pris soin de remplir avec ce qu'il restait dans le réservoir de la fontaine à café avant de le nettoyer, et servit sa sœur. Les joues d'Andrea étaient assorties à son pull en cachemire corail et ses yeux bleus brillaient plus qu'à l'accoutumée.

« Ça t'a fait un choc, pas vrai ?

— Carrément ! Bill dit que le shérif Grant croit Danielle coupable. Tu vois ce que cela signifie.

— J'en ai peur, oui, répondit Hannah sur un ton grave. Ils vont juste faire semblant d'enquêter ?

— Exact. Bill ne prendra pas le risque de contredire

son supérieur. Il est inspecteur depuis moins de deux mois, et de toute façon, il ne l'écouterait pas. Et d'après lui, Mike aussi se rangera à l'avis du shérif.

— Parce qu'il vient d'arriver sur ce poste ?

— Oui, et aussi parce qu'il n'est pas sûr que Danielle soit innocente. »

Hannah resta sans voix.

« Il est stupide ou quoi ? s'écria-t-elle après avoir retrouvé sa langue. Je lui ai *dit* que Danielle était incapable de tuer Boyd !

— Ne sois pas trop dure envers lui, Hannah. Il ne connaît pas Danielle comme nous la connaissons, et n'oublie pas qu'il vient de Minneapolis. Là-bas, les flics voient tous les jours des femmes battues qui assassinent leur conjoint violent.

— Sauf qu'on n'est pas à Minneapolis, lui rappela Hannah. Les choses sont différentes chez nous.

— Je sais bien. » Andrea souffla sur son café avant d'y tremper les lèvres. « Comment tu fais pour que cette verseuse conserve la chaleur aussi longtemps ? On a la même à la maison et notre café est toujours tiède.

— Tu la remplis d'eau bouillante, tu laisses reposer deux minutes, tu jettes l'eau et tu mets le café à la place.

— Ah ! J'essaierai demain matin. Que doit-on faire pour commencer ?

— À quel propos ?

— Pour Danielle. C'est à nous qu'il revient de prouver qu'elle n'a pas tué Boyd. »

Hannah eut un mouvement de recul et regarda sa sœur avec étonnement.

« Comment ça, *nous* ?

— Tu ne penses quand même pas que je vais te laisser seule sur ce coup ! » Puis, avec un petit sourire arrogant : « Je ne suis peut-être pas aussi bonne que toi pour espionner les gens, mais j'apprends vite. »

Hannah n'appréciait pas vraiment qu'on la traite d'espionne mais jugea préférable de se taire.

« Prends ta tasse et suis-moi dans le fournil. Il faut que je rassemble mes affaires en vue de l'émission. »

Laissant Lisa tenir seule la boutique, Hannah poussa la porte battante et fit signe à sa sœur de s'asseoir le temps qu'elle prépare les divers ingrédients du dessert prévu pour le soir même. Andrea se jucha sur un tabouret, son imper plié sur les genoux, et la regarda faire.

Avec des gestes rapides et néanmoins efficaces, Hannah mesura le sucre, le beurre, les plaça dans des récipients à usage alimentaire et mit deux poignées d'abricots secs hachés au fond d'un étui en plastique. Puis elle rangea le tout dans une caisse et posa par-dessus une miche de pain blanc tranché ainsi que la recette écrite à la main sur une feuille de papier. Après quoi, elle alla vérifier s'il restait assez d'œufs et de crème dans la chambre froide, revint sur ses pas et fixa le couvercle sur la caisse. Quand elle leva les yeux, sa sœur l'observait avec curiosité.

« Quoi ?

— J'essayais d'imaginer ce que tu allais préparer ce soir.

— Du pudding à l'abricot. L'une des recettes favorites de grand-mère Elsa, à part qu'elle le faisait avec des raisins secs. Moi, je le préfère à l'abricot.

— Moi aussi. Les abricots sont nettement plus goûteux. Comment vas-tu t'y prendre ?

— Comme je n'aurai pas le temps pendant le bulletin d'information, je vais le fabriquer maintenant, et ce soir, devant les caméras, je me contenterai de mélanger les ingrédients comme si c'était pour de vrai. C'est ce que j'ai fait hier soir pour le biscuit de la charlotte aux fraises Swensen.

— Je ne parlais pas de cela. Je voulais savoir comment tu allais t'y prendre pour sortir Danielle de ce mauvais pas. Il faut absolument qu'on l'aide.

— Je sais. Mais tu as pensé à Bill ? Qu'est-ce qu'il dira s'il apprend que tu as encore fourré ton nez dans une affaire de meurtre ? »

Andrea évacua le sujet d'un geste vague.

« Il est tellement occupé, il ne s'en apercevra même pas. Allons voir Danielle à l'hôpital. Avant de décider quoi que ce soit, il faut qu'on ait en main tous les éléments factuels.

— On t'interdira d'entrer, Andrea. Les visites ne sont pas autorisées. Mike m'a donné la permission mais il a fallu que je bataille.

— Je suis au courant. Bill me l'a dit. Mais vois-tu, je connais l'agent qui monte la garde devant sa chambre. C'est Rick Murphy, on était au lycée ensemble. Je pourrai détourner son attention, et comme ça il n'entendra pas ce que vous vous direz, Danielle et toi.

— Très malin. »

Hannah était sincèrement impressionnée.

« Merci. Alors, tu veux bien que je t'aide, dis, Hannah ? »

Hannah prit le temps de remplir un sac de cookies pour Danielle.

« Bill me tuera s'il découvre la vérité, mais j'avoue que ta participation me serait très utile.

— Génial ! s'écria Andrea. Tu sais, j'adore faire des trucs avec toi, Hannah. C'est tellement dommage qu'il ait fallu le meurtre de Ron LaSalle pour qu'on se rapproche. »

En repassant côté boutique pour demander à Lisa de tenir la forteresse jusqu'à leur retour, Hannah songea à ce qu'Andrea venait de dire. Effectivement, c'était bien dommage qu'elles aient dû attendre si longtemps pour que leurs relations s'améliorent. Les deux sœurs s'étaient jalousées durant toute leur jeunesse, chacune pensant que l'autre était mieux qu'elle, et n'avaient commencé à s'apprécier que le jour où elles s'étaient liguées pour résoudre leur première affaire de meurtre. Depuis, elles étaient les meilleures amies du monde.

Au lycée, Andrea avait été la plus populaire des deux, et de loin. Les garçons se battaient pour sortir avec elle. Fine, délicate, jolie comme un cœur, elle semblait à l'aise en toutes circonstances, et surtout devant les représentants de la gent masculine. Andrea était le portrait craché de leur mère, avec vingt-cinq ans de moins. Hannah, en revanche, tenait de son père. Trop grande, trop maigre, elle avait été une adolescente hyper douée mais affligée d'un humour excessivement caustique. Les garçons l'avaient appréciée comme une bonne copine mais elle n'avait jamais fait tourner la tête d'aucun. Seule Andrea possédait ce don. Bill avait coutume de dire que par son charme, Andrea aurait pu faire tomber les oiseaux des arbres. Et c'était vrai. Pour obtenir le même résultat, Hannah aurait dû prendre un fusil et tirer dans le tas.

Quand elle revint chercher sa grosse parka et sa caisse d'ingrédients, Hannah vit Andrea la considérer d'un œil inquiet.

« Quoi encore ?

— Tu ne vas pas à l'hôpital comme ça, j'espère ?

— Comme ça quoi ? fit Hannah, interloquée.

— Avec cette vieille parka miteuse.

— Cette vieille parka miteuse, comme tu dis, date de l'année dernière. Et elle est nettement plus chaude que cet imper ridicule que tu portes.

— Mon imper n'est pas ridicule. Il ressemble comme deux gouttes d'eau à ce trench en cuir qui était dans *Vogue* le mois dernier !

— Un trench ! C'est bon pour New York. Je te signale qu'on est dans le Minnesota. Et dans le Minnesota, quand il fait moins dix, on ne sort pas vêtu d'une pelure d'oignon doublée de soie qui vous couvre à peine les genoux.

— Moi, si. » Andrea enfila le fameux imper, se dirigea vers la porte, ouvrit, posa un pied à l'extérieur et se retourna. « Ce n'est pas parce qu'il fait froid qu'on doit se déguiser en Esquimau. Ce trench est une déclaration de mode.

— Une déclaration de mode qui va te donner des engelures des genoux jusqu'aux pieds. » Hannah la dépassa pour rejoindre son break. « Au moins, enfile un pantalon en laine.

— Mais ça gâcherait tout. Vraiment, Hannah, tu n'as aucun sens du style. »

Hannah s'apprêtait à lui exposer le fond de sa pensée quand elle réalisa l'absurdité de leur querelle. Elle déverrouilla les portières en souriant, s'assit au volant et attendit qu'Andrea grimpe à son tour. Elles se chamaillaient exactement comme lorsqu'elles étaient ados, à la différence qu'aujourd'hui, elles savaient s'arrêter à temps.

Lorsque sa sœur eut bouclé sa ceinture de sécurité, Hannah décida de calmer le jeu.

« Oublie ce que j'ai dit, Andrea. Je sais que ma parka n'a rien d'élégant. Et je reconnais que je devrais faire quelques efforts sur le plan vestimentaire.

— Et moi, je serais bien inspirée d'écouter tes conseils. Il fait nettement plus froid que je ne l'imaginais.

— J'ai une couverture. » Hannah pivota sur son siège et chercha sur la banquette arrière le vieux plaid qu'elle emportait toujours en cas d'urgence. « Enveloppe-toi là-dedans. Ce break met des plombes à se réchauffer. »

Andrea prit le plaid et le déploya sur ses cuisses.

« Merci, Hannah. Peut-être qu'on devrait faire les boutiques ensemble un jour. On partagerait nos connaissances. »

Sa suggestion resta suspendue dans l'air glacé. Puis les deux sœurs éclatèrent de rire. Si un jour elles faisaient les boutiques ensemble, elles passeraient leur temps à se disputer.

L'hôpital de Lake Eden se trouvait sur Old Lake Road, en rase campagne, à huit kilomètres du Cookie Jar. Construit au sommet d'une colline qui dominait la surface gelée du lac, il faisait la fierté et le bonheur du Dr Knight. C'était un édifice en forme de V, d'un jaune lumineux, entouré de petits conifères plantés de manière que les patients les voient depuis les chambres – il y en avait une vingtaine – mais sans pour autant cacher la vue.

Hannah contourna le bâtiment. Il n'y avait pas grand monde sur le parking, sans doute parce qu'il était bientôt midi. Elle choisit une place près de la nouvelle Explorer du

Dr Knight et repéra un peu plus loin des bornes équipées de prises de courant pour les véhicules du personnel. Elle n'en aurait pas besoin, décida-t-elle. Sa visite ne durerait pas plus d'une heure.

« Prête ? » demanda-t-elle en se tournant vers sa sœur.

Andrea hocha la tête et replia le plaid.

« Je déteste les hôpitaux.

— Moi pareil. »

Hannah attendit qu'elle descende, verrouilla les portières, se dirigea vers l'entrée principale et poussa une lourde porte en verre. Ayant frotté leurs bottes sur le paillasson, elles franchirent une seconde porte à double battant et pénétrèrent dans le hall lui-même.

Les heures de visite étaient affichées sur un écriteau à l'accueil. De 14 heures à 16 heures et de 19 heures à 21 heures. Ne voyant personne au comptoir, Hannah ne prit pas la peine d'appuyer sur la sonnette. Trouver la chambre de Danielle ne présenterait aucune difficulté. Surtout avec un policier en uniforme assis devant.

Le corridor sentait le désinfectant et le chou-fleur. Enfin, Hannah espérait que ce fût du chou-fleur. On était loin des arômes enivrants de la vanille et du chocolat.

« Ça pue, ici, marmonna Andrea.

— J'avais remarqué. »

Quelqu'un avait-il déjà étudié l'influence des odeurs sur la santé ? se demanda-t-elle. Pour sa part, elle estimait que celle du chou-fleur méritait d'être classée comme toxique.

« Je crois que c'est la nourriture, hasarda Andrea en lorgnant un chariot où s'entassaient des plateaux-repas auxquels les patients avaient à peine touché. Tu lui as apporté des cookies, j'espère. On ne devrait pas obliger les gens à manger des choses pareilles.

— Bien sûr, ils sont là. »

Hannah leva un petit sac à anses rempli à ras bord de croustillants au cacao, de craquelins aux noix de pécan et de croquants aux pépites de chocolat.

« Regarde le contenu de ces assiettes. Les aliments sont décolorés comme si on les avait passés à l'eau de Javel. » Andrea fit la grimace. « Je me doutais que la bouffe était mauvaise dans les hôpitaux, mais pas à ce point. »

Hannah examina l'un des plateaux-repas. Andrea avait raison. Tout était gris ou beige. Au fond d'une coupelle en plastique s'étalait une matière gluante, sans doute du flan à la vanille ; dans une assiette plate, un filet de poisson bouilli arrosé d'une crème blanche et garni d'une louche de purée ; à côté, un ramequin contenant des bouts de chou-fleur ramollis, un morceau de pain blanc et une mini-plaquette de beurre. Hannah serait restée à jeun plutôt que d'avaler cela. Pas étonnant que personne n'y ait touché.

« C'est sûrement la chambre de Danielle, dit Andrea en montrant le bout du couloir. J'aperçois Rick. »

Hannah reconnut le fils aîné de Cyril Murphy à sa haute silhouette efflanquée.

« Tu te sens capable de le distraire pendant combien de temps ?

— Autant que ce sera nécessaire. C'est simple, il suffira que je l'interroge sur son bébé. C'est leur premier. »

Hannah s'avança avec ses cookies au bout du bras et un grand sourire peint sur le visage. Si jamais Rick avait des doutes sur les raisons de leur visite, il en informerait aussitôt son supérieur, c'est-à-dire Mike. Et Hannah préférait ne pas penser à la réaction de ce dernier s'il apprenait que les sœurs Swensen s'efforçaient de le prendre en défaut en démasquant à sa place le vrai meurtrier du coach Watson.

Pudding à l'abricot

Ne pas préchauffer le four.
Le pudding doit reposer 30 minutes avant la cuisson.

8 tranches de pain blanc (artisanal ou industriel)

½ tasse de beurre ramolli (une tablette – ¼ livre)

⅓ de tasse de sucre blanc

½ tasse d'abricots secs tranchés (pas trop fin, c'est meilleur)

3 œufs battus (à la fourchette)

2 ¼ tasses de croûte de lait* (vous pouvez remplacer par de la crème légère ou faire moitié-moitié)

De la crème fraîche ou de la crème fouettée sucrée ou de la glace à la vanille pour la garniture

*Grand-mère Elsa parlait de « croûte de lait » pour désigner la crème qui flottait autrefois à la surface des bouteilles de lait.

Beurrer généreusement un moule rectangulaire en céramique de taille moyenne. Retirer la croûte du pain de mie et couper chaque tranche en 4 triangles. (Faites juste un X avec votre couteau.) Mettre le beurre dans un grand bol et le faire fondre au micro-ondes. Sortir le bol et poser les tranches de pain dans le beurre fondu en les écrasant légèrement avec une cuillère jusqu'à ce qu'elles soient bien imprégnées.

Tapisser le fond du moule avec environ un tiers des triangles. Verser le tiers du sucre et la moitié des morceaux d'abricots.

Ajouter la moitié des triangles de pain restants, verser la moitié du sucre restant et TOUS les morceaux d'abricots restants.

Couvrir avec les derniers triangles de pain. Bien racler le fond du bol pour récupérer les dernières gouttes de beurre fondu et verser par-dessus. Saupoudrer le reste du sucre. Réserver.

Battre les œufs dans le bol où était le beurre, incorporer la crème légère, verser le tout dans le moule et laisser reposer à température ambiante pendant 30 minutes. (Pour donner au pain le temps d'absorber l'œuf mélangé à la crème.)

Préchauffer le four à 175 °C, la grille en position médiane. Cuire le pudding sans le couvrir pendant 45 à 55 minutes, jusqu'à ce qu'il soit bien doré.

Laisser refroidir (5 minutes environ) et couper en tranches que vous servirez dans des coupes à dessert, agrémentées de crème fraîche, de crème Chantilly ou de glace à la vanille.

Vous pouvez réaliser cette recette avec différents fruits secs, dont les raisins de Corinthe ou de Smyrne. Andrea préfère les abricots, maman les dattes et Michelle a un petit faible pour les poires séchées. Nous n'avons pas essayé les pruneaux. Carrie Rhodes est la seule personne de mon entourage à apprécier les pruneaux. (Sans commentaire !)

Chapitre 6

« Oh, Hannah ! Tu es venue !

— Comme promis. »

Hannah essaya de sourire sans y parvenir vraiment. Assise dans son lit, Danielle faisait peine à voir avec ses joues pâles striées de larmes séchées et son air de chiot battu.

« Je croyais qu'ils interdisaient les visites, fit Danielle d'une voix mal assurée.

— En effet, mais je leur ai un peu forcé la main. »

C'était comme si le mot « victime » était inscrit sur son front, se dit Hannah. Il fallait intervenir rapidement ou elles risquaient de perdre la guerre avant d'avoir mené la première bataille. Danielle devait se ressaisir, croire en sa capacité à contrôler son destin. Pour cela, Hannah connaissait un remède souverain.

« Prends donc un croustillant au cacao. » Hannah sortit le cookie, le lui tendit et posa le sac à anses sur la table de nuit. « Le chocolat va te donner un coup de fouet, je te le garantis. »

Danielle goûta puis esquissa un petit sourire.

« Merci, Hannah. C'est bon. Je n'ai rien pu avaler ce midi... Tu aurais dû voir...

— J'ai vu. Moi non plus, je n'y aurais pas touché. »

Hannah s'interrompit. Elle n'était pas venue discuter diététique en milieu hospitalier.

« Andrea est dehors, dans le couloir. Elle parle avec Rick Murphy pour tâcher de détourner son attention. Je ne veux pas qu'il nous entende. J'ai quelque chose à te dire. »

Le visage de Danielle s'illumina littéralement.

« Alors, tu vas m'aider ?

— Bien sûr, mais d'abord j'ai quelques questions à te poser au sujet de Boyd. Peux-tu mettre ta déprime de côté deux minutes et te concentrer ?

— Je me sens beaucoup mieux depuis que tu es là. »

Effectivement, les joues de Danielle avaient repris quelques couleurs. Elle tapota la couverture près de ses jambes.

« Assieds-toi, Hannah, et je te raconterai tout. Encore que je n'aie pas grand-chose à ajouter à ce que je t'ai dit hier soir.

— Tu sais peut-être quelque chose sans le savoir. » Réalisant que sa phrase manquait de clarté, Hannah choisit une autre approche. « Je te pose des questions et tu réponds, OK ?

— OK, mais dis-moi d'abord un truc. Est-ce qu'ils vont m'arrêter ?

— Pas si je peux m'y opposer. Aux dernières nouvelles, ils comptaient te garder à l'hôpital pendant au moins cinq jours.

— Ça vaut mieux qu'aller en prison, fit Danielle,

peu convaincue. Je ne l'ai pas tué, Hannah. Tu me crois, n'est-ce pas ? »

Hannah lui prit la main et la serra.

« Oui, je te crois. Et avec Andrea, nous allons tout faire pour identifier le coupable. Maintenant, réfléchis bien. As-tu noté un changement dans le comportement de Boyd ? Depuis une semaine, disons ? Était-il plus irritable que d'habitude ? Préoccupé ?

— Eh bien... » Danielle hésita comme si elle tournait et retournait la question dans sa tête. « Il était furieux à cause des Gulls. L'équipe avait raté neuf lancers francs au cours de leur dernier match. Mais Boyd était toujours furieux quand ils perdaient. Donc ça n'avait rien d'inhabituel.

— Et les cours de sport qu'il donnait au lycée ?

— Tout allait bien de ce côté-là. Il était très fier de sa classe de quatrièmes. Ils ont passé un test de connaissances, dernièrement. Et ils ont obtenu d'excellents résultats en histoire.

— Avait-il des problèmes avec l'un de ses collègues ?

— Non. » Danielle secoua la tête. « Aucun problème. En fait, la seule chose qui aurait pu le contrarier c'est peut-être ce coup de fil qu'il a reçu mardi. »

Hannah eut un frisson d'excitation. C'était la première fois que Danielle parlait de cela.

« Quel coup de fil ?

— Boyd était rentré à la maison pour le déjeuner. J'avais mis de la soupe à la tomate au micro-ondes. Il aime... il aimait ça. »

Quand Danielle passa le verbe « aimer » à l'imparfait, sa lèvre inférieure commença à trembler. Pour lui épargner une nouvelle crise de larmes, Hannah rembraya immédiatement.

« Revenons à ce coup de fil. Qui était-ce ?

— Je l'ignore. Il ne me l'a pas dit.

— Mais tu as entendu le téléphone sonner.

— Oui, Boyd était au salon, il attendait que je lui serve son repas. J'ai décroché dans la cuisine, c'était une femme, elle a demandé à parler à Boyd. Alors, je l'ai appelé pour lui dire de prendre la communication sur l'autre poste.

— As-tu reconnu la voix de cette femme ?

— Non. Je ne l'avais jamais entendue. J'en suis sûre. En revanche, je sais qu'elle téléphonait de Lake Eden.

— Comment peux-tu affirmer cela ? s'étonna Hannah.

— Il était midi et j'ai entendu l'horloge de la ville sonner un coup.

— Tu as entendu l'horloge sonner un coup ?

— Boyd râlait à propos de cela, l'autre jour. L'horloge est restée sur l'heure d'été parce que Freddy Sawyer avait la grippe le jour du changement d'heure. Tu sais, on l'avance au printemps, on la retarde à l'automne.

— Je suis au courant.

— Eh bien, personne n'a voulu grimper à l'échelle pour la régler. C'était une semaine avant que Freddy reprenne le boulot. Et comme les gens n'avaient pas l'air de s'en rendre compte, ils ont décidé de la laisser en l'état.

— Ça tombe sous le sens », conclut Hannah, amusée. Les habitants de Lake Eden n'étaient pas du genre à se tracasser pour si peu. « Revenons à ce coup de fil. D'après sa voix, tu lui donnerais quel âge, à cette femme ? »

Danielle réfléchit deux secondes.

« Elle n'était pas aussi jeune que les élèves de Boyd mais ce n'était pas non plus une personne âgée, loin de là.

— Te souviens-tu d'un signe distinctif ? Un accent, par exemple.

— Euh... elle articulait mal. »

Hannah dressa l'oreille.

« Comme si elle avait bu ?

— Non, pas vraiment, plutôt comme si elle avait un défaut d'élocution. Ma grand-mère disait d'une personne qui articulait mal qu'elle parlait la bouche pleine. C'est la réflexion que je me suis faite, à ce moment-là : qu'elle parlait la bouche pleine. Tu crois que c'est important, Hannah ?

— Peut-être. Rapporte-moi ce qu'elle t'a dit. Mot pour mot.

— OK. D'abord, elle m'a demandé, *Est-ce que Boyd est ici ?* Sauf qu'à la place de « ici », j'ai entendu « ichi ». Et quand j'ai répondu oui, elle a dit : *Pachez-le-moi.* J'imite mal mais ça donnait à peu près cela.

— Juste *Passez-le-moi* ? Sans formule de politesse ? Rien ?

— Non, enfin, je crois. Elle n'a pas dit s'il vous plaît, ni merci ni rien d'aimable. Elle semblait très pressée. Et je me souviens que Boyd était furieux quand il a raccroché.

— Comment sais-tu cela ?

— Il a fait irruption dans la cuisine et son visage était tout rouge et couvert de plaques. Comme chaque fois qu'il s'énerve. D'abord, il m'a reproché d'avoir écouté sa conversation mais c'était faux, Hannah. Je le jure.

— Je te crois. » Hannah devinait ce qui s'était passé ensuite. « Tu te rappelles ce qu'il a dit ?

— Oui. Il a dit que je n'avais pas le droit de l'espionner et que je méritais une bonne correction. J'ai répondu que j'avais raccroché tout de suite, j'ai juré, mais… mais il a dit qu'il n'avait pas confiance en moi et… il m'a fait ça. »

Danielle toucha le gros hématome qu'elle avait à l'œil. Hannah déglutit et s'abstint de renchérir. Traiter feu Boyd Watson de sale brute aurait été justifié mais contre-productif.

« Donc, tu as raccroché dès qu'il a pris l'appel. Mais tu as peut-être eu le temps d'entendre un ou deux mots.

— J'ai entendu Boyd dire *Allô*. Il fallait que je reste en ligne jusqu'à ce qu'il décroche sinon j'aurais coupé la communication. Et j'ai eu le temps d'entendre la femme lui répondre : *Boyd, il faut qu'on parle.*

— Rien d'autre ?

— Non. J'ai reposé le combiné sur son socle. J'ai même fait un peu de bruit exprès pour rassurer Boyd.

— Boyd t'a entendue raccrocher et il t'a quand même accusée de l'avoir espionné ?

— Oui. C'est horrible à dire maintenant que Boyd est… est mort, mais je pense que ce coup de fil l'avait tellement énervé qu'il cherchait la bagarre. Tu sais, quand on est contrarié, on a tendance à s'en prendre aux autres et… l'autre c'était moi. »

Hannah en était convaincue, à présent : cet appel avait une grande importance.

« Qu'est-ce qu'il a fait après t'avoir frappée ?

— Il m'a demandé pardon, il m'a prise dans ses bras. » La lèvre de Danielle se remit à trembler. « Il est allé chercher de la glace pour mettre sur mon œil et ensuite il a appelé le Dr Holland. »

Danielle lui avait déjà parlé du Dr Holland, le psychiatre qui suivait Boyd.

« Combien de temps est-il resté au téléphone avec lui ?

— Le temps de lui demander s'il pouvait passer le voir dans la journée. Ensuite il a appelé le lycée pour les prévenir qu'il serait absent tout l'après-midi, il a sauté dans sa voiture et il a roulé jusqu'à Saint Paul, où se trouve la clinique du Dr Holland. »

Hannah se promit de vérifier si Boyd s'était effectivement rendu à ce rendez-vous. Ce ne serait pas facile, sachant que la plupart des psychiatres refusaient de fournir la moindre information sur leurs patients.

« À quelle heure est-il rentré de Saint Paul ?

— Il était 6 heures passées. Je le sais parce que j'ai mis le chili à réchauffer à 17 h 30 et qu'il faut le laisser trente minutes, comme il est écrit sur l'emballage. C'était prêt pour son retour. Il a adoré mon chili. Il a même dit que je n'en avais jamais fait de meilleur. En réalité, il a été vraiment gentil avec moi jusqu'à ce qu'il... meure. »

Hannah resta coite. Qu'aurait-elle pu répondre ? Qu'elle se réjouissait d'apprendre que son mari avait été gentil avec elle après l'avoir passée à tabac ?

« C'est une jolie chambre, tu ne trouves pas ? » dit Danielle pour changer de sujet.

Hannah renonça à poursuivre l'interrogatoire. Danielle était encore malade, après tout.

« J'aimerais bien rentrer chez moi. Mais je ne suis pas si mal ici. »

Hannah regarda autour d'elle. Cette chambre d'hôpital n'avait rien de « joli » ; on se serait cru dans un motel bas de gamme où le ménage aurait été correctement fait. Le remède à base de chocolat qu'elle lui avait administré avait fonctionné au-delà de ses espérances.

« Il paraît que ces couvertures ont été fabriquées par des dames de l'Église luthérienne, fit Danielle en passant la main sur le plaid en patchwork qui garnissait son lit. Et ces tableaux ont été offerts par des dames de l'Église catholique. J'aime beaucoup celui qui est accroché près de la fenêtre. Boyd et moi adorions partir en vacances au bord de l'océan. »

Hannah se levait pour regarder le paysage que Danielle venait de mentionner quand un autre cadre lui attira l'œil sur la porte ouverte de la salle de bains, vers l'intérieur. Il s'agissait d'une tapisserie au point de croix représentant des mains jointes en prière avec la légende suivante : « Offrez votre souffrance en hommage au Seigneur. »

Hannah ressentit une colère froide. Si le Seigneur était aussi miséricordieux que le prétendaient les trois prêtres de Lake Eden, songea-t-elle, Il ne laisserait personne dans la peine. L'idée que la souffrance puisse être considérée comme un hommage la révulsait positivement.

« Qu'y a-t-il, Hannah ? demanda Danielle. Tu as vu un autre joli tableau ?

— Non, non. Dis-moi, est-ce que le Dr Knight veut bien que tu te lèves pour aller à la salle de bains ?

— Pas encore. Il dit que je suis trop faible, que je pourrais glisser et tomber. Il m'a promis que demain j'aurais le droit.

— Parfait. »

Hannah se plaça devant la broderie, la décrocha discrètement et la glissa dans la plus grande poche de sa parka. Pour soulager sa conscience, elle se répéta que ce n'était pas du vol puisqu'elle avait l'intention de rapporter le cadre dès le lendemain, avec autre chose à l'intérieur.

« Il faut que j'y aille, Danielle.

— Tu vas chercher la femme du téléphone ?

— Oui, c'est mon intention. » Hannah s'avança et lui tapota l'épaule. « Je repasserai te voir demain. En attendant, je vais te donner des devoirs à faire. »

Danielle lui adressa un sourire radieux.

« Si je travaille bien, tu me rapporteras des cookies au chocolat ?

— Promis. Bon, j'aurais besoin que tu établisses une liste. Avec les noms de toutes les personnes qui auraient pu en vouloir à Boyd.

— Mais Boyd n'a rien fait de mal. Pourquoi lui en voudrait-on ? »

Danielle persistait dans le déni, se dit Hannah. Un état d'esprit qui l'empêchait d'admettre que Boyd n'avait été ni un bon mari, ni un bon voisin, ni un homme bien.

« Peu importe qu'il ait fait quelque chose de mal ou pas. Les rancunes ne reposent pas forcément sur des motifs valables. Tiens, par exemple, voilà trois mois, Herb Beeseman a mis un PV pour excès de vitesse à ma mère. Eh bien, elle a beau reconnaître sa faute, elle garde toujours une dent contre lui.

— Je vois ce que tu veux dire. » Danielle ouvrit le tiroir de sa table de nuit pour prendre un stylo et un calepin marqué *Bureau du Shérif du Comté de Winnetka.* « Regarde ce que Mike Kingston m'a donné. C'est drôle, il m'a demandé de faire une liste, comme toi.

— Ah bon ? » dit Hannah en levant les sourcils.

Peut-être l'avait-elle jugé trop vite. Mike n'aurait pas fait cela s'il avait eu l'intention de se ranger à l'avis du shérif Grant.

« Inscris les noms qui te viennent à l'esprit, et en deux exemplaires, donc. Tu as bien compris ? Ceux de tous les gens susceptibles d'en vouloir à Boyd, quelle que soit la raison. »

Toute guillerette, Danielle ouvrit le calepin et prit un autre cookie.

« Je suis contente que tu m'aies donné quelque chose à faire, Hannah. Je me sens utile, tout à coup. Mais tu es sûre que je dois inscrire *tous les gens* ?

— Absolument.

— Même ceux qui lui en voulaient pour trois fois rien ?

— J'ai dit *tous*.

— Bien, fit Danielle en noircissant la première ligne. Alors, je commence par Norman Rhodes.

— Norman ? s'écria Hannah. Que s'est-il passé avec Norman ?

— Boyd a annulé trois rendez-vous d'affilée et son plombage temporaire s'est détaché. Il a fallu que Norman le reçoive en urgence à minuit et il n'était pas content. »

Hannah crut bon de modifier légèrement ses instructions.

« Finalement, je préfère que tu indiques aussi la raison. Cela me facilitera la tâche.

— Entendu. On se voit demain, Hannah. Ta liste sera prête, je te le promets. »

Hannah lui fit un petit signe de la main et se dirigea vers la sortie. Danielle s'était remise à écrire. Si elle continuait à ce rythme, la liste risquait d'être aussi longue que l'annuaire téléphonique de Lake Eden.

« Alors ? lui demanda Andrea, qui l'attendait dans la voiture.

— Alors, Danielle va nous donner le nom des personnes qui en voulaient à Boyd. » Hannah boucla sa ceinture et tourna la clé de contact. « Et elle a parlé d'un coup de fil étrange que Boyd a reçu mardi vers midi. »

Andrea écouta l'histoire de l'appel téléphonique qui avait tant contrarié Boyd qu'il avait dû se défouler sur son bouc émissaire préféré. Puis elle donna son avis.

« Cet appel a sans doute un lien avec le meurtre. Tu connais une personne affligée d'un défaut d'élocution ?

— Freddy Sawyer. Mais nous cherchons une femme. »

Freddy était un homme à tout faire qui proposait ses services aux habitants de Lake Eden ayant besoin d'un coup de main pour des petites réparations, des travaux de jardinage ou autres.

« Il y a aussi Lydia Gradin, reprit Hannah. Elle a un cheveu sur la langue mais elle ne parle pas la bouche pleine. Et toi, tu as une idée ? »

Andrea réfléchit pendant que Hannah quittait sa place de parking en marche arrière.

« Mme Knudson. Elle a du mal à articuler depuis son attaque.

— Mme Knudson a quatre-vingts ans. Or, Danielle parlait d'une personne jeune, et impolie par-dessus le marché. Tu imagines la grand-mère du révérend Knudson oubliant de dire *bonjour, s'il vous plaît, merci* ?

— Non, cette femme est le savoir-vivre incarné. Il y a bien Loretta Richardson, avec son drôle d'accent du Sud. Mais Danielle l'aurait reconnue. Et Helen Barthel, qui bafouille dès qu'elle s'énerve ; sauf qu'elle ne parle pas la bouche pleine.

— Qui d'autre ? »

Hannah fit le tour du bâtiment et prit l'allée enneigée.

« Je ne vois pas. C'est forcément quelqu'un d'ailleurs. Danielle est vraiment sûre qu'elle appelait de Lake Eden ?

— Absolument. » Hannah s'arrêta devant le panneau Stop, regarda des deux côtés et s'engagea sur Old Lake Road. « Peut-être que cette femme est venue pour le concours. Si c'est le cas, elle est obligatoirement descendue à l'auberge de Lake Eden. Je vais y passer. Tu as le temps de m'accompagner ?

— Du temps, j'en ai à revendre. Tracey est à l'école jusqu'à 16 heures et c'est mon jour de congé. Sans Lucy Richards, je serais encore au lit. Cette escalope m'a réveillée aux aurores !

— Escalope ?

— Oui, enfin, je dis escalope pour ne pas dire autre chose. Maintenant que je suis mère, je surveille mon langage. Comme a coutume de répéter l'institutrice de Tracey, *les petits lapins ont de grandes oreilles*.

— Moi je suis un grand lapin et je connais des tas de gros mots, alors ne te gêne pas, répondit Hannah avant de bifurquer pour prendre la route qui bordait le lac. Et je partage ton opinion sur Lucy Richards. Figure-toi qu'elle est passée à la boutique ce matin pour me soutirer des informations sur le meurtre de Boyd. »

Andrea parut surprise.

« Comment a-t-elle su que tu étais sur la scène de crime ?

— Par l'une de ses sources, m'a-t-elle dit. J'ai eu beau rabâcher que je ne savais rien et qu'elle perdait son temps, il m'a quand même fallu dix minutes pour m'en débarrasser. Et ce n'est pas tout. Elle est partie sans régler le café et les cookies qu'elle avait consommés.

— Lucy est la personne la plus grossière que j'aie jamais rencontrée, lâcha Andrea avec une dose d'aigreur qui devait dater de son réveil prématuré. Si elle parlait la bouche pleine, c'est elle que je soupçonnerais d'avoir appelé Boyd.

— Mais ce n'est pas le cas.

— Je sais. »

Hannah tourna à droite devant le panneau réfléchissant marqué « Auberge de Lake Eden » et suivit un chemin semé de gravier traversant un bois de chênes dont les branches dépouillées se découpaient sur le ciel plombé. On aurait dit qu'elles étaient mortes, mais non, bien sûr. Dès le premier souffle du printemps, de jolies petites feuilles vertes jailliraient de leur écorce brune. Comme chaque année depuis la nuit des temps. Le break de Hannah émergea de la chênaie, négocia un virage et arriva en vue du gros manoir rustique que Sally et Dick Laughlin avaient transformé en hôtel « pieds dans l'eau ».

« C'est magnifique, dit Andrea. Chaque fois que je le vois, je suis impressionnée.

— Moi pareil. Sally et Dick ont dépensé beaucoup de temps et d'argent pour le rénover, mais le jeu en valait la chandelle. »

Hannah s'engagea sur le parking bondé. Elle ne reconnut qu'un seul véhicule : le vieux Combi Volkswagen de Dick, garé dans la rangée du fond. Hannah s'arrêta juste à côté, à cheval sur une congère. Ses quatre roues motrices étaient une vraie bénédiction pendant les mois d'hiver ;

elle pouvait stationner partout, même là où la neige n'avait pas été déblayée.

« Tu étais vraiment obligée de te mettre là ? gémit Andrea en découvrant la neige amoncelée devant sa portière.

— Tu as vu d'autres places libres ? Tu n'as qu'à sortir de mon côté. C'est plus dégagé. »

Pendant qu'Andrea suivait son conseil, Hannah se remémora l'histoire des lieux. Le manoir était dans la famille Laughlin depuis cinq générations. L'arrière-arrière-grand-père de Dick, Franklin Edward Laughlin, l'avait édifié à la fin du XIXe siècle sans regarder à la dépense. Il faut dire qu'il avait fait fortune dans les mines de fer. Chaque été s'y entassaient femme, enfants, domestiques et tous les amis qui avaient envie de passer quelques mois au bord du lac. Tout ce petit monde faisait le voyage en diligence puis s'installait dans les quarante chambres de la demeure que son propriétaire avait modestement appelée « Lake Eden Cottage ».

« C'est comme si Dick avait voulu rendre hommage à son trisaïeul, tu ne trouves pas ? dit Andrea en s'engageant sur la longue allée circulaire menant au bâtiment lui-même.

— C'est justement ce que j'étais en train de me dire. »

F. E. Laughlin était tellement attaché à sa résidence campagnarde que, par testament, il avait créé un fonds spécialement dédié à son entretien. Le « cottage » n'avait donc pas trop souffert du passage des ans, mais en revanche personne n'avait pris la peine de le moderniser jusqu'à ce que Dick, le premier mâle de sa fratrie, en hérite à son tour quatre ans auparavant. Il avait aussi reçu les sociétés minières mais elles ne rapportaient quasiment plus rien. La richesse des Laughlin n'était plus qu'un lointain souvenir.

Les deux sœurs passèrent devant la topiaire de Dick. Les arbustes se portaient à merveille et l'on reconnaissait sans peine les divers animaux taillés dans leur feuillage persistant. La crinière du lion manquait un peu d'épaisseur mais ce problème serait résolu à la saison suivante. L'écureuil et sa queue touffue prenaient forme et l'ours avait fière allure, dressé sur ses pattes arrière. Il mesurait déjà près d'un mètre cinquante.

Autrefois, Dick et Sally habitaient Minneapolis. Quand Dick avait hérité, ils étaient venus ensemble visiter les lieux, en étaient tombés amoureux et avaient emménagé à Lake Eden la semaine d'après. L'idée de l'auberge s'était imposée très vite, mais avant de pouvoir la réaliser, ils avaient dû contracter un gros emprunt auprès de la banque pour installer l'électricité, changer la plomberie d'origine et construire une vraie cuisine moderne. Le succès avait été immédiat et trois ans leur avaient suffi pour dégager des bénéfices.

« Ça sent drôlement bon, dit Andrea en gravissant les marches en bois du perron.

— Je confirme », répondit Hannah.

Elle souriait aux anges en pénétrant dans l'immense vestibule orné de poutres en bois massif et d'une gigantesque cheminée en pierre. Cette odeur lui évoquait un mélange d'épices mâtiné d'une note de chocolat. Sûrement le fameux *chicken mole* de Sally.

« Viens, Andrea. Dirigeons-nous vers le bar. » Joignant le geste à la parole, Hannah pénétra dans la salle aux murs lambrissés qui servait à la fois de bar et de restaurant. « Si le buffet est encore ouvert, je t'invite à déjeuner. »

Chapitre 7

Hannah repéra aussitôt Sally Laughlin. Elle aurait eu du mal à ne pas la voir avec sa blouse orange pétant tendue sur son gros ventre. Les Laughlin attendaient leur premier enfant pour le mois de janvier. Sally était juchée sur un tabouret de bar et, pour se délasser, avait posé ses pieds sur celui d'à côté. Voyant que le buffet était encore bien garni, Hannah se tourna vers sa sœur.

« Tu vas voir, le *chicken mole* de Sally est proprement fantastique.

— Jamais entendu parler. Qu'est-ce que c'est ?

— Du poulet cuit dans une sauce au chocolat noir avec toutes sortes d'épices. Il s'agit d'un plat mexicain.

— Du poulet et du chocolat ? fit Andrea en frissonnant. Ça ne me dit rien qui vaille.

— Tu as tort. Essaie et on en reparlera. »

Hannah dissimula un sourire. Elle aurait dû se souvenir qu'Andrea était assez conventionnelle question nourriture. Lors du dernier Thanksgiving, Hannah avait ajouté des poivrons rouges et des châtaignes d'eau à la farce de la dinde et Andrea avait refusé d'y goûter.

« Viens, Andrea. Allons dire bonjour à Sally. À mon avis, le Dr Knight s'est trompé sur la date de son terme. On dirait qu'elle va exploser. »

Choquée par l'emploi du verbe « exploser », Andrea s'apprêtait à répliquer quand elle aperçut Sally à son tour.

« En effet, elle m'a l'air un peu engoncée. J'espère qu'elle tient le choc avec tout le boulot qu'elle a en ce moment.

— Salut, les frangines ! » Le visage de Sally s'éclaira d'un sourire. « Je faisais juste une petite pause. Qu'est-ce qui me vaut le plaisir de votre visite ?

— On est venues pour ton *chicken mole*, répondit Hannah avant qu'Andrea ouvre la bouche.

— Dans ce cas, remplissez vos assiettes et rejoignez-moi ici. Vous me raconterez les derniers potins de Lake Eden tout en mangeant.

— Et toi, tu nous raconteras ceux de tes clients, répliqua Andrea en s'insérant à point nommé dans la conversation. J'adore savoir ce que pensent les gens qui vivent ailleurs. »

Hannah attendit d'être devant le buffet pour se tourner vers sa sœur.

« C'était très bien.

— Quoi donc ? demanda Andrea en prenant de la salade aux pousses d'épinard.

— Tu as très bien fait de parler des gens qui vivent ailleurs.

— Oh, juste ça ? fit Andrea en agitant négligemment les couverts à salade. J'ai pensé que Sally nous en dirait davantage si elle voyait qu'on s'intéresse. En revanche, toi, tu aurais pu éviter l'allusion au *chicken mole.*

— Pourquoi ?

— Parce que maintenant, il va falloir que j'en prenne une assiette et, comme nous serons assises près de Sally, que j'en mange.

— Détends-toi, tu vas te régaler. » Hannah lui tapota l'épaule. « Et ce sera tellement drôle quand tu raconteras ça à Tracey.

— C'est déjà ce que tu disais quand tu préparais le souper à la maison et que tu ratais ton coup. *C'est un plat exotique, Andrea. Goûte, comme ça tu pourras en parler à tes copines.* »

Hannah fit la grimace. Andrea l'avait percée à jour. Tout ce qu'elle pourrait dire maintenant ne ferait qu'aggraver son cas. Elle regarda sa sœur poser dans son assiette deux grammes de poulet et une grosse louche de macaronis au fromage. Elle aurait pu lui signaler que les macaronis au fromage étaient faits maison mais préféra s'en abstenir.

Une fois servies, elles s'assirent au comptoir de chaque côté de Sally. Hannah observa d'un œil amusé la tête que faisait sa sœur en prenant sa première bouchée de *chicken mole*. Elle avait le même genre d'expression qu'étant gamine devant les carottes bouillies.

Andrea mâcha pensivement puis se fendit d'un sourire. « C'est délicieux, Sally. Je craignais un peu l'alliance chocolat-poulet mais en fait, ça va bien ensemble.

— Merci. Mes clients en sont fous. En général, les buffets proposent tous plus ou moins la même chose. Moi, j'essaie de les surprendre avec un plat inédit chaque jour.

— Ils sont sympas, tes clients ? demanda Hannah pour lancer le sujet qui lui tenait à cœur.

— Oui, vraiment. Bien sûr, certains candidats sont un peu stressés à cause du concours. C'est très important pour eux, tu sais.

— Et les trois femmes qui ont été éliminées hier soir ? renchérit Hannah. Je ne devrais probablement pas dire cela, étant donné les circonstances, mais j'imagine qu'elles n'ont pas trop apprécié les critiques de Boyd.

— C'est un euphémisme ! s'esclaffa Sally. Elles étaient remontées comme des pendules en rentrant à l'auberge, mais la gagnante a su trouver les mots et la tension est vite redescendue. Du coup, la fête s'est très bien passée.

— Les trois recalées ont quand même participé à la soirée ? insista Andrea qui voyait parfaitement où sa sœur voulait en venir.

— Oui, elles n'ont pas bougé d'ici, et leurs proches non plus. Vous pouvez les rayer de votre liste.

— Quelle liste ? fit Hannah d'un air innocent.

— Allons ! » Sally lui serra doucement le bras. « Je sais pourquoi tu poses cette question. Je me demandais juste à quel moment tu te déciderais. Je pensais que tu parlerais de choses et d'autres pendant cinq ou six minutes d'abord, mais j'avais tort. »

Une telle perspicacité n'était pas monnaie courante. Hannah s'avoua impressionnée.

« Je ne suis pas très douée pour parler de choses et d'autres. Je serais plutôt du genre à mettre les pieds dans le plat.

— Comment va la femme de Boyd ? Ça a dû être un choc terrible.

— En effet. » Hannah choisit de lui faire confiance. « Et pour ne rien arranger, elle est la suspecte numéro un. »

Sally retira ses pieds du tabouret et se redressa.

« Elle ne l'a pas tué, n'est-ce pas ?

— Non, et c'est ce que nous essayons de prouver, Andrea et moi. Je vais te dire une chose, mais tu dois promettre de ne pas la répéter.

— Tu peux compter sur moi. Je n'ai rencontré Danielle qu'une seule fois mais je l'aime bien. Et je ne l'imagine pas une seconde tuer son mari. Lui, en revanche, je ne pouvais pas le sentir. Ils sont venus dîner ici l'été dernier et il n'a pas arrêté de râler. Après leur départ, Dick m'a dit qu'il la plaignait de tout son cœur. Nous, on l'a supporté deux heures à peine, mais elle, c'était tous les jours.

— D'où le problème, en l'occurrence, fit remarquer Hannah. Si Boyd avait été un homme charmant, la police aurait moins tendance à soupçonner Danielle. Heureusement, nous tenons une piste.

— Laquelle ?

— Danielle m'a confié que Boyd avait reçu un coup de fil le jour de sa mort, aux environs de midi. Il s'agissait d'une femme et elle appelait de Lake Eden. Danielle n'a pas reconnu sa voix mais Boyd était très en colère après avoir raccroché. Il pourrait s'agir d'une de tes clientes. »

Sally réfléchit un instant puis hocha la tête.

« C'est tout à fait possible. Les candidats ont tous pris leur chambre avant midi et il n'y avait rien de programmé jusqu'au banquet de 19 heures.

— Cette femme a un défaut d'élocution, ajouta Andrea. D'après Danielle, elle parlait comme si elle était ivre mais sans l'être.

— Ça ne m'évoque rien, mais je n'ai pas discuté avec toutes mes clientes. Vous devriez aller vous promener entre les tables, tout à l'heure. Les gens ont tendance à s'éterniser autour des desserts.

— Rien d'étonnant à cela, rétorqua Hannah. Ils sont tellement bons. Certaines candidates espèrent peut-être te soutirer des tuyaux. »

Sally avait l'air ravie en descendant de son tabouret.

« Il faut que je me presse. Dick est en train de garnir les éclairs et je suis censée m'occuper du glaçage au chocolat. Qu'est-ce que tu prépares pour l'émission de ce soir, Hannah ?

— Du pudding à l'abricot.

— Oh, très bien. Encore une recette à glisser dans mes cahiers. J'ai demandé à la station de me faxer celle de ta charlotte et j'ai préparé quatre biscuits hier soir. Tu crois que je peux utiliser des pêches au sirop ? Les fraises sont si chères.

— Absolument. Tu peux prendre n'importe quel fruit en boîte ou congelé. »

Sally leur dit au revoir en agitant la main.

« Merci, Hannah. Ce soir, je serai la première à appeler le standard. »

Quand les deux sœurs eurent fini de déjeuner, elles suivirent le conseil de Sally et, comme la salle était très vaste, se partagèrent la tâche. Hannah fonça droit sur M. Rutlege. Pour engager la conversation elle prévoyait de lui demander des nouvelles de sa dent.

« Bonjour, monsieur Rutlege. » Hannah lui serra la main. « Je suis désolée que vous ayez dû renoncer à votre fonction de juré.

— Pas moi, intervint la jolie femme brune assise près de lui. Je suis Belle Rutlege.

— Hannah Swensen.

— Je sais, dit-elle avec un grand sourire. Je vous ai vue à la télé hier soir. Jeremy et moi étions seuls ici. Tous les autres assistaient à l'émission dans l'auditorium du lycée.

— Vous regrettez que votre mari n'ait pas pu participer au jury ?

— Je regrette que sa dent l'ait tant fait souffrir, mais je suis contente qu'il n'ait pas dû s'exprimer devant les caméras hier soir !

— Pourquoi cela ?

— Tous nos amis auraient cru qu'il avait rechuté. Il parlait comme s'il était ivre. Vous imaginez, le président des Alcooliques anonymes de la ville ! »

Hannah se raidit, tous ses sens en alerte, et se tourna vers Jeremy Rutlege.

« Vraiment, vous parliez comme si vous étiez ivre ?

— Ivre mort. J'ai voulu expliquer à Belle que c'était à cause du pansement. Norman a dit que je devais le garder douze heures. Mais chaque fois que j'ouvrais la bouche, elle riait si fort qu'elle n'entendait rien. »

Hannah passa encore quelques minutes à papoter avec le couple Rutlege puis rejoignit Andrea, attendit qu'elle finisse de discuter avec le groupe auquel elle s'était jointe et l'entraîna dans le vestibule.

« Mission accomplie.

— Tu as trouvé la femme du téléphone ? demanda Andrea, surexcitée.

— Non, mais maintenant je sais où chercher. Viens, je

t'expliquerai tout dans la voiture. Il faut qu'on voie Norman Rhodes avant son premier rendez-vous de l'après-midi. »

Hannah signala leur présence en appuyant sur la sonnette près de la fenêtre de réception. Dès que Norman fit coulisser le panneau de verre dépoli, elle fut surprise par sa mine défaite. Ses yeux étaient cernés et il n'avait franchement pas l'air dans son assiette.

« Il y a un problème, Norman ? demanda-t-elle en guise de bonjour.

— Pas du tout. C'est juste que je ne dors pas assez en ce moment. Je travaille tard.

— Eh bien, vous devriez prendre un peu de repos », répondit-elle pour parler.

En fait, elle voyait bien que quelque chose ne tournait pas rond, mais pour l'interroger, elle voulait être seule avec lui.

« Excellent conseil. » Norman lui sourit mais pas comme d'habitude. « Bonjour, Andrea. Vous êtes là pour une urgence ?

— Oui, mais pas une urgence dentaire, répondit Hannah à la place de sa sœur. J'aimerais jeter un coup d'œil sur le registre où vous notez vos rendez-vous. C'est vraiment important.

— Pourquoi ?

— Je ne peux rien dire. C'est confidentiel.

— Et moi, je ne peux pas vous le montrer. Pour la même raison.

— Allons, Norman, fit-elle sur un ton cajoleur qui ne produisit pas l'effet escompté. OK, je vais vous dire pourquoi. C'est en rapport avec le meurtre de Boyd Watson.

— Vous enquêtez ? Encore ? s'écria Norman, les sourcils levés.

— Oui, mais Bill n'est pas au courant, intervint Andrea, et s'il l'apprend, il me tuera. Vous ne nous trahirez pas, hein, Norman ?

— Bien sûr que non.

— Alors, on peut voir votre registre ? » insista Hannah en profitant de l'ouverture ménagée par sa sœur.

Norman marqua un temps d'hésitation.

« Je ne peux pas faire ça, Hannah. Ce serait différent si vous étiez mandatée par le bureau du shérif. Là, je serais obligé de coopérer. Mais comme ce n'est pas le cas... Vous comprenez, j'espère. »

Hannah le regarda attentivement. Il semblait très déterminé, mais, soudain, elle le vit cligner de l'œil.

« Bien sûr, dit-elle, je comprends. Vous ne pouvez pas nous donner votre accord. Ce serait enfreindre les règles de votre profession.

— Exact. Attendez, je vous ouvre. »

Le panneau de verre coulissa dans l'autre sens, et, deux secondes plus tard, la porte pivota sur ses gonds. Norman leur fit signe d'entrer.

« Je ferais bien de fermer ce registre, lança-t-il, désinvolte, en allant rabattre la couverture rouge du cahier à spirale posé sur le comptoir de la réception. Veuillez m'excuser une minute. J'ai des radios à vérifier. »

Après que Norman eut disparu dans le couloir, Andrea se tourna vers sa sœur.

« Je n'y comprends rien. Et toi ?

— Il est très à cheval sur le secret professionnel. Il ne peut pas nous autoriser explicitement à consulter son registre, mais si nous le faisons pendant qu'il a le dos tourné... »

Andrea rejoignit Hannah derrière le comptoir.

« Ça frise le ridicule. Mais, après tout, je ne suis pas dentiste, je suis agent immobilier.

— Et les agents immobiliers n'ont pas de règles déontologiques ? répliqua Hannah, succombant à l'envie de la taquiner un peu.

— Bien sûr que si. Elles sont différentes, voilà tout. Tu cherches les rendez-vous du mardi, n'est-ce pas ?

— Lundi *et* mardi. M. Rutlege devait garder son pansement douze heures et Norman reçoit les cas d'urgence en dehors des plages horaires habituelles. La femme qui a appelé Boyd mardi midi était peut-être dans le cabinet de Norman la veille au soir. »

Andrea ouvrit le cahier rouge à la date de lundi.

« Je ne vois rien après 18 heures et ses deux derniers patients étaient des hommes.

— OK. Regardons mardi matin. »

Les deux sœurs se penchèrent sur la page. Norman avait travaillé en continu toute la matinée.

« Note les noms, Andrea. Je vais te les dire. » Hannah attendit qu'Andrea trouve de quoi écrire puis elle énuméra : « Luanne Hanks à 8 heures. M. Hodges avait rendez-vous à 9 heures mais inutile de l'inscrire. Ensuite nous avons Amalia Greerson à 9 h 30 et Eleanor Cox à 11 heures.

— Luanne Hanks, Amalia Greerson, Eleanor Cox. C'est cela ?

— Oui. »

Hannah ferma le cahier et repassa devant le comptoir.

« Ce n'est pas Amalia, dit Andrea en la suivant, les yeux

posés sur son calepin. Elle a appelé l'agence mardi peu avant midi et a demandé Al. C'est moi qui ai répondu et elle parlait correctement.

— OK. Tu peux la rayer. De même qu'Eleanor.

— Pourquoi ?

— Parce que Danielle connaît sa voix. Elles étaient voisines avant qu'Otis et elle s'installent dans leur nouvelle maison au bord du lac. »

Andrea soupira.

« Ce qui nous laisse Luanne. Tu crois qu'on devrait aller lui parler ?

— Certainement. Elle finit son service à 18 heures. On n'a qu'à faire un saut au Hal and Rose's Café sur le chemin du retour.

— Ça y est. J'ai vérifié les radios », chantonna Norman en passant la tête par la porte d'une salle de soins.

Quand il sortit dans le couloir pour les rejoindre, Hannah lui trouva l'air préoccupé et repensa à ce que Delores avait dit sur lui et Lucy Richards. Il fallait qu'elle lui parle seule à seul. D'ailleurs, elle l'avait promis à sa mère.

« Vous serez dans le public, ce soir, Norman ?

— Je ne voudrais pas rater ça. J'aurais dû vous en parler avant, mais, vous me connaissez, je manque énormément de savoir-vivre.

— Comment cela ? fit Hannah, déroutée.

— Je vous ai trouvée très télégénique. Et j'ai beaucoup apprécié la façon dont vous avez rattrapé le coup après que Boyd a humilié les trois candidates. Il a été horrible avec elles. Mais je ne devrais sans doute pas dire ça, maintenant qu'il est mort.

— C'est la vérité. Et le fait qu'il soit mort n'y change rien. »

Hannah se demanda quelle serait la réaction de Norman s'il était informé des horreurs que Boyd avait commises de son vivant.

« Je sais, mais ma mère m'a enseigné qu'on ne devait jamais dire du mal des morts.

— C'est de la superstition. En Europe, au Moyen Âge, les gens croyaient que s'ils calomniaient un défunt, il revenait les hanter. J'ose espérer que vous ne croyez pas aux fantômes. »

Norman sourit de toutes ses dents.

« L'occultisme n'a jamais eu d'intérêt pour moi.

— On doit se méfier des vivants, pas des morts, les interrompit Andrea. Et Boyd Watson n'embêtera plus personne. »

Hannah acquiesça, consciente que sa sœur faisait allusion aux violences dont Danielle avait été victime. Elle la regarda avec insistance – cette histoire était un secret et devait le rester – et changea vite de sujet.

« Si vous n'avez rien prévu d'autre, passez donc chez moi après le concours, Norman. Cela fait longtemps que nous n'avons pas pu discuter tranquillement.

— En effet, répondit Norman, ravi. Alors à ce soir, Hannah. »

La sonnette de l'entrée vibra. Norman fit coulisser le panneau de verre.

« Bonjour, docteur, dit-il à son visiteur. Je suis à vous dans une seconde. » Puis il se tourna vers les deux sœurs. « Je dois y retourner. Mon rendez-vous de 13 h 30 est arrivé.

— Le Dr Knight ? » demanda Hannah, pleine d'espoir. Elle pourrait peut-être lui poser quelques questions avant que Norman commence à le charcuter.

« Non, le Dr Bennett. Nous avons un arrangement. Je m'occupe de ses dents et il s'occupe des miennes. »

Hannah sortit du cabinet en réfléchissant à ce que Norman venait de dire. Elle n'y avait jamais songé, mais, bien sûr, un dentiste avait besoin d'un dentiste tout comme un médecin avait besoin d'un médecin. Tandis qu'elle traversait la rue avec Andrea pour rejoindre le Hal and Rose's Café, elle tenta d'appliquer son raisonnement aux pâtissières mais renonça vite. C'était peut-être de la vanité, mais pourquoi aurait-elle mangé les cookies d'une autre alors que les siens étaient les meilleurs de la région, voire de l'État ?

Chapitre 8

Le Hal and Rose's Café se trouvait juste en face du cabinet dentaire, au coin de Main Street et de la 2e Avenue. Un vieux bâtiment en brique jaune datant des années 1940, dont les McDermott étaient les deuxièmes propriétaires. Ils vivaient dans l'appartement de six pièces aménagé au-dessus, et chaque hiver Rose se vantait de n'avoir que quelques marches à gravir pour rentrer chez elle, ce qui la dispensait d'enfiler bottes et parka comme le faisait le commun des mortels.

Hannah entra dans la salle, suivie d'Andrea. La délicieuse odeur de pot-au-feu qui flottait dans l'air lui fit presque regretter d'avoir déjà mangé tant elle adorait le jarret de bœuf, surtout quand il avait mijoté avec du laurier, du romarin, des oignons, des pommes de terre et des carottes.

Rose appréciait les plats simples et, comme elle était bonne cuisinière, ses clients n'y trouvaient rien à redire. Au menu figuraient les grands classiques, comme les hamburgers – toujours parfaitement cuits –, le pot-au-feu, la dinde rôtie ou le jambon braisé au gratin de pommes de terre. Mais elle servait aussi des tartines au bœuf, à la dinde ou au jambon garnies de purée et arrosées de jus de viande. La plaque marquée « Bon et pas cher » qui trônait sur la caisse enregistreuse remontait aux premiers patrons, et Rose se faisait une gloire de respecter leur devise. Pour seulement deux dollars, on vous servait un hamburger, des frites, et ce que Rose appelait sa « tasse de café sans fond », c'est-à-dire remplissable *ad libitum*. Aucun autre restaurant du comté de Winnetka ne pouvait rivaliser.

Le coup de feu du déjeuner était déjà loin, il n'y avait plus personne dans les box et les derniers clients étaient accoudés au grand comptoir en bois. Perché à un bout, Ed Barthel avait tourné son tabouret de manière à pouvoir suivre le défilé des dames qui entraient dans le magasin de tissus de Trudi Schuman pour assister à la réunion du club de patchwork, dont sa femme Helen était membre. À son attitude, on devinait qu'il l'avait conduite en ville et qu'à présent il l'attendait en trompant l'ennui devant une tasse de café.

Le maire de Lake Eden, Richard Bascomb, tenait sa cour à l'autre extrémité du comptoir. Bel homme, la cinquantaine, des cheveux poivre et sel, Richard était un politicien dans toute sa splendeur, mais il faisait du bon travail et personne n'avait rien à lui reprocher. Hannah elle-même devait admettre que Lake Eden fonctionnait mieux depuis qu'il en était le premier magistrat. Pourtant, quelque chose en lui la chiffonnait. Peut-être son hypocrisie. Le maire Bascomb s'adressait à chacun avec le même sourire faussement jovial. Même s'il ne vous connaissait ni d'Ève ni d'Adam, il faisait semblant d'être votre copain dans l'espoir de glaner des suffrages. Le jour de la dernière collecte de fonds, il s'était avancé vers le buffet que tenait Hannah et, tout en la complimentant sur ses cookies, n'avait cessé de regarder ailleurs pour tenter d'apercevoir des personnes plus importantes à ses yeux.

En s'approchant, Hannah entendit des cris dans l'arrière-salle, le domaine réservé de Hal, qui adorait le poker. Un joueur avait dû rafler la mise, supposa-t-elle. Dans cet « espace de banquet privé », comme disait Hal, on tapait le carton toute la sainte journée, depuis l'ouverture jusqu'à ce que Rose annonce l'extinction des feux. De mémoire, aucun banquet n'avait jamais eu lieu derrière cette porte tendue d'un rideau ; en revanche, la bière et le café coulaient à flots et le coffret à cigares était toujours garni. Tous les joueurs de la région y étaient les bienvenus, le terme « privé » servant uniquement à contourner la loi interdisant de fumer ou de s'adonner à des jeux d'argent dans un lieu public.

Andrea lui décocha un petit coup de coude et désigna les grandes affiches colorées fixées derrière les banquettes.

« Rose devrait refaire sa déco, tu ne trouves pas ? Tu as vu les dates des ventes aux enchères ? Certaines remontent à plus de vingt ans.

— Elle pense peut-être que ces affiches prendront de la valeur ?

— Dans trente ans, peut-être. Et encore. Je ne vois pas quel collectionneur aurait envie d'acheter ça. »

Luanne Hanks sortit de l'arrière-salle, un pot à café presque vide dans la main. Quand elle les vit, elle le posa sur un dessous-de-plat et les rejoignit.

« Bonjour. Il nous reste du jambon et de la dinde si vous voulez déjeuner.

— On prendra juste une tasse de café, lui répondit Hannah. Ça t'ennuie si on s'installe dans un box ?

— Bien sûr que non. Allez-y, je reviens vous servir. »

Hannah et Andrea n'attendirent pas très longtemps. Moins d'une minute plus tard, Luanne apparaissait avec un plateau garni de deux mugs.

« Noir pour toi. » Luanne posa le premier devant Hannah. « Et toi, Andrea, tu le prends avec un nuage de crème, n'est-ce pas ?

— Comment fais-tu pour t'en souvenir ? Je viens rarement ici.

— C'est un truc de métier. » Luanne sourit modestement. « Vous êtes sûres de ne rien vouloir manger ?

— Sûres et certaines, répondit Hannah. As-tu une seconde à nous consacrer ? C'est important.

— Pas de souci. Rose vient de redescendre. De quoi s'agit-il ?

— De ton rendez-vous dentaire. Tu étais dans le cabinet de Norman Rhodes mardi dernier à 8 heures, non ? »

Luanne parut surprise.

« Oui. Je m'étais ébréché une canine la veille dans l'après-midi. Le Dr Rhodes me l'a limée. C'est vraiment un bon dentiste, il a fait ça en un quart d'heure. Je n'ai même pas eu besoin de Novocaïne.

— Donc, il t'a juste limé une dent ? » insista Hannah en regardant sa sœur.

Luanne n'était pas la femme qu'elles recherchaient.

« Oui. Je n'avais pas envie d'y aller. J'ai peur des

dentistes. Mais je n'arrêtais pas de passer ma langue dessus et Rose l'a remarqué. C'est elle qui m'a poussée. »

Hannah hocha la tête. Encore une suspecte à rayer de la liste.

« Tu étais sa première patiente de la matinée ?

— Non. Une femme est passée avant moi, mais quand je suis arrivée, elle était déjà partie.

— Norman t'a dit qui c'était ? demanda Andrea.

— Non. Elle avait oublié son foulard sur le dossier du fauteuil. Quand je l'ai montré à Norman, il a dit qu'il devait appartenir à sa première patiente et qu'il le lui rendrait la prochaine fois.

— Mais tu ignores qui était cette femme ?

— Tout ce que je sais, c'est qu'elle a acheté *mon* foulard, répondit Luanne en soupirant.

— Ton foulard ?

— Celui que je prévoyais d'offrir à ma mère pour Noël. Vous avez dû le voir. Il est resté quelque temps dans la vitrine du Beau Monde. Il était en cachemire vert foncé avec trois magnifiques roses brodées. Ma mère avait eu le coup de foudre et je mettais de l'argent de côté pour le lui acheter. J'aurais dû le réserver mais il était très cher, je n'imaginais pas qu'il partirait si vite.

— Merci, Luanne. »

Hannah sourit. S'il était très cher, Claire Rodgers se rappellerait certainement qui l'avait acheté.

« Comment va Suzie ?

— Elle pousse comme un champignon. Ça y est, maintenant elle marche. Passez nous voir, à l'occasion. Vous êtes les bienvenues toutes les deux.

— D'accord, on passera », promit Hannah.

Luanne était une femme très courageuse qui non seulement élevait seule sa fille, mais devait également entretenir sa mère veuve.

« Elle commence à s'intéresser aux jeux ? demanda Andrea.

— Quel type de jeu ?

— Tracey avait un genre de tableau rond avec des boutons représentant des animaux. Quand on appuyait dessus, on obtenait le cri correspondant. La vache meuglait, le cochon couinait. Il y avait aussi un chat, un chien…

— Suzie adorerait ça. Je pourrais le lui acheter pour Noël. Où l'as-tu trouvé ?

— C'était un cadeau. Il doit encore traîner quelque part dans la maison. Si je remets la main dessus, tu es preneuse ? »

Luanne eut l'air un peu gênée. Hannah voyait bien qu'elle brûlait d'accepter, mais elle était fière et refusait qu'on lui fasse la charité.

« Eh bien… si tu es sûre que Tracey n'en veut plus…

— Elle n'a pas joué avec depuis des années. Je vais essayer de le retrouver. Il faudra juste acheter des piles neuves.

— Pas de problème », s'empressa de répondre Luanne.

Hannah apprécia le délicat subterfuge dont sa sœur venait d'user pour vaincre la réticence de Luanne. Ce n'était pas vraiment de la charité puisqu'il fallait acheter quelque chose pour que le jeu fonctionne.

« Si je le trouve, je te l'apporte. Je crois qu'il est rangé avec d'autres jeux. Tracey en avait plusieurs qui marchaient à piles. Ça t'ennuie si je viens avec elle ? Tracey aime beaucoup Suzie.

— Non, bien sûr. Suzie sera contente de la voir. » Luanne reprit le plateau et recula d'un pas. « Je ferais mieux d'y retourner. Le maire Bascomb boit énormément de café et je crains qu'il n'ait fini sa tasse. »

Dès qu'elle s'éloigna, Andrea se coucha presque sur la table pour parler discrètement à sa sœur assise en face d'elle.

« On va voir Claire ?

— *Je* vais voir Claire, corrigea Hannah, un œil sur sa montre. Il est presque 3 heures. Tu auras le temps de distribuer tes prospectus dans le quartier de Danielle avant d'aller chercher Tracey ?

— D'abord je vais la chercher et ensuite je les distribue. Elle adore le faire avec moi. Tu veux que j'en profite pour interroger les voisins de Danielle ?

— Oui. Il faudrait savoir si l'un d'entre eux a vu ou entendu quelque chose d'inhabituel entre 20 h 30 et 22 heures, la nuit dernière.

— Je m'en charge, mais Bill et Mike sont déjà passés les voir. À quoi sert de poser les mêmes questions ? »

Hannah choisit la flatterie.

« Ils te diront peut-être des choses qu'ils n'ont pas osé avouer à des policiers. Et je sais que tu es très douée pour faire parler les gens.

— Normal. C'est nécessaire dans mon métier, répondit Andrea en rosissant de plaisir. Al a des tas de calendriers dans son bureau. Je vais en prendre quelques-uns et les leur remettre personnellement. Il n'y a rien de tel qu'un petit cadeau pour délier les langues. Tu peux compter sur moi, Hannah. Si les voisins de Danielle savent quelque chose, je le découvrirai. Je te rendrai mon rapport ce soir au concours. »

Hannah se sentait un peu coupable en demandant à Lisa de bien vouloir garder la boutique encore un peu. N'abusait-elle pas de sa gentillesse ?

« Tu es sûre que ça ne t'embête pas ? J'en ai pour cinq minutes au maximum. J'ai juste une question à poser à Claire.

— Pas de problème, la rassura Lisa. Les cookies sont prêts et j'aime m'occuper des clients. » Elle se pencha vers Hannah pour éviter qu'on l'entende. « C'est au sujet du meurtre de Boyd Watson ?

— Oui, mais surtout ne dis rien. Je ne suis pas censée m'en mêler.

— Les ordres de Mike ? » Lisa attendit que Hannah confirme d'un signe de tête et reprit en souriant : « Des ordres que tu n'as pas l'intention de suivre ?

— Tu as tout compris. Et comme Bill ignore qu'Andrea m'assiste c'est un double secret.

— J'aimerais pouvoir t'aider, soupira Lisa comme si elle se sentait exclue. Tu n'aurais pas une mission à me confier ? »

Hannah réfléchit.

« Ouvre grand tes oreilles. J'imagine que ta mère t'a appris à ne pas écouter les conversations, mais là c'est pour la bonne cause.

— Je veux bien essayer, mais je doute que les clients parlent en ma présence.

— Ne crois pas cela. Si tu entends quelqu'un évoquer l'affaire Watson, attrape la verseuse à café et approche-toi.

Les consommateurs ne font pas attention aux personnes qui les servent. On fait partie du décor.

— J'ai hâte de m'y mettre, fit Lisa, tout excitée. À l'école primaire, je rêvais que j'étais invisible. Je ne te dis pas la déception quand l'instituteur m'appelait au tableau ! Autre chose ? »

Ayant toute confiance en Lisa, Hannah décida de la mettre dans la confidence.

« Nous recherchons une femme jeune ayant un défaut d'élocution. Danielle m'a parlé d'un appel que Boyd a reçu la veille de sa mort et qui l'a mis hors de lui. Elle dit que son interlocutrice parlait mal, comme si elle avait la bouche pleine. C'est notre seule piste pour le moment.

— Noté. Va voir Claire et ne t'inquiète pas du reste. Je gère. »

Hannah sortit dans la ruelle enneigée et courut jusqu'à la porte arrière du Beau Monde. C'était l'affaire de quelques mètres, mais le vent soufflait tellement fort que Hannah arriva frigorifiée. Elle frappa plusieurs coups sonores et attendit en grelottant, les bras croisés sur la poitrine. Pourquoi n'avait-elle pas mis sa parka ? Si l'on en croyait les météorologues, cet hiver serait le plus rigoureux enregistré depuis des lustres. Mais peut-être exagéraient-ils. Sinon, les citoyens de Lake Eden seraient obligés d'enfiler des combinaisons de survie rien que pour aller chercher les journaux du matin. Claire finit par ouvrir.

« Bonjour, Hannah, dit-elle en s'effaçant pour la laisser entrer. Où est ta parka ?

— Accrochée au portemanteau du Cookie Jar. Tu as une minute, Claire ?

— Bien sûr. C'est calme pour l'instant. Je n'ai qu'une cliente, Marguerite Hollenbeck, et elle est en cabine d'essayage. Mets-toi à l'aise. Je vais la voir et je reviens. »

Pendant que Claire se glissait entre les deux pans du rideau fleuri séparant l'arrière-boutique du magasin lui-même, Hannah s'assit sur le tabouret devant la machine à coudre et regarda autour d'elle la pièce exiguë et encombrée. Dans un coin, une pile de cartons, dans un autre une planche à repasser avec un fer posé dessus. Poussé contre un mur, le petit bureau où Claire remplissait ses bons de commande et ses factures. Un grand comptoir tenait toute la largeur du mur d'en face ; c'était là qu'elle emballait les articles vendus en les enveloppant de papier de soie avant de les glisser dans des boîtes couleur lavande marquées à l'enseigne du Beau Monde. Le peu d'espace qu'il restait était occupé par un portant où Claire suspendait les vêtements à retoucher. Hannah remarqua un tailleur-pantalon à rayures bleues, vert citron et rose fuchsia. Elle sourit en lisant le nom de la cliente sur l'étiquette. Il n'y avait que Betty Jackson pour acheter un truc pareil. Betty ne portait que ce genre d'imprimé. Quelqu'un lui avait dit un jour que les rayures l'amincissaient mais omis de préciser qu'elles ne transformeraient jamais un cinquante en trente-six.

« Tout va bien pour Marguerite, annonça Claire à son retour. Elle a cinq articles à essayer. Ça risque de l'occuper un petit moment. Ta robe pour ce soir te convient, j'espère ?

— Impeccable. »

Les tenues que portait Hannah dans le cadre de l'émission venaient toutes du Beau Monde. M. Hart s'était montré extrêmement généreux envers elle, car c'était lui qui payait la note, mais aussi envers Claire car il avait tenu à ce que le nom de sa boutique soit mentionné au générique. Et par-dessus le marché, Hannah aurait le droit de tout garder. Un cadeau inespéré qui viendrait renflouer sa maigre garde-robe.

« Tu porteras bien celle en laine vert bouteille ?

— Oui. Elle est vraiment magnifique, Claire. »

Le moment était venu d'évoquer le foulard ; elle n'aurait pas de meilleure occasion. Hannah préférait ne pas lui dire qu'elle enquêtait sur le meurtre de Boyd Watson. Il y avait déjà trop de gens dans la confidence.

« Pourrais-tu me montrer le foulard que j'ai vu l'autre jour dans ta vitrine, Claire ? Je crois qu'il serait parfait avec cette robe. J'aimerais bien l'acheter.

— De quel foulard parles-tu ?

— Celui en cachemire vert foncé avec des roses brodées dessus.

— Oh, celui-là. » Claire devint subitement pâle et posa la main sur le comptoir comme si elle allait se trouver mal. « Je suis désolée, Hannah, mais ce foulard est... parti.

— Tu l'as vendu ?

— Pas vraiment. Il... il avait perdu ses couleurs dans la vitrine. J'ai dû le renvoyer au fabricant.

— En aurais-tu un autre ?

— Non. C'était une pièce unique et les roses étaient brodées main. D'où son prix. »

Pour se donner une contenance, Claire se pencha, attrapa une boîte posée par terre et en ôta le couvercle. Ses doigts tremblaient ; elle fuyait le regard de Hannah. Ce soudain accès de nervosité n'avait qu'une seule explication possible : Claire mentait.

« Tu es sûre de ne pas l'avoir vendu ? insista Hannah.

Je sais que tu es très occupée à la période de Noël. Tu aurais pu oublier.

— Je n'ai pas oublié. » Claire leva le nez et la regarda droit dans les yeux. « Personne n'a acheté ce foulard. Et il est inutile d'ajouter quoi que ce soit à ta tenue. Cette robe se suffit à elle-même. »

Décidant d'abréger son martyre, Hannah se leva en disant :

« Tu as sans doute raison. C'était juste une idée qui m'était passée par la tête. Bon, j'y retourne. J'ai laissé Lisa seule dans la forteresse, et aujourd'hui les assaillants sont venus nombreux.

— Et moi je vais voir ce que devient Marguerite avant qu'elle croie que je l'ai abandonnée. » Visiblement soulagée, Claire marcha d'un bon pas jusqu'à la porte de derrière et l'ouvrit pour sa visiteuse. « Je te regarderai à la télé, ce soir. »

En regagnant sa boutique au petit trot, Hannah se repassa les paroles de Claire. Elle avait menti en prétendant que le foulard avait perdu ses couleurs, mais pas en disant que personne ne l'avait acheté. Pourquoi une telle attitude ? Mystère. Hannah adorait percer les mystères mais celui-ci s'annonçait particulièrement coriace.

Hannah ouvrit le four du haut et y déposa le pudding à l'abricot. Elle trouvait bizarre de mettre un gâteau dans un four froid, mais, après tout, c'était du spectacle. Sur un geste du régisseur, elle ouvrit celui du bas et en sortit le pudding qui avait cuit pendant les infos. Elle était censée le couper et en répartir les tranches dans des coupelles durant le bulletin météo de Rayne Phillips, puis ajouter la chantilly le temps que Wingo Jones donne les résultats sportifs.

Elle se dirigea vers le frigo, tira la porte et se retrouva face à une série d'étagères aussi vides qu'étincelantes. Zut ! À trop jouer les détectives elle avait oublié d'apporter la crème fraîche !

Quelqu'un dans la coulisse tentait d'attirer son attention. C'était Lisa qui brandissait un pot de crème. L'ayant repérée également, le régisseur lui fit signe d'avancer et se vit opposer un refus catégorique. Ils restèrent un bon moment à se regarder de loin, elle en hochant négativement la tête, lui en tendant le bras pour lui intimer de monter sur le plateau.

Hannah ravala un sourire quand le régisseur plongea sous la caméra pour rejoindre Lisa. S'ensuivit une brève discussion qu'elle n'entendit pas mais n'eut aucun mal à reconstituer.

« *Venez, elle a besoin de cette crème.*

— *Je ne peux pas !*

— *Mais si, vous pouvez. Vous n'allez pas la laisser tomber, quand même !* »

Après encore quelques tergiversations, Hannah vit son assistante cramoisie s'avancer vers elle pour lui remettre le pot de crème.

Lisa se tenait de biais de telle façon qu'on la remarque le moins possible.

« Il m'a dit de t'aider à servir le pudding, souffla-t-elle.

— Tant mieux. Ça m'arrange, répondit Hannah sur le même ton. On va se répartir les tâches. Je remplis les coupelles, tu décores avec la chantilly, je porte le plateau, tu sers les journalistes. On est d'accord ? »

Lisa acquiesça et les deux femmes se mirent au travail. Les coupelles garnies étaient toutes alignées sur le plateau quand le régisseur leur fit signe d'avancer pour entrer dans le champ des caméras. Hannah ouvrit la marche jusqu'au vaste et rutilant bureau des présentateurs.

« Mes amis, voici un nouveau visage, commenta Chuck Wilson, puis, se tournant vers Lisa : Qui êtes-vous ? »

Lisa inspira. Hannah savait exactement ce qu'elle pensait : *Il faut que je réponde sinon je passerai pour une idiote.*

« Je m'appelle Lisa Herman et je travaille avec Hannah au Cookie Jar.

— Merci, Lisa. » Chuck sourit en baissant les yeux sur la coupelle que Lisa venait de poser devant lui. « Ça m'a l'air délicieux. Qu'est-ce que c'est ?

— Du pudding à l'abricot », se dépêcha de répondre Hannah en espérant qu'il s'abstiendrait de poser d'autres questions à Lisa, dont les mains tremblaient tellement qu'il n'aurait pas fallu grand-chose pour que le pull jaune moulant de Dee-Dee Hughes se retrouve maculé de pudding.

Dee-Dee brûlait sans doute d'attirer l'attention sur sa silhouette parfaite car après que Lisa l'eut servie, elle crut bon de déclarer :

« Noël arrive et je dois surveiller ma ligne. Ce n'est pas un dessert allégé, n'est-ce pas ?

— Non, mais il contient moitié moins de calories qu'une part de tarte aux pommes, répliqua Lisa, à la grande surprise de Hannah. Et il sera encore plus léger si vous remplacez la crème aigre par du lait. »

Lisa avait fourni la réponse appropriée. Hannah l'applaudit intérieurement. Elle avait dû prévoir que Dee-Dee Hughes réitérerait sa remarque de la veille.

« Je n'avais jamais mangé de pudding à l'abricot, intervint Wingo Jones. On ne met pas des raisins, d'habitude ? »

Hannah reprit les commandes.

« En effet. Mais rien n'empêche d'utiliser d'autres fruits secs. »

Wingo fronça les sourcils.

« J'ignorais que c'étaient des fruits secs. Je croyais qu'il s'agissait de grains de raisin... normaux.

— Les raisins secs sont aux raisins frais ce que les pruneaux sont aux prunes. »

Rayne Phillips se léchait les lèvres en souriant comme un bébé.

« C'est vraiment bon, les amis ! Chuck, vous nous donnerez la recette pour qu'on essaie à la maison ? »

Reprenant la balle au bond, Chuck Wilson expliqua aux téléspectateurs qu'il suffisait de joindre le standard de KCOW pour obtenir la recette. La caméra s'attarda quelques secondes sur Hannah et Lisa debout derrière les présentateurs, puis on lança le générique.

Sans dire un mot, les deux femmes regagnèrent la cuisine factice afin de remballer leurs affaires.

« Tu as fait des merveilles, ce soir, lança Hannah pour briser le silence. J'ai trouvé ton intervention très pertinente.

— Vraiment ? s'étonna Lisa. Je n'y serais pas arrivée si tu ne m'avais pas demandé de t'aider à servir. Je me suis concentrée sur mon travail et j'ai oublié que j'avais le trac.

— Ton père était devant son poste ? » lança Hannah en ramassant un carton.

Lisa hocha la tête, souleva une autre caisse et suivit Hannah dans les coulisses.

« Oui, M. Drevlow est venu regarder l'émission avec lui. J'espère qu'il a eu la bonne idée de l'enregistrer. Je ne savais pas que j'allais passer à la télé ! »

Le régisseur qui les attendait près des étagères surprit ses derniers mots.

« Dites-lui de prévoir une autre cassette pour demain soir, lui conseilla-t-il. Mason vient de m'appeler. Il vous veut sur le plateau avec Hannah jusqu'à la fin du concours.

— Moi ? » s'exclama Lisa d'une voix blanche. On la sentait flattée. « Je vais dire ça à papa ! Il sera tellement excité que je vais devoir lui passer *La Mélodie du bonheur* pour qu'il s'endorme. »

Le régisseur la considéra d'un air abasourdi. Hannah, elle, comprenait parfaitement. *La Mélodie du bonheur* produisait le même effet sur le père de Lisa que la lecture d'un conte sur un petit enfant. La voix de Julie Andrews avait le don de l'apaiser, si bien qu'il tombait dans les bras de Morphée au bout du premier quart d'heure.

« C'est à cause de la chanteuse, essaya d'expliquer Lisa. Et il a vu ce film tellement de fois qu'il connaît l'histoire par cœur. »

Comme le régisseur ne semblait guère convaincu, Hannah jugea bon de préciser :

« Chacun a son truc pour trouver le sommeil. Mon père écoutait du Wagner. Moi, je lis des mauvais livres de recettes.

— Pourquoi mauvais ?

— Un bon livre de recettes me donnerait faim et j'ai du mal à dormir quand mon estomac gargouille. »

Laissant son assistante assise sur son petit nuage, Hannah partit à la recherche de sa sœur. Tracey n'allait pas tarder à tirer le nom du remplaçant de Boyd Watson. Elle s'engagea dans le couloir menant à la salle de classe que M. Purvis avait prêtée à l'équipe de maquillage. Andrea et Bill étaient à l'intérieur en train de regarder leur fille se faire coiffer et asperger de laque.

Andrea la repéra avant même qu'elle entre.

« Je te laisse, dit-elle à son mari. Il faut que je parle à Hannah du contrat que j'ai décroché cet après-midi. Tu pourras emmener Tracey sur le plateau quand elle sera prête ?

— Bien sûr, mon cœur. Vas-y, on se voit plus tard. »

Les deux sœurs trouvèrent un coin tranquille près de la scène.

« Quel contrat ? demanda Hannah. Je croyais que tu devais distribuer des calendriers aux voisins de Danielle.

— C'est ce que j'ai fait. Et c'est comme ça que j'ai décroché ce contrat. Le cousin de Mme Adamczak veut mettre sa maison en vente. Elle l'a joint par téléphone, elle me l'a passé et je l'ai persuadé de me confier l'affaire. Mais ce n'est pas ça l'important. Je suis tombée sur un scoop. »

Hannah esquissa un sourire. Andrea était incroyable.

« De quoi s'agit-il ?

— Tu connais Mme Kalick, hein ? C'est la veuve qui vit au fond de l'impasse, à vingt mètres de chez Danielle.

— Oui, je la connais. Qu'est-ce qu'elle t'a dit ?

— Hier soir, elle allait se mettre au lit quand elle a entendu du bruit dehors. Elle ne se souvient pas de l'heure exacte. Entre 20 h 30 et 22 heures. La fenêtre de sa salle de bains donne sur l'allée des Watson. C'est comme ça qu'elle a vu arriver la Jeep Grand Cherokee de Boyd. Et quelques instants plus tard, une autre voiture.

— Bravo, Andrea ! C'est peut-être une piste. Mme Kalick a-t-elle reconnu la deuxième voiture ?

— Non. Le réverbère est à l'autre bout de la rue et il faisait sombre dans l'allée. Mais grâce à un rayon de lune, elle a vu que le toit était de couleur claire. Une grosse bagnole d'après elle, du genre Cadillac ou Lincoln. Et tiens-toi bien, ce n'est pas tout. Elle a noté un troisième véhicule.

— Non !

— Si. Il s'est engagé dans l'impasse tous phares éteints et s'est arrêté sous un mélèze. Mme Kalick n'a pu voir que le pare-chocs, à cause des branches.

— Combien de temps est-il resté ?

— Environ quinze minutes, assez pour que Mme Kalick mette son dentier dans un verre et de la crème de nuit sur son visage. Quand elle est retournée voir, la troisième voiture était partie.

— En a-t-elle parlé à Bill et à Mike ? »

Andrea fit signe que non.

« Elle leur a parlé de la voiture qui suivait Boyd mais pas de celle-ci.

— Et pourquoi ?

— Elle croyait qu'il s'agissait de Felicia Berger et de son petit copain. Je suppose que ce n'est pas la première fois qu'ils se garent sous ce mélèze tous phares éteints. Mme Kalick aime bien Felicia et elle ne voulait pas qu'elle ait des ennuis avec ses parents. Tu sais comme les Berger sont stricts. Felicia n'a pas le droit de se maquiller, ni d'aller danser. S'ils apprenaient qu'elle sort avec un garçon, je crois qu'ils l'écorcheraient vive. »

Hannah connaissait les Berger, et, en effet, ils veillaient jalousement sur la vertu de leur fille.

« C'est peut-être important, Andrea, surtout si la voiture *n'appartenait pas* au petit copain de Felicia. Mme Kalick t'a appris autre chose ?

— Non, mais M. Gessell, si. Il habite la maison juste après celle de Danielle et il pense avoir entendu deux hommes se disputer dans l'allée des Watson. Il s'apprêtait à sortir pour voir ce qui se passait quand les voix se sont tues.

— Quelle heure était-il ?

— Il n'a pas pu me le dire. Mais comme il venait d'écouter la météo sur KCOW, j'ai appelé le standard pour vérifier. Ils diffusent un bulletin chaque soir entre 20 h 55 et 21 heures.

— Bien joué, fit Hannah, impressionnée.

— À ton tour.

— Pardon ?

— J'ai dit, à ton tour. Qu'as-tu découvert à propos du foulard ?

— Pas grand-chose, mais quand j'ai évoqué le sujet, Claire s'est littéralement décomposée. J'ai dit que je voulais l'acheter et elle m'a répondu qu'elle avait dû le renvoyer chez le fabricant parce qu'il avait perdu ses couleurs dans la vitrine.

— Mais nous savons que c'est faux, réagit Andrea. Luanne l'a vu sur le fauteuil de Norman. Claire aurait-elle pu avoir deux foulards semblables dans sa boutique ?

— Non. Il paraît que c'était une pièce unique, brodée

à la main. Et là-dessus, elle ne mentait pas, j'en suis certaine. Pour lui permettre de modifier sa version, j'ai dit que peut-être elle avait oublié qui en était l'acheteur, qu'à la période de Noël il arrivait qu'on perde la mémoire à cause du surmenage. Mais elle m'a regardée droit dans les yeux et elle a répété qu'elle ne l'avait pas vendu.

— Donc elle ment quand elle prétend l'avoir renvoyé chez le fabricant, et elle dit la vérité quand elle affirme que personne ne l'a acheté ?

— Exact. Sauf que ça n'a aucun sens. À moins qu'elle n'ait donné ce foulard à une personne dont elle ne veut pas révéler l'identité.

— C'est vraiment étrange, fit Andrea en plissant le front. Surtout si tu me dis que le sujet semblait l'embarrasser. Pour moi, ce foulard est un élément essentiel de notre enquête. Il faut savoir à qui elle l'a donné. »

Hannah regarda au loin. Bill et Tracey allaient bientôt les rejoindre.

« Oui. On en reparle.

— D'accord. » Ayant également aperçu son mari et sa fille, Andrea leur fit un petit coucou. « Va vite te faire maquiller, Hannah. Le concours démarre dans cinq minutes.

— J'y suis déjà allée. Avant les infos.

— Eh bien, retournes-y. Tu as mangé ton rouge à lèvres, ton nez brille et tes cheveux recommencent à frisotter.

— Merci pour le conseil », dit Hannah en essayant de rester stoïque.

Dans le couloir qui menait au studio de maquillage, elle dut se répéter qu'Andrea n'avait pas eu l'intention de la froisser, qu'elle avait dit cela pour son bien. Ce n'était pas tous les jours facile d'être l'aînée de deux ravissantes créatures et la fille d'une quinquagénaire au corps parfait. Il fallait même posséder une bonne dose d'humour pour oser malgré cela sortir dans la rue sans raser les murs.

Chapitre 9

Hannah attendit que M. Hart félicite la gagnante, une vieille dame qui avait confectionné un délicieux biscuit aux graines de pavot, et se tourna vers Edna Ferguson, la jurée remplaçante.

« Tu t'en es admirablement sortie, Edna.

— Tu le penses sincèrement ?

— Oui, fit Hannah avec un grand sourire. Je trouve que tu as bien géré cette histoire de pain d'épices. »

Edna grimaça.

« Il n'était vraiment pas génial.

— Je sais, mais au lieu d'enfoncer la candidate, tu as choisi de la complimenter sur sa crème au cognac.

— C'était une bonne crème au cognac. Le problème c'est qu'elle n'allait pas avec le pain d'épices, mais alors pas du tout.

— Je suis d'accord. » Hannah se crispa en repensant au mariage raté entre gingembre et cognac. « Mais justement, tu as su rester aimable.

— J'ai fait mon possible. Après la regrettable prestation

de Boyd Watson hier soir, je me suis dit qu'un peu de gentillesse et de tact ne ferait pas de mal. Au fait, ils n'ont encore arrêté personne ?

— Pas à ma connaissance. J'ai vu Bill tout à l'heure. Il me l'aurait dit s'il y avait eu du nouveau.

— Eh bien, j'espère qu'ils vont l'attraper rapidement ! répondit Edna en frissonnant. Un assassin en liberté dans les rues de Lake Eden, pour la deuxième fois en si peu de temps ! J'en ai la chair de poule. »

Ayant pris congé d'Edna, Hannah regroupa ses caisses et les entassa à l'arrière de son break. En roulant vers son appartement, où Norman avait promis de la retrouver plus tard, elle se repassa les paroles d'Edna. Cette dernière semblait voir un lien entre le concours et le meurtre. D'où certainement la prudence dont elle avait fait preuve au moment de donner son avis sur les desserts. Hannah, pour sa part, doutait fort que les commentaires désobligeants de Boyd aient quelque chose à voir avec sa mort. D'ailleurs, les candidates de la veille avaient toutes des alibis en béton. Non, Boyd avait été tué pour une tout autre raison.

La voiture qui venait en face roulait un peu trop près de la ligne médiane. Hannah fit un appel de phares, le conducteur redressa sa trajectoire et les deux véhicules se croisèrent sans encombre. Hannah repensa aux voitures que Mme Kalick avait vues dans l'allée le soir du meurtre. À n'en point douter, il s'agissait d'un élément clé, de même que la dispute entendue par M. Gessell et le coup de fil que Boyd avait reçu le mardi midi. Un coup de fil dont l'auteur était très certainement la femme au foulard, autrement dit la patiente que Norman avait soignée le jour même en tout début de matinée. Hannah devait absolument connaître son nom. Elle se promit de faire parler Norman, quitte à le soudoyer avec des cookies.

Hannah l'accueillit avec un grand sourire. Elle était contente de le voir, et pas seulement à cause des infos qu'elle espérait lui soutirer. Norman n'avait rien d'un sex-symbol. Dire qu'il commençait à se dégarnir eût été un doux euphémisme. Quant à ses poignées d'amour, elles ressemblaient un peu à des bouées de sauvetage. Mais Hannah aimait son humour, et, après la journée éprouvante qu'elle avait passée, un peu de gaieté ne lui ferait pas de mal.

« Bonsoir, Norman. Je suis vraiment ravie que vous ayez pu venir.

— C'est vrai ? » Norman semblait à la fois surpris et enchanté de sa remarque. « Avant que j'oublie, vous avez été géniale, ce soir, Hannah. Et charmante, aussi. Cette robe donnait à vos cheveux de magnifiques reflets cuivrés.

— Merci, Norman. »

Hannah fut tentée de répliquer que le cuivre avait tendance à s'oxyder, mais à quoi bon se montrer sarcastique ? Norman venait de lui faire un compliment sincère, répondre ainsi aurait tout gâché.

« Entrez donc. Il gèle dehors, et j'ai allumé ma fausse cheminée. »

Rrrrow ! Moshe se jeta dans les pieds de Norman, manquant de le faire trébucher.

« Salut, mon grand. Attends une seconde. » Norman retira son manteau, le posa sur le dossier de la chaise près de la porte et se pencha pour attraper le gros matou.

« Combien de chihuahuas as-tu terrorisés depuis la dernière fois ? »

Moshe se mit à ronronner comme un moteur. Hannah l'entendait depuis l'autre bout de la pièce. Il était tellement content de le voir que lorsque Norman le coucha ventre en l'air au creux de ses bras, une privauté qui aurait valu de profondes griffures à n'importe qui d'autre, il se laissa faire sans récriminer.

« Un verre de vin, Norman ? »

Hannah grimaça en se souvenant tout à coup qu'en matière de vin, elle n'avait qu'un cubi de château-piquette venant de chez CostMart.

« Non, merci. Je prendrai une boisson gazeuse, sans sucre, si vous en avez. Ou sinon de l'eau. »

Hannah sourit. Dans le Minnesota, la plupart des gens n'utilisaient pas l'expression « boisson gazeuse ». Norman avait grandi dans le Minnesota mais vécu de nombreuses années à Seattle.

« Qu'est-ce qui vous fait sourire ? demanda-t-il.

— "Boisson gazeuse". À Lake Eden, on dit "soda". Vous avez de la chance. J'ai constitué un stock pour les fêtes. Je peux vous proposer du Coca normal, du Coca Zero, du Red Cream Soda, du Seven up...

— Du Red Cream Soda ? fit Norman, réjoui. J'étais enfant la dernière fois que j'en ai bu. Où l'avez-vous trouvé ?

— Chez CostMart. J'ai acheté tout ce qu'ils avaient en rayon. Le gérant m'a dit qu'ils en recevaient d'une usine d'embouteillage dans le Sud. Cela dit, c'est bourré de sucre.

— Tant pis. J'en veux bien quand même. »

Hannah souriait en allant prendre la canette dans le

frigo. Elle qui cherchait quoi lui offrir pour Noël. Un pack de Red Cream Soda ferait l'affaire. Elle retira la capsule et, dans l'un de ses plus beaux verres à orangeade, versa le liquide rose pétillant qu'on aurait pris à tort pour du soda à la fraise. Après quoi, elle remplit son propre verre au cubi étiqueté « vin blanc de table », et porta le tout au salon.

Norman était assis dans le canapé. Moshe ronronnait dans ses bras, heureux comme un pape. Moshe aimait bien Mike mais il adorait Norman. En se laissant tomber sur le coussin d'à côté, Hannah se demanda si son chat savait quelque chose qu'elle-même ignorait.

« Prenez donc un cookie aux raisins et aux flocons d'avoine. »

Hannah montra le panier en osier garni d'une serviette posé sur la table basse. Elle l'avait rempli de cookies « sans risques » : Moshe n'aimant pas les raisins, pas de danger qu'il en vole.

« Merci. » Norman se servit. « Ce sont mes préférés », dit-il en mastiquant.

Hannah éclata de rire.

« Je croyais que c'étaient les croquants aux pépites de chocolat.

— Je le croyais aussi. Mais vos cookies sont tous si bons que j'ai du mal à savoir lesquels me plaisent le plus. En fait, dès que j'en mange un, quel qu'il soit, il devient mon préféré. » Norman se tut et fronça les sourcils. « Ce que je dis est un peu confus, non ?

— Pas du tout. »

Hannah jubilait quand on lui faisait ce genre de compliments.

« J'aime votre cheminée. On dirait qu'elle est vraie.

— Je l'aime aussi. Elle fournit beaucoup de chaleur et je ne risque pas de manquer de bois. Chez ma sœur, ils en ont une vraie de vraie, mais quand ils vont se coucher et que le feu brûle encore, Bill n'est pas tranquille.

— C'est pour éviter cela qu'il vaut mieux placer les cheminées dans les chambres. On met deux bûches avant de se coucher et la pièce reste chaude une bonne partie de la nuit. En plus, ça donne une note romantique. »

Hannah était entièrement d'accord, mais c'était la première fois qu'elle entendait quelqu'un dire cela.

« Vous avez raison, Norman. J'ignore pourquoi on trouve si rarement des cheminées dans les chambres.

— Sûrement parce que la plupart des gens ne conçoivent pas leur maison eux-mêmes. Soit ils l'achètent déjà construite soit ils ont recours à un architecte. Je crois que je vais m'offrir un logiciel et m'exercer à créer des plans sur mon ordinateur.

— Ce serait amusant d'imaginer la maison parfaite.

— Si je trouve ce logiciel, vous m'aiderez à la dessiner ? Je suis nul en aménagement de cuisine. Me connaissant, j'oublierais de prévoir un emplacement pour le lave-vaisselle ou le four.

— Les fours, le corrigea Hannah. Si vous pensez recevoir beaucoup d'invités, vous aurez besoin de deux fours. Par exemple, pour le repas de Thanksgiving, vous ferez cuire la dinde dans le premier et le reste dans l'autre. »

Norman éclata de rire.

« OK, je vous suis. Je n'y aurais jamais songé tout seul. La preuve est faite que vous m'êtes indispensable. Alors, c'est entendu, nous travaillerons ensemble sur la maison de nos rêves. »

Hannah ressentit tout à coup un certain embarras. Dessiner la maison de ses rêves avec un homme qu'elle connaissait depuis si peu de temps était un peu gênant.

« Si tout se passe bien, nous pourrons soumettre nos plans au concours “La Maison idéale” organisé par le journal de Minneapolis. Le premier prix est un chèque de cinq mille dollars. Nous le partagerions. Qu'en dites-vous, Hannah ? On tente notre chance ?

— D'accord », répondit Hannah, soulagée.

Norman n'avait pas d'autre idée en tête que participer à ce concours. En plus, l'exercice promettait d'être amusant.

« Vous cherchez le bon logiciel et moi je réfléchis à la cuisine idéale. »

Et ils se mirent à contempler en silence les flammes qui dansaient dans le pseudo-foyer de la cheminée à gaz. C'était bien agréable, faute d'être romantique. Hannah n'avait pas trop envie d'interrompre ce moment de calme, mais il fallait absolument qu'elle interroge Norman sur la femme au foulard.

« Norman ?

— Oui, Hannah ?

— Je passerais volontiers des heures à regarder la cheminée avec vous, mais j'ai quelque chose à vous demander.

— Quoi donc ?

— C'est au sujet de votre première patiente de mardi matin. Pas Luanne Hanks, celle que vous n'avez pas inscrite sur votre cahier rouge. Qui était-ce ? »

Norman soupira.

« J'espérais que vous n'en reparleriez pas. Vous avez vraiment besoin de le savoir, Hannah ? Ou vous voulez juste satisfaire votre curiosité ?

— C'est hyper important. Si vous ne pouvez pas me donner son nom, dites-moi au moins quels soins vous lui avez administrés. »

Norman la fixa, déconcerté.

« Mais en quoi cela vous intéresse-t-il ?

— Une femme ayant du mal à articuler a téléphoné à Boyd Watson mardi midi. Ce coup de fil l'a mis hors de lui et il est peut-être en lien avec sa mort. Je suppose – et Andrea pense comme moi – que cette femme articulait mal parce qu'elle venait de se faire arracher une dent et qu'elle avait un pansement dans la bouche. »

Norman poussa un autre soupir, hésita encore une minute et répondit.

« Bon, OK, j'avoue. Cette personne était dans mon cabinet hier matin. Je dois lui poser des couronnes. Je lui ai meulé deux dents en haut à droite et quand elle est partie à 7 h 45, je lui ai recommandé de garder le pansement jusqu'à 13 heures.

— Elle parlait comme si elle avait la bouche pleine ?

— Oui. »

Hannah inspira à fond.

« Dans ce cas, vous devez me dire de qui il s'agit, Norman.

— Lucy Richards.

— Lucy ? Pourquoi ne pas l'avoir inscrite dans le cahier de rendez-vous ?

— Parce que je la soigne gratuitement. C'est un échange de services. »

Norman semblait horriblement gêné. Hannah comprit qu'il était loin d'avoir tout dit. Delores avait-elle raison de penser qu'il sortait avec Lucy ? Ces couronnes étaient-elles le cadeau d'un amant à sa maîtresse ?

« Il n'y a pas de mal à cela, Norman. » Hannah sourit pour tenter de le mettre à l'aise. « Je sais que ça ne me regarde pas, mais vous... heu... vous avez un faible pour Lucy ? »

Norman la dévisagea un instant puis secoua la tête si violemment qu'elle craignit pour sa cervelle.

« Bien sûr que non ! D'où vous vient cette idée saugrenue ?

— Ce n'était qu'une supposition, répondit Hannah en s'interdisant de faire allusion à leurs mères respectives. Donc, vous soignez Lucy gratuitement en échange d'un service qu'elle vous rend. Lequel ? »

Norman resta muet tellement longtemps que Hannah crut qu'il ne répondrait jamais.

« Elle a découvert quelque chose sur mon compte, lâcha-t-il enfin. Un incident qui s'est produit à l'époque où je vivais à Seattle. Du coup, je lui pose des couronnes et elle garde cette histoire pour elle. Donnant-donnant.

— On appelle ça du chantage.

— Plutôt de l'extorsion. Quoi qu'il en soit, elle me tient à sa merci.

— Cette chose qu'elle a découverte... C'est vraiment grave ? »

Encore une fois, Hannah avait parlé sans réfléchir. Elle regretta aussitôt son indiscrétion.

« Oui, enfin, si cela se savait, ma vie n'en serait pas totalement bouleversée. Mais les gens d'ici me regarderaient autrement. Le plus embêtant, c'est pour ma mère. Elle serait anéantie. »

L'esprit de Hannah tournait à plein régime. Lucy avait-elle tenté de faire chanter Boyd comme elle faisait chanter Norman ? Claire était-elle une autre de ses victimes ? Hannah revit Lucy débarquant au Cookie Jar dans le nouveau manteau qu'elle avait prétendument acheté au Beau Monde. Ce foulard hors de prix que Luanne avait voulu offrir à sa mère, comment Lucy se l'était-elle procuré ? Hannah n'avait pas cru un mot de cette histoire d'avance qu'un éditeur lui aurait versée. Mais elle n'aurait jamais imaginé que sa soudaine richesse était le fruit du chantage, ou plutôt de l'extorsion.

« Hannah ?

— Oui ? »

Hannah mit son cerveau sur pause.

« Je vous ai posé une question. Dois-je vous dire ce que Lucy a découvert sur moi ? »

Hannah répondit du tac au tac.

« Non.

— Parce que vous craignez d'être déçue ?

— Vous me connaissez mal, Norman ! répliqua-t-elle vivement. C'est votre secret, il n'appartient qu'à vous. Mais si un jour vous décidez de me le révéler, sachez que cela ne changera strictement rien entre nous.

— Merci, Hannah. Je vous en parlerai peut-être plus tard.

— Ça me va, dit-elle sagement malgré la curiosité qui la tenaillait. Norman, je vais vous demander de bien réfléchir. À votre avis, Lucy aurait-elle pu s'en prendre à d'autres habitants de Lake Eden ? »

Norman haussa les épaules.

« C'est très possible. En tant que journaliste, elle a

accès à des tas de renseignements. C'est comme ça qu'elle a appris mon secret. En fait, je n'en serais pas autrement étonné. Quand elle s'est présentée à mon cabinet en exigeant d'être soignée gratis, j'ai eu la nette impression qu'elle n'en était pas à son coup d'essai.

— Pourquoi cela ?

— À cause de son attitude. Elle semblait très sûre d'elle-même. D'abord, elle m'a tendu son article, et pendant que je lisais elle m'a dit qu'on pouvait s'arranger mais que si j'essayais de la doubler, je retrouverais mon histoire à la une du *Journal de Lake Eden*.

— Et vous l'avez crue ? » s'étonna Hannah.

Elle le pensait moins naïf.

« Bien sûr que non. Rod n'aurait jamais accepté d'imprimer un truc pareil. Mais elle pouvait quand même me nuire en colportant des ragots sur mon compte. Vous savez comment ça se passe dans les petits patelins. En plus... » Norman hésita. « ... je ne devrais peut-être pas...

— Allez, Norman, crachez le morceau.

— À un moment, j'ai vu rouge. J'ai pensé, "Tu veux que je te soigne les dents, ma petite ? Eh bien je vais t'endormir la gencive en me servant d'une aiguille émoussée." »

Hannah se mit à rire de bon cœur et fut rassurée de constater que Norman l'imitait.

« Vous l'avez fait ?

— Non. Une fois que j'ai commencé à travailler, ma conscience professionnelle a repris le dessus. Je suis un bon dentiste, Hannah.

— Je n'en ai jamais douté. »

Norman but une gorgée de soda rose et soupira.

« Que dois-je faire, Hannah ? En parler au shérif Grant ?

— Pas encore. Je voudrais d'abord savoir si elle a fait d'autres victimes.

— Vous pensez vraiment que je ne suis pas le seul ?

— J'en suis presque persuadée. N'oubliez pas ce coup de fil à Boyd. Elle le faisait sans doute chanter, lui aussi. Et pas que lui. Cette fille dépense son argent comme s'il lui tombait du ciel.

— Mais comment comptez-vous faire pour les identifier et les inciter à se confier ? Sans preuves, vous n'irez nulle part.

— Les preuves, répéta Hannah. Justement, parlons-en. Sur quoi Lucy s'appuie-t-elle pour vous faire chanter ?

— Elle m'a montré une lettre de...

— Peu importe. Je n'ai pas besoin de savoir les détails. Dites-moi juste si elle possède un document.

— La lettre que j'ai vue était une copie mais elle prétend avoir l'original.

— Donc, il suffit de trouver sa cachette. Je parie qu'elle planque tous ses éléments de chantage au même endroit. Quand je connaîtrai l'identité de ses victimes... » Hannah s'arrêta net et son visage s'illumina. « Oubliez ça. Je dois être fatiguée. Je lui pique ses papiers et le tour est joué.

— Mais comment ? Vous ne savez même pas où ils sont.

— Pas à la rédaction du journal, en tout cas. Rod pourrait tomber dessus. » Hannah procéda par élimination. « Ni dans un coffre à la banque parce qu'elle pourrait en avoir besoin la nuit, quand la banque est fermée. Je ne l'imagine pas non plus les confier à quelqu'un. Ils sont trop précieux. Donc, elle les garde chez elle.

— Votre raisonnement tient. Mais Lucy ne vous laissera jamais fouiller son appartement.

— Je n'avais pas l'intention de lui demander son avis. Son prochain rendez-vous dentaire est prévu pour quand ?

— Demain matin à 7 heures. Je dois prendre ses empreintes. Écoutez, Hannah. Vous n'allez pas entrer chez elle par effraction, j'espère. C'est illégal.

— Pas plus que l'extorsion. Combien de temps pourrez-vous la retenir ?

— Je n'en sais rien. »

Norman fronça les sourcils. Visiblement, son éthique professionnelle était soumise à rude épreuve.

« Il faut que vous m'aidiez, Norman. J'ai besoin d'une heure, au moins. »

Norman poussa un grand soupir et se rendit.

« Je m'arrangerai. Je verserai un peu trop d'eau dans la poudre. Ainsi, la pâte mettra plus de temps à sécher. Une heure, c'est entendu, mais pas davantage.

— Parfait. Son appartement n'est pas bien grand, une heure devrait suffire. Quand elle sortira de votre cabinet, vous n'aurez qu'à appeler sur son téléphone fixe et je saurai qu'il est temps de décamper.

— Ça ne me plaît pas, Hannah. Si on vous surprenait ?

— Ça n'arrivera pas », dit-elle pour le rassurer.

Mais Hannah aurait bien aimé que quelqu'un la rassure elle aussi.

Cookies aux raisins et aux flocons d'avoine

Préchauffer le four à 190 °C,
grille en position médiane.

1 tasse de beurre fondu (2 plaquettes – ½ livre)
2 tasses de sucre blanc
2 cuillerées à thé de vanille
½ cuillerée à thé de sel
2 cuillerées à thé de bicarbonate de soude
2 gros œufs battus (à la fourchette)
2 ½ tasses de farine (inutile de tamiser)
1 tasse de raisins secs (de Corinthe ou de Smyrne, à vous de choisir)
2 tasses de flocons d'avoine broyés (mesurer avant de broyer)

Faire fondre le beurre dans un grand bol allant au micro-ondes. Ajouter le sucre, mélanger puis incorporer la vanille, le sel et le bicarbonate de soude.

Laisser refroidir. Quand le mélange est à température ambiante, verser les œufs battus, la farine, et remuer soigneusement. Mettre les raisins.

Préparer les flocons d'avoine (de marque Quaker si vous en avez – la boîte en carton peut resservir). Mesurer 2 tasses, verser dans le robot ménager et mixer (avec la lame en acier) jusqu'à obtenir une consistance sableuse. Incorporer à la pâte. (Le mélange doit être légèrement sec et granuleux.)

Confectionnez des boules de pâte de la taille d'une noix et posez-les sur une plaque à pâtisserie préalablement enduite de matière grasse, 12 pour une plaque standard. (Si la pâte devient trop collante, mettez-la au frigo pendant 30 minutes et recommencez.) Avec une fourchette, dessinez des lignes entrecroisées sur vos boules de pâte (comme sur les cookies au beurre de cacahuètes).

Cuire à 190 °C pendant 10 minutes. Sortir du four, attendre 2 minutes puis déposer les cookies sur la grille d'une échelle pâtissière pour qu'ils refroidissent complètement.

Andrea les aime alors qu'elle déteste les raisins secs – allez comprendre.

Chapitre 10

Hannah se gara au bout de l'allée, non loin de chez Vera Olsen.

« C'est indispensable, tu es sûre ? demanda Andrea, frissonnante.

— Sûre et certaine. »

Hannah coupa le moteur et regarda sa montre. 7 heures du matin. En ce moment même, Lucy était allongée, bouche ouverte, dans le fauteuil de Norman.

« Reprends-toi, Andrea. On ne va pas rester les bras croisés pendant que cette fille soutire de l'argent à nos concitoyens !

— Non, bien sûr que non. »

Andrea frissonna encore, mais pas à cause du froid bien que la matinée soit particulièrement venteuse et glaciale.

« Bon. On n'a pas beaucoup de temps. Norman ne peut pas la garder indéfiniment.

— Tu as raison. Il faut s'y mettre. » Andrea coiffa son bonnet de laine et ouvrit la portière. « Je suis contente que Tracey soit chez sa mamie. Je ne voudrais pas qu'elle apprenne que sa mère est une criminelle.

— Tu n'es pas une criminelle. J'endosserai toute la responsabilité si jamais on rencontre des problèmes.

— Quels problèmes ? s'écria-t-elle en rattrapant sa sœur dans l'allée. Il n'a pas été question de problèmes quand tu m'as appelée hier soir. »

Hannah grimaça. Elle avait encore perdu une occasion de se taire.

« C'est une façon de parler. Je ne m'attends pas réellement à rencontrer de problèmes.

— Mais au cas où on en rencontrerait quand même ? Ce seraient des problèmes de quel ordre ?

— Eh bien... »

Hannah soupira. Elle avait ouvert la boîte de Pandore, et maintenant, elle devait en assumer les conséquences.

« Il y a très peu de risques qu'on nous surprenne. Si jamais cela arrive, j'expliquerai à Bill que je t'ai traînée jusqu'ici sans te mettre au courant de mes intentions.

— Oh, bien sûr. Et Bill va te croire. Je commence à regretter, Hannah.

— Dans ce cas, retourne t'asseoir dans le break et attends-moi.

— Non. J'ai promis de t'aider et je t'aiderai. » Andrea pressa le pas. « Dépêchons. Il ne manquerait plus qu'on se fasse repérer.

— On ne se fera pas repérer. Et même si on nous repère, comme tu le crains, on ne nous reconnaîtra pas. Pourquoi penses-tu que je t'ai demandé de mettre un bonnet et la vieille parka de Bill ? »

La porte qui menait à l'appartement de Lucy n'était pas

visible depuis l'allée. Personne ne les verrait entrer. Même l'escalier extérieur ouvert à tous vents était caché par les branches touffues d'un grand sapin.

Arrivée au bas de l'escalier en question, Andrea hésita.

« Qu'est-ce qu'on fera si elle est chez elle, tout compte fait ?

— On commence par frapper. Si elle ouvre, je dirai que je lui apporte des cookies pour son anniversaire. » Hannah souleva le sac à anses qu'elle tenait à la main. « On reste deux minutes et on s'en va.

— C'est son anniversaire, aujourd'hui ?

— Je n'en sais rien, mais cette excuse en vaut une autre. » Hannah escalada la première volée de marches en bois. « Je pourrai toujours prétendre qu'on m'a donné une mauvaise date. Mais je t'assure, Lucy n'est pas là. Norman a dit qu'elle ne manquait jamais un rendez-vous et qu'elle était toujours ponctuelle.

— Alors, pourquoi ces cookies ? »

Hannah soupira. Décidément, sa sœur était bien réveillée, malgré l'heure matinale. « Pour parer à toute éventualité. » Ayant atteint le palier du dernier étage, Hannah frappa une première fois, puis une deuxième. Pas de réponse.

« Tu vois ? dit-elle en se tournant vers Andrea. Je t'avais dit qu'elle n'y était pas. Tiens-moi ce sac. Il faut que je sorte ma carte de crédit.

— Pour quoi faire ?

— Pour ouvrir. Il suffit de glisser une carte entre le chambranle et la porte et de la faire coulisser jusqu'à ce que le pêne se rétracte.

— Ça ne marchera pas. Il y a un verrou. Regarde là-haut. »

Hannah fronça les sourcils. Andrea avait raison. Il y avait deux points de fermeture sur la porte de Lucy.

« Je ne sais pas crocheter les verrous.

— C'est impossible. Bill dit toujours qu'un verrou bien posé est la meilleure défense contre les cambrioleurs. » Andrea s'étira par-dessus la rampe pour examiner la lucarne à droite de la porte. « Cela dit, un verrou ne sert pas à grand-chose si on oublie de fermer les fenêtres. »

Andrea retira ses gants, les enfonça dans ses poches, décrocha la contre-fenêtre, la rabattit vers le haut, posa ses deux paumes à plat sur la vitre et poussa. Quand le panneau bascula, elle se tourna vers sa sœur avec un sourire triomphal.

« Je vais me faufiler. Je suis plus fine que toi. Tiens, prends ma parka. Je te retrouve dans deux secondes. »

Hannah la regarda enjamber la rambarde, empoigner le bord de la fenêtre et se glisser tête la première dans l'entrebâillement. Quand le haut de son corps fut entré, elle prit appui sur la rampe avec ses pieds et disparut entièrement à l'intérieur. Hannah entendit un fracas de porcelaine. Un instant plus tard, Andrea ouvrait la porte.

« Je savais que j'en étais capable, fit-elle en se rengorgeant. Lucy aurait pu éviter de laisser de la vaisselle sale dans l'évier. Nous lui devons une assiette et une tasse à café. »

Le logement mansardé comprenait une minuscule cuisine, une salle de bains et une grande pièce servant à la fois de salon, de bureau et de chambre. Elles commencèrent par la cuisine, ce qui ne leur prit pas beaucoup de temps.

Après avoir cherché en vain dans les placards, le four, le frigo et le compartiment congélateur, elles passèrent à la salle de bains.

Elles fouillèrent rapidement les quatre tiroirs sous le lavabo, puis l'armoire à pharmacie, sans trouver autre chose que des produits de maquillage, une brosse à dents, un tube de dentifrice entamé et de l'aspirine périmée.

« Attends une seconde, dit Hannah à sa sœur qui tournait déjà les talons. On n'a pas vérifié les toilettes.

— Les toilettes ?

— J'ai vu ça dans un film. On peut cacher des tas de choses dans la cuve, à condition de les glisser au préalable dans un sac étanche. »

Andrea la regarda soulever le couvercle et se pencher sur la cuve.

« Il y a quoi ?

— De l'eau. Lucy n'a pas dû voir le film. »

La pièce principale leur donnerait plus de fil à retordre.

« Où mène cette porte ? demanda Hannah en désignant le panneau de bois enchâssé dans le mur près du lit.

— C'est par là qu'on entrait, à l'époque où ce studio était encore un grenier, expliqua Andrea. Vera m'a fait visiter un jour, quand j'étais au lycée.

— Pourquoi ?

— On cherchait des costumes, des accessoires pour la pièce de fin d'année. Vera possédait pas mal de trucs ayant appartenu à ses parents. Elle les rangeait ici. Par où veux-tu qu'on commence ?

— Tu prends le placard, moi la commode. »

Andrea allait ouvrir le placard quand un petit bruit

se fit entendre, comme un tapotement. Les deux sœurs échangèrent un regard interdit.

« Qu'est-ce que c'est ? murmura Andrea.

— Quelqu'un frappe à la porte.

— Qu'est-ce qu'on fait ?

— On ne bouge pas, répondit Hannah en prenant sa sœur par le bras. Du calme, Andrea. S'ils avaient la clé, ils n'auraient pas frappé. »

Il y eut encore deux ou trois coups et le silence revint. Elles attendirent sans respirer que la personne redescende mais aucun pas ne résonna dans l'escalier. Soudain, les coups reprirent. Elles sursautèrent.

« Ils ont de la suite dans les idées, je trouve, chuchota Andrea.

— Je trouve aussi. Ils vont se faire mal aux doigts à force de frapper. » Hannah désigna le lit de Lucy. « Cache-toi derrière, Andrea. Je vais jeter un œil par la fenêtre de la cuisine. »

Hannah s'avança à pas de loup vers l'évier, s'appuya d'une main sur le mur et approcha son nez de la vitre. Si l'autre la surprenait, elle aurait du mal à expliquer sa présence. Après être entrée, Andrea avait refermé les rideaux jaunes suspendus à la tringle mais il restait un petit espace entre les deux.

Un espace suffisant pour regarder dehors. En se plaçant de biais, Hannah réussit à voir le palier. Personne. Pourtant le tapotement continuait, angoissant, comme dans la nouvelle d'Edgar Poe quand le corbeau frappe avec son bec sur la porte de la chambre du narrateur.

Le corbeau d'Edgar Poe ? Hannah écarta les rideaux et eut le temps d'apercevoir un pic perché au-dessus du battant, tambourinant allègrement sur le bois du chambranle. Ses petits yeux sombres croisèrent les siens, l'oiseau se figea un quart de seconde et partit à tire-d'aile se cacher dans les ramures du grand sapin.

Amusée par l'aventure, Hannah repassa dans la pièce principale et vit la tête d'Andrea émerger au-dessus du matelas.

« Tu peux sortir. Ce n'était qu'un pic.

— Un oiseau ? » souffla Andrea, légèrement piteuse d'avoir paniqué pour si peu.

Elle réussit tant bien que mal à s'extirper de sa cachette.

« J'imagine qu'il cherchait des vers de bois, expliqua Hannah. Il s'est envolé dès qu'il m'a vue. »

Andrea poussa un énorme soupir.

« J'étais persuadée que l'assassin de Boyd nous avait trouvées et qu'il nous guettait, armé d'un grand couteau.

— Un assassin poli qui frappe avant d'entrer ? Allez, au boulot. Va voir dans le placard. Je m'occupe de la commode et du lit. »

Pendant qu'Andrea inspectait les tringles et les étagères du réduit aménagé sur toute la largeur de la soupente, Hannah passa en revue les tiroirs de la commode puis s'agenouilla pour regarder sous le sommier.

« Elle a des tas de fringues neuves, lança Andrea d'une voix étouffée par les vêtements suspendus. La plupart ont encore leurs étiquettes et elles viennent toutes du Beau Monde. »

Hannah, qui retirait les taies d'oreiller pour les secouer au-dessus du lit, hocha la tête d'un air entendu.

« Ce qui confirme mon hypothèse que Claire fait partie

de ses victimes. Lucy n'aurait pas les moyens de s'offrir des trucs aussi chers.

— Il n'y a rien d'intéressant, ici, dit Andrea en sortant du placard, les cheveux hirsutes, des toiles d'araignées collées sur son sweat. Et pour ce qui est du ménage, elle mérite un zéro pointé. C'est un vrai capharnaüm, là-dedans. Où dois-je regarder maintenant ?

— Sous les meubles. Elle a pu y coller une enveloppe. Et n'oublie pas le canapé, c'est facile de glisser des papiers à l'intérieur des coussins. Je m'occupe du bureau. »

C'était un bureau ancien muni d'un volet roulant. Hannah prit le temps de l'admirer. Delores en possédait un très semblable qu'elle avait acheté fort cher dans une vente aux enchères. Hannah, qui l'avait aidée à l'installer, se souvenait encore de tous les petits compartiments secrets qu'il recelait.

Après avoir fouillé le contenu des tiroirs apparents, elle retira l'un d'entre eux, plongea la main tout au fond et trouva le mécanisme qui débloquait la cache. On entendit un déclic et un panneau s'entrouvrit, laissant apparaître une enveloppe grise fermée par une ficelle rouge et deux ronds en carton collés au recto et au verso.

« J'ai quelque chose. »

Andrea la rejoignit à l'instant où elle retirait la ficelle.

« Où c'était ?

— Dans un compartiment secret.

— Ce modèle d'enveloppe ne date pas d'hier.

— Tu as raison, dit Hannah en fronçant les sourcils. Elle appartient peut-être au premier propriétaire du bureau. »

Hannah souleva le rabat et poussa un petit cri de

surprise. L'enveloppe contenait une liasse de billets de cent dollars.

« Il y en a pour combien ? demanda Andrea.

— Je n'en sais rien. Je vais te dire. » Hannah compta puis se tourna vers sa sœur. « Deux mille, et je suis sûre que cet argent n'appartient pas à l'ancien propriétaire du bureau. C'est Lucy qui l'a planqué là.

— Comment le sais-tu ?

— Sur les nouveaux billets de cent, le portrait de Benjamin Franklin est deux fois plus gros que sur les anciens. Donc ceux-ci sont récents. »

Hannah remit la liasse dans l'enveloppe et rattacha la ficelle.

« Qu'est-ce qu'on va faire de ce fric ?

— Je l'ignore. Tout dépend de sa provenance. »

Hannah glissa de nouveau la main dans le compartiment secret et en sortit une autre enveloppe. Celle-ci était blanche, de taille moyenne, et portait au revers le tampon de la police de Seattle.

« Qu'est-ce que c'est ?

— Le document qui lui sert à faire chanter Norman. » Hannah plia l'enveloppe en deux et la glissa dans la poche arrière de son jean. « Je vais la lui rendre.

— Tu comptes l'ouvrir d'abord ?

— Non.

— Tu ne veux pas savoir ce qu'il a fait ?

— Bien sûr que si, mais je préfère qu'il m'en parle de lui-même », répondit Hannah. Sa sœur la regardait bizarrement. « Qu'y a-t-il ?

— S'il s'agissait de quelqu'un d'autre, tu ouvrirais cette lettre sans hésiter. Tu dois l'aimer plus que tu ne le prétends. »

Hannah ne releva pas. Andrea était libre d'imaginer une histoire d'amour entre elle et Norman. Pour sa part, elle le considérait comme un ami, son meilleur ami peut-être. Et pour l'instant, ce type de relation lui suffisait.

« Qu'y a-t-il d'autre ? rebondit Andrea tandis que sa sœur reprenait ses recherches dans la cache.

— Des photos. Des négatifs, répondit-elle en ramenant une nouvelle prise. Je pense qu'on a trouvé ce que nous cherchions.

— Le stock de munitions de cette chère Lucy ?

— Des munitions que nous allons pouvoir retourner contre elle. Jette donc un œil sur ce cliché !

— J'aperçois Claire et le maire Bascomb entrant dans le motel Blue Moon, dit Andrea, légèrement scandalisée. Pas étonnant que Claire lui ait filé toutes ces fringues !

— Je suppose que le maire crache au bassinet, lui aussi. Il n'a sûrement pas envie que sa femme apprenne qu'il entretient une liaison. » Hannah passa à la photo suivante. « En voici une que Lucy a prise à l'auberge de Lake Eden.

— Tu as raison. On reconnaît le comptoir de réception dans le hall. Qui sont ces deux hommes ?

— M. Rutlege, le juré qui a dû se démettre à cause d'un problème dentaire. Et l'autre, c'est le mari d'une candidate. Je ne sais plus son nom, mais je vois dans sa main l'enveloppe grise que nous venons de trouver.

— Celle qui contient l'argent ?

— La même.

— Ce type aurait soudoyé M. Rutlege pour qu'il vote en faveur de sa femme ?

— De toute évidence, il a tenté de le faire. Mais comme

l'argent est ici, j'en déduis que M. Rutlege ne s'est pas laissé corrompre. »

Andrea réfléchit un instant.

« Oui, ça tient debout. Lucy a sûrement assisté à la scène. Elle est allée voir le mari de la candidate en menaçant de tout divulguer à moins qu'il ne lui remette l'enveloppe.

— Possible. » Hannah désigna une autre photo. « Maintenant, regarde celle-ci. On reconnaît la cuisine des Watson. Lucy a dû la prendre à travers la vitre. »

Andrea grimaça en découvrant la scène.

« Je vois Boyd. Il est en train de taper sur Danielle. Elle a très peur. Et lui, il a l'air très méchant.

— C'était un homme méchant, confirma Hannah d'une voix sèche. Il ne méritait peut-être pas de mourir comme ça, mais je suis bien contente que le calvaire de Danielle ait pris fin.

— Moi aussi. On a vraiment de la chance d'avoir trouvé cette photo. Maintenant on sait pourquoi Lucy a téléphoné à Boyd. Elle voulait lui soutirer de l'argent. »

Hannah contempla longuement le dernier cliché.

« Oui, cette photo a forcément un rapport avec le meurtre de Boyd, mais j'aimerais savoir lequel précisément.

— Oui, moi aussi... Peut-être que... » Andrea s'interrompit et devint très pâle. « Tu crois que Lucy aurait... Je veux dire, si Boyd a refusé de payer, elle a peut-être pété un câble et... Elle n'aurait pas pu le tuer, dis ?

— C'est peu probable, la rassura Hannah. Il était beaucoup plus grand qu'elle.

— Et alors ?

— Le coup qui l'a tué venait du haut. Pour lui défoncer le crâne, Lucy aurait dû grimper sur un escabeau.

— OK. Je te suis. Mais imagine que Boyd se soit mis à genoux pour la supplier ?

— Même dans ce cas. Boyd lui rendait au moins cinquante kilos, et tu sais comme moi qu'il n'hésitait pas à malmener les femmes. Si Lucy avait fait mine de le menacer avec un marteau, il l'aurait désarmée et balancée contre un mur.

— Oui, bien sûr. Mais peut-être que Lucy s'est servie d'un stratagème pour l'obliger à se baisser. Elle aurait pu faire tomber un objet, par exemple, et Boyd se serait agenouillé pour tenter de le récupérer sous la voiture.

— Ça ne marche pas. Il y avait des taches d'huile sur le sol du garage et Boyd portait un pantalon gris clair. S'il s'était agenouillé, on aurait trouvé des traces sur le tissu. »

Andrea soupira de soulagement.

« Franchement, je préfère ça. Pendant une seconde, j'ai cru qu'on fouillait l'appartement d'une meurtr...

— Chut ! » Hannah lui saisit le bras. « J'entends quelque chose !

— Encore un oiseau ?

— Pas cette fois. »

Les deux sœurs retinrent leur souffle pour mieux écouter. C'étaient des bruits de pas, mais à peine audibles.

« Vera, murmura Hannah. Elle monte par l'escalier intérieur.

— Elle a dû nous entendre, hurla silencieusement Andrea. On va se faire attraper !

— Non, calme-toi. Va te cacher dans le placard. Je te rejoins tout de suite, dit Hannah en la poussant légèrement. Allez, dépêche-toi ! »

Hannah rassembla les documents qu'elles avaient

trouvés, les entassa au fond du compartiment secret et remit le tiroir en place. Puis, à la volée, elle attrapa manteaux, bonnets, sac de cookies et alla rejoindre sa sœur dans le placard. Si par malheur Vera Olsen les prenait sur le fait, elle appellerait Bill et Mike pour se plaindre. Andrea s'en tirerait avec une tape sur la main, Hannah serait considérée comme l'unique responsable et, pour la punir d'avoir ignoré ses mises en garde, Mike la précipiterait au fond d'un cachot et jetterait la clé.

Chapitre 11

« Elle ne nous a pas entendues, murmura Hannah en écartant la jupe rouge qui lui chatouillait la figure.

— Comment tu le sais ?

— Sinon, elle serait redescendue illico pour appeler le bureau du shérif. »

Andrea soupesa les paroles de sa sœur.

« Tu as raison, répondit-elle à mi-voix. Une femme de son âge ne prendrait pas le risque d'affronter seule un cambrioleur. »

Hannah sourit dans le faible rayon de lumière qui entrait par la lucarne aménagée à l'autre bout du placard. Vera Olsen disait avoir cinquante ans, mais, un jour, Hannah avait feuilleté l'annuaire scolaire de 1957 dans la bibliothèque du lycée Jordan et l'avait reconnue sur la photo des terminales. Ce qui signifiait qu'elle frisait la soixantaine, à présent. Mais quelle importance ? Vera avait le droit de mentir sur son âge, si cela lui faisait plaisir.

La planche en bois de pin ayant servi à fabriquer la

porte du placard comportait des nœuds percés de trous minuscules. Hannah en repéra un juste sous son nez et donna un petit coup de coude à sa sœur. Une seconde plus tard, Andrea en trouvait un autre, devant elle. C'est ainsi que, depuis leur poste de vigie, les deux femmes assistèrent à l'entrée de Vera par la porte de l'ancien grenier, située à côté du lit. Vera souriait, ce qu'elle n'aurait pas fait si elle avait cru tomber sur un cambrioleur. Elles étaient donc en sécurité, du moins pour l'instant.

Vera traversa la pièce, s'arrêta devant l'ordinateur posé sur une table face au placard, alluma l'unité centrale, le moniteur, et s'assit dans le fauteuil de Lucy, tournant le dos aux deux intruses.

Andrea toucha le bras de sa sœur en lui jetant un regard interloqué. Hannah haussa les épaules et pointa l'index et le majeur vers ses yeux. Andrea hocha la tête. Un dialogue muet mais compréhensible.

« Qu'est-ce qu'elle fabrique ?

— J'en sais rien. On regarde ?

— D'accord. »

Vera fredonnait en attendant que l'ordinateur se mette en route. Comme elles étaient proches et que l'écran dix-sept pouces était posé en hauteur sur l'unité centrale, Hannah et Andrea voyaient parfaitement ce qui s'y affichait.

D'abord, Vera cliqua sur l'icône d'Internet. Le modem entra en action, on entendit une série de tonalités et, après quelques grésillements et autres bips, la connexion fut établie. Une voix robotique résonna dans le silence.

« Bienvenue, Lèvres en feu. Tu as du courrier. »

Andrea dut se coller une main sur la bouche pour ne

pas glousser. Hannah déglutit. Ce sobriquet associé à la personne de Vera était franchement désopilant. La boîte de messages s'ouvrit et un texte apparut, tapé en lettres capitales et dans un corps assez gros pour que les deux sœurs hilares puissent le déchiffrer.

BONJOUR LÈVRES EN FEU – TU M'AS DEMANDÉ UNE PHOTO. LA VOICI. CLIQUE SUR LE FICHIER JOINT ET TU LA VERRAS. J'ESPÈRE EN RECEVOIR UNE DE TA PART. JE T'APPELLERAI CE SOIR POUR ENTENDRE TA DOUCE VOIX. JE T'AIME MA CHÉRIE, LOUP CENDRÉ.

Vera cliqua et l'image d'un homme aux cheveux gris s'encadra sur l'écran. Il souriait en levant un bras comme pour la saluer depuis le pont du luxueux voilier où il se tenait. Vera imprima la photo, cliqua sur « Répondre » et tapa le message suivant :

JE T'ENVERRAI LA MIENNE DEMAIN. IL FAUT QUE JE TROUVE CELLE QUI TE PLAIRA. J'AI HÂTE DE RECEVOIR TON APPEL. JE T'AIME AUSSI, LÈVRES EN FEU.

Hannah n'osait pas regarder Andrea de peur d'exploser de rire.

Quand sa conversation en ligne fut terminée, Vera effaça l'historique de manière à supprimer toute trace de son passage, éteignit l'ordinateur et s'éloigna sur la pointe des pieds en emportant la photo de Loup cendré.

Les deux sœurs la virent disparaître par la porte du grenier et l'écoutèrent descendre l'escalier jusqu'à son appartement. Quand le bruit de ses pas devint imperceptible, elles émergèrent du placard, se regardèrent et laissèrent éclater le fou rire qu'elles avaient si longtemps retenu.

« Tu crois qu'elle va vraiment envoyer sa photo à Loup cendré ? fit Andrea quand elle eut repris son souffle.

— Pourquoi pas. Elle est encore bien pour son âge.

— Elle serait mieux si elle se teignait les racines.

— Peut-être qu'elle le fera. » Il n'y avait qu'Andrea pour remarquer des choses pareilles. « Allons. Il n'est que 7 h 35 mais on a pris assez de risques comme ça. On rassemble les documents et on file.

— À ce propos, je me demandais... Lucy va remarquer leur disparition, non ?

— Bien sûr, mais comment saura-t-elle qui les a volés ? Et je la vois mal porter plainte. »

Andrea esquissa un sourire.

« Certes. Il faudrait d'abord qu'elle explique ce qu'elle faisait avec. Et l'argent ? Tu le prends aussi ?

— Évidemment. Il ne lui appartient pas. Je le rendrai au mari de la candidate en lui tirant les oreilles pour avoir tenté de corrompre un juré. »

Andrea trouva une pile d'enveloppes kraft près de l'ordinateur de Lucy. Elle en tendit une à sa sœur.

« Mets tout là-dedans. Je la cacherai sous ma parka.

— Bonne idée. »

Hannah démonta le tiroir, libéra le clapet du fond, récupéra les billets, les tirages, les négatifs, glissa le tout dans l'enveloppe et, pour plus de sûreté, vérifia une dernière fois en replongeant la main dans le compartiment secret.

« Tiens, un rouleau de pellicule, dit-elle en sortant son ultime prise. Je vais l'emporter également. Norman le développera. »

Andrea lui montra d'autres rouleaux, éparpillés sur le bureau.

« Et ceux-là ?

— Non, c'est inutile. S'ils étaient importants, Lucy ne les aurait pas laissés traîner. Je suppose qu'elle a planqué cette pellicule pour la développer plus tard.

— Veux-tu que je fouille encore un peu, pour être bien sûre de n'avoir rien oublié ? proposa Andrea.

— Oui. Prends la cuisine et la salle de bains. Je m'occupe de cette pièce. »

Mais elles ne trouvèrent rien d'autre. Hannah allait donner le signal du départ quand le téléphone fixe se mit à sonner. Hannah jeta un œil sur sa montre et fronça les sourcils. Il n'était que 7 h 40. Or, Norman était censé garder Lucy jusqu'à 8 heures.

« C'est Norman ? » Andrea sortit de la salle de bains, l'air inquiet.

« Comment veux-tu que je le sache ? Il faut attendre que le répondeur s'enclenche. »

À la quatrième sonnerie, elles eurent droit au message d'accueil. *Vous êtes bien chez Lucy Richards, journaliste. Laissez votre numéro et je vous rappellerai.*

Hannah leva les yeux au ciel. Lucy n'avait rien d'une journaliste, à moins que la description d'une robe de mariée soit considérée comme un article de presse.

Lucy ? Où êtes-vous, Lucy ? Hannah retint son souffle en reconnaissant la voix au téléphone. Norman. *Je vous rappelle que nous deviez passer à mon cabinet pour une prise d'empreintes. Je suis là depuis 7 heures. Vous avez déjà quarante minutes de retard. Je ne peux pas attendre davantage. Si vous souhaitez prendre un autre rendez-vous, téléphonez-moi.*

Norman raccrocha. Hannah regarda sa sœur.

« Viens, Andrea. Il est temps de filer. »

Le cœur de Hannah battait la chamade quand elle entra dans le cabinet de Norman Rhodes avec sa sœur. Elles avaient quitté l'appartement en panique et, par chance, n'étaient pas tombées sur Lucy.

Dès qu'il entendit la porte s'ouvrir, Norman vint à leur rencontre, visiblement soulagé de les voir.

« Tant mieux. Je croyais que vous étiez chez elle ! Figurez-vous qu'elle ne s'est pas présentée au rendez-vous. Elle n'a même pas appelé pour prévenir.

— On en revient, répliqua Hannah, un peu vexée qu'il n'ait pas cherché à les contacter pour les mettre en garde. On allait partir quand vous avez téléphoné. Pourquoi avoir tant attendu ?

— J'ai tenté de vous joindre. Au début, je pensais qu'elle était juste en retard, mais à 7 h 10, j'ai commencé à m'inquiéter et j'ai appelé sur le portable d'Andrea, précisa-t-il en se tournant vers l'intéressée. Vous n'avez pas répondu. Pourtant, j'ai essayé une dizaine de fois. »

Andrea soupira.

« Je l'avais laissé dans le break, de peur qu'il ne sonne pendant que nous étions sur place. Vera aurait pu l'entendre.

— Bon, on a évité le pire, c'est déjà pas mal, dit Hannah en cherchant dans la poche de son jean l'enveloppe portant le tampon de la police de Seattle. Je pense que ceci vous appartient ? » ajouta-t-elle à l'intention de Norman.

Il la regarda, bouche bée.

« Vous l'avez trouvée !

— Ainsi que pas mal d'autres choses, lança Andrea en écartant le pan de sa parka pour prendre la grosse enveloppe kraft qu'elle y avait glissée. Lucy faisait chanter cinq personnes, au minimum.

— Au minimum ?

— Oui. » Hannah ouvrit le rabat et sortit le rouleau de pellicule. « Tout était rassemblé dans un compartiment secret de son bureau à caisson. Cette pellicule doit contenir des photos compromettantes, sinon Lucy n'aurait pas pris la peine de la cacher. Pourriez-vous la développer ? »

Norman consulta son carnet de rendez-vous et secoua la tête.

« J'aimerais vous aider, mais Mme Haversham débarque à 8 h 30. Je ne peux pas regagner mon domicile, développer ce film et revenir ici en moins de quarante-cinq minutes.

— Je me charge de Jill Haversham, proposa Andrea. Je lui dirai que vous avez été appelé en urgence, je lui suggérerai de prendre un autre rendez-vous, et pour la remercier de sa gentillesse je lui paierai un petit déjeuner au café d'à côté. Elle ne sort pas beaucoup, je pense que ça lui fera plaisir. »

Hannah la regarda d'un air surpris. D'habitude, Andrea n'était pas si généreuse de son temps.

« Ôte-moi d'un doute. Ce duplex sur Maple Street, c'est bien à Jill Haversham qu'il appartient, n'est-ce pas ?

— Eh bien... oui. » Andrea piqua un léger fard. « Il fallait que je lui parle, de toute façon. J'ai un acheteur potentiel. Elle pourrait réaliser un joli profit. »

Hannah sourit d'un air circonspect. Quand il était question d'immobilier, sa sœur était aussi tenace qu'une ventouse. Andrea faisait du forcing auprès de Jill Haversham depuis un an au moins, et continuerait jusqu'à ce qu'elle lui confie son bien.

« D'accord, occupez-vous d'elle, dit Norman. Personnellement, je n'y vois pas d'inconvénient. Comme mon rendez-vous suivant est à 10 heures, nous aurons tout le temps nécessaire. Venez, Hannah, prenez ce rouleau et faisons-le parler. »

« Votre mère a paru surprise de me voir, dit Hannah en entrant dans le dressing que Norman avait converti en chambre noire. Et je ne suis pas certaine qu'elle ait apprécié que nous montions dans votre chambre. »

Norman éclata de rire.

« C'est de ma faute. J'aurais dû lui dire que nous avions une pellicule à développer. Mais elle n'aurait pas fait cette tête-là s'il n'y avait pas eu Mme Beeseman dans la cuisine avec elle. Mère n'irait jamais colporter des ragots sur votre compte. Ce qui n'est pas le cas de Mme Beeseman. Enfin, je crois.

— Moi j'en suis sûre, répondit Hannah en lui tendant le rouleau. Elle va répandre la nouvelle sur un rayon de dix kilomètres. »

Norman lui jeta un regard intrigué.

« Apparemment, cela ne vous contrarie guère.

— Non, en effet. Les gens qui me connaissent ne la croiront pas. Et ceux qui ne me connaissent pas s'en fichent royalement.

— C'est la bonne attitude. » Norman plaça le rouleau sous la lampe. « Il s'agit d'un film noir et blanc. Heureusement, j'ai le matériel nécessaire. Au début, je ne faisais que du noir et blanc parce que j'aimais travailler les contrastes. J'ai attendu au moins dix ans pour passer à la couleur. Aujourd'hui, presque tout le monde s'y est mis.

— C'est donc un peu étonnant que Lucy utilise encore des pellicules noir et blanc ?

— Non. Rod publie rarement de photos couleur dans son journal. Ça revient trop cher. Je suppose que Lucy a choisi le noir et blanc pour pouvoir développer son film dans les locaux de la rédaction. Rod n'est pas équipé pour la couleur. Il doit recourir à un labo extérieur.

— Logique. Si ces photos avaient une telle importance à ses yeux, elle n'avait pas intérêt à s'en séparer.

— Asseyez-vous là, Hannah. » Norman lui désigna un tabouret dans un coin. « Je dois faire le noir total jusqu'à ce que ce film soit dans la cuve. »

Hannah s'exécuta. C'était la première fois qu'elle assistait au développement d'une pellicule.

« Comment faites-vous pour travailler si vous n'y voyez rien ?

— J'ai répété ces gestes si souvent que je peux les exécuter les yeux fermés. Je sais que beaucoup de photographes utilisent un manchon mais pas moi. Les manchons me font les mains moites. Vous êtes prête ? Je peux éteindre ?

— Je suis prête. »

Par précaution, Hannah se tint au bord du grand évier. Elle n'avait pas envie de perdre l'équilibre et de tomber de son tabouret.

Norman éteignit. Hannah regarda autour d'elle. Dehors il faisait grand jour, mais ici, dans ce dressing, c'était le noir absolu. Elle avait une drôle d'impression, comme si elle perdait tous ses repères. Heureusement qu'elle avait pensé à se tenir.

Dans les ténèbres, les sons prenaient une force

inaccoutumée. Hannah sursauta en entendant Norman démonter la cartouche contenant le film. Puis il y eut un crissement suivi d'un bruit étrange comme si on déroulait quelque chose. Incapable d'évaluer les distances, Hannah n'osait pas bouger. C'était ce que les aveugles vivaient en permanence, songea-t-elle en remerciant le ciel de lui avoir donné des yeux.

Hannah entendit un objet cogner contre du métal, peut-être la cuve de développement, puis un claquement évoquant un couvercle en alu qu'on poserait sur une casserole. Soudain, une vive lumière blanche se répandit dans la pièce.

« Et encore, ce n'est qu'une ampoule de cent watts, dit Norman comme pour s'excuser.

— Oui, mais nos pupilles sont très dilatées. Qu'allez-vous faire maintenant ?

— Verser le révélateur dans la cuve et remuer pendant deux à trois minutes. Ensuite, je jetterai le révélateur dans l'évier et je le remplacerai par le bain d'arrêt.

— Il faudra encore éteindre ?

— Non, la cuve est conçue de telle sorte que la lumière n'y entre pas durant ces manipulations. »

Hannah regarda Norman remplir le flacon de révélateur. Une odeur acide lui chatouilla les narines. Il agita doucement jusqu'à ce que le minuteur s'arrête, vida la cuve et y versa un liquide venant d'un autre bidon.

« C'est le bain d'arrêt ?

— Exactement », confirma Norman. Il agita de nouveau puis vida la cuve dans l'évier. « Maintenant, le fixateur. »

Hannah reconnut le tic-tac du minuteur. De là où elle se tenait, elle ne voyait pas son cadran, mais il dut bien tourner trois ou quatre minutes avant qu'elle entende de nouveau la sonnerie.

« Et maintenant ?

— Je vais ouvrir la cuve et rincer le film. Cette étape dure entre cinq et dix minutes. Après quoi, je le passerai au séchoir.

— Un séchoir ? Rien à voir avec les séchoirs que je connais, bien sûr ?

— Non, il s'agit de cette cabine, dit-il en montrant une armoire étroite collée contre le mur.

— Et ensuite ?

— Ensuite, il faudra découper le film pour obtenir des bandes de négatifs que je placerai dans l'agrandisseur afin de tirer les épreuves. J'éteindrai de nouveau mais cette phase-là devrait vous plaire, Hannah. Quand les images apparaissent sur le papier photo, il y a quelque chose de magique.

— Comment les verrez-vous s'il fait noir ?

— Il ne fera pas noir. On utilise une lumière spéciale, rouge orangé. C'est suffisant.

— Je trouve cela passionnant. J'aimerais bien savoir développer, moi aussi. Je pourrais voir à quoi ressemble cette lumière rouge ?

— Bien sûr. »

Norman éteignit l'ampoule blanche et, au bout de quelques instants, Hannah finit par discerner une lueur orangée qui lui rappela l'ambiance feu de camp qu'elle avait connue un été, en colonie de vacances. Elle avait détesté les lits pliants, la nourriture et les moniteurs. Les loisirs organisés et les réjouissances obligatoires n'avaient jamais été sa tasse de thé. En revanche, elle se souvenait avec nostalgie des soirées passées autour du feu au cœur de la forêt sombre.

« Ça vous plairait d'apprendre ? »

La question de Norman la prit au dépourvu. Pour répondre, elle dut d'abord s'extraire de ses souvenirs de camping : le lac glacé, les piqûres de moustiques, les hot-dogs à la fois crus et carbonisés.

« Apprendre quoi ?

— La photo. Je pourrais vous donner des cours. »

Hannah réfléchit deux secondes.

« Oui, ça me plairait. Mais n'oubliez pas, nous devons aussi concevoir notre maison idéale.

— J'ai bien fait de ne pas en parler tout à l'heure, dit-il avec un sourire taquin. Sinon, Mme Beeseman faisait exploser sa note de téléphone. »

Chapitre 12

« Hannah ? Vos photos sont prêtes, annonça Norman en entrant dans la cuisine.

— Oh, très bien. J'ai hâte de les voir. »

Hannah se tourna vers Mme Beeseman et la gratifia de son sourire le plus angélique. Norman lui avait suggéré de descendre prendre une tasse de café avec les deux matrones, histoire de limiter les dégâts.

« J'ai été ravie de discuter avec vous, madame Beeseman. Et avec vous aussi, madame Rhodes. »

Hannah se leva de son fauteuil, suivit Norman dans l'escalier et attendit d'être hors de portée de voix pour lui demander :

« Qu'avons-nous ?

— Quatre vues. Il y en a une bonne, les trois autres pas terribles.

— Seulement quatre ? Et le reste de la pellicule ?

— Vierge. Lucy a dû rembobiner le film après avoir pris les photos dont elle avait besoin. »

Norman ouvrit la porte de la chambre noire. Hannah

entra. Les épreuves étaient posées sur le plan de travail face à l'évier.

« Je les ai rangées par ordre chronologique. Celle qui montre Sally Laughlin à l'auberge de Lake Eden est au début. »

En effet, on y voyait Sally sortant du four un plat de champignons farcis. La deuxième était si sombre que Hannah plissa les paupières.

« Qu'est-ce qu'il y a dans le fond ?

— Je ne sais pas trop. On dirait un bâtiment. Devant, je crois que c'est une voiture, ajouta-t-il en pointant le doigt. Et deux hommes. J'ai bien tenté de l'éclaircir au tirage mais la prise de vue est trop mauvaise. Lucy aurait dû utiliser un flash. »

Hannah examina la troisième photo. Les deux hommes étaient un peu plus nets. Mais tandis que sur la précédente ils semblaient discuter, sur celle-ci on avait l'impression qu'ils allaient se battre. Elle réfléchit un instant et demanda :

« D'après vous, l'homme face à l'objectif pourrait-il être Boyd Watson ?

— Difficile à dire. »

Hannah regarda la quatrième photo. L'homme qu'on apercevait de dos levait le bras droit. Il avait un objet dans la main mais impossible de savoir lequel. Un petit cri s'échappa d'entre ses lèvres.

« Qu'y a-t-il ? s'inquiéta Norman.

— C'est une photo du meurtre de Boyd Watson !

— Vous en êtes sûre ?

— Non, mais ce serait logique. »

Hannah inspira à fond et souffla tout doucement. Son cœur battait si fort qu'elle avait des vertiges.

« Je vous ai parlé de la troisième voiture que Mme Kalick a vue passer devant chez elle. Elle croyait qu'il s'agissait de Felicia Berger et de son petit ami, mais cette image prouve le contraire.

— Vous pensez que c'était celle de Lucy ?

— Oui. Elle a dû se garer sous le mélèze, descendre discrètement et suivre Boyd et son assassin dans l'allée. Sinon, elle n'aurait pas pu prendre ces clichés. »

À son tour, Norman se pencha pour mieux voir.

« Oui, vous avez peut-être raison. Ce qui expliquerait pourquoi Lucy n'a pas utilisé son flash. Elle ne voulait pas se faire repérer. Malheureusement, ce n'est qu'une hypothèse.

— Qu'entendez-vous par là ?

— Ces photos n'ont pas valeur de preuve. Elles sont trop mauvaises pour qu'on identifie les protagonistes avec certitude. En fait, il pourrait s'agir d'une image prise n'importe où, montrant n'importe qui. L'arrière-fond est complètement flou. Tout ce qu'on voit c'est la silhouette de deux hommes et celle d'une voiture. Même la marque est impossible à déterminer. »

Hannah se rembrunit.

« Mais je suis sûre qu'il s'agit du garage de Boyd.

— Je pense comme vous, mais ça ne suffit pas. On ne sait même pas de quand datent ces photos.

— Ce n'est pas inscrit sur le film ?

— Non. Soit l'appareil de Lucy n'a pas de marqueur de dates, soit elle ne l'a pas utilisé. Donc, rien ne prouve qu'elles aient été prises la nuit où Boyd s'est fait tuer. Et

Lucy n'est pas assez stupide pour admettre qu'elle a été témoin d'un meurtre et qu'elle l'a caché à la police.

— Vous avez raison, Norman. Lucy ne dira rien. Et si je porte ces clichés au bureau du shérif en expliquant que je les ai trouvés chez elle, ce sera ma parole contre la sienne.

— Mais Andrea était avec vous. Elle pourrait confirmer que le film était caché dans son bureau. »

Hannah poussa un grand soupir.

« Laissez tomber. Je ne veux pas la mêler à cela. De toute façon, ce n'est pas juste la réaction de Bill qui me tracasse. Si Mike et Bill parvenaient à attraper le tueur de Boyd grâce à ces photos, le tribunal rejetterait tout en bloc.

— Vous avez raison, Hannah. N'importe quel avocat de la défense un peu futé arguera que ces prétendues pièces à conviction sont le fruit d'une fouille menée en toute illégalité par la femme et la belle-sœur d'un inspecteur chargé de l'enquête.

— Le fruit de l'arbre empoisonné. » Hannah avait entendu cette expression dans un épisode de la série *New York, police judiciaire*. « Je suis prise entre le marteau et l'enclume.

— Peut-être pas, dit Norman, songeur. Si, grâce à ces photos, nous parvenions à identifier l'assassin mais sans impliquer Lucy, vous pourriez vous lancer sur sa piste et trouver de nouvelles preuves. Des preuves qui, elles, seraient utilisables par Mike et Bill devant la cour. »

Hannah était impressionnée.

« Vous êtes génial, Norman.

— Moi aussi je regarde *New York, police judiciaire*. Donc la première chose à faire c'est d'identifier l'individu en question.

— Bien sûr, rien de plus facile. Le tueur tourne le dos à l'objectif, il fait tellement sombre qu'on ne le reconnaîtrait pas même s'il était de face, on ne sait pas où la scène se déroule et rien ne prouve que ces photos ont été prises le soir du meurtre.

— Ce que j'aime chez vous, Hannah, c'est votre optimisme. »

Norman éclata de rire. Hannah le regarda, interloquée, et se mit à rire elle aussi. D'habitude, les gens n'appréciaient pas son humour corrosif, mais Norman, si. D'ailleurs, il avait le même. Après qu'elle eut jeté un dernier coup d'œil aux quatre épreuves alignées sur le comptoir, une idée lui traversa l'esprit.

« Attendez un peu. Peut-on quand même prouver que la photo de Sally a été prise la première ?

— Bien sûr. Les négatifs sont numérotés.

— Donc, on peut déjà se baser sur un repère temporel. Il suffit de demander à Sally quand elle a servi des champignons farcis à ses clients.

— Ça nous aidera à réduire la fenêtre de tir, en effet, abonda Norman. Espérons juste qu'elle n'en met pas tous les jours au menu. »

Hannah gémit.

« Je n'y avais pas songé. Merci pour la douche froide, Norman.

— Pas de quoi. » Norman attrapa la dernière photo, celle dont ils supposaient qu'elle représentait la scène de crime. « Je viens de remarquer un truc.

— Quoi ?

— Vous voyez cette petite touche de lumière ici ? Elle a dû apparaître quand le tueur a levé le bras pour frapper. »

Hannah hocha la tête.

« Oui. Qu'est-ce que c'est ?

— Un bouton de manchette en métal, je crois. Éclairé par un rayon de lune. Certaines personnes font graver leurs initiales dessus. Voulez-vous que j'essaie d'agrandir ce détail ?

— Vous êtes un génie, Norman ! »

Hannah était tellement excitée qu'elle se jeta à son cou et l'embrassa sur la joue. Norman eut l'air un peu surpris mais se laissa faire.

Hannah regagna son tabouret le temps que Norman effectue l'agrandissement. Il avait raison. Au moment où le poignet apparut en gros plan dans le bain de révélateur, il y eut quelque chose de magique.

« Je vais la faire sécher. » Norman ralluma la lumière blanche et se dirigea vers un gros tambour en métal poli. « Mon séchoir à épreuves, annonça-t-il.

— Combien de temps ça va prendre ?

— Deux minutes seulement. C'est du matériel professionnel. Je l'ai récupéré chez un photographe de Seattle qui partait en retraite. » Norman plaqua la photo humide contre le tambour. « Quand elle se détache, c'est qu'elle est sèche. »

Hannah regarda le rouleau tourner jusqu'à ce que la photo tombe sur une toile tendue en dessous.

« Je peux la prendre, maintenant ?

— Oui. Et posez-la sur le plan de travail, qu'on vérifie s'il y a bien une marque. Personnellement, je crois que oui. »

Hannah s'exécuta, le cœur battant. En effet, le bouton de manchette du tueur était parfaitement visible et assez gros pour qu'on reconnaisse le motif qui l'ornait : une tête de cheval gravée de profil, avec une pierre brillante sertie à la place de l'œil.

« Un modèle ancien, dit-elle.

— Comment le savez-vous ?

— Ma mère collectionne les bijoux et possède des tas de catalogues qu'il m'arrive de feuilleter. Je vais chercher ma voiture, Norman. Il faut que Sally me dise quand elle a préparé ces fameux champignons farcis. Ensuite, j'essaierai de trouver Lucy pour qu'on discute entre quatre-z-yeux.

— Prenez garde, Hannah. Elle ne doit pas savoir que vous êtes en possession de ses photos.

— Pas d'inquiétude, je compte lui parler bijoux anciens. Je pourrais lui dire par exemple que ma mère cherche à acheter des boutons de manchettes représentant des têtes de chevaux.

— Ça risque de lui mettre la puce à l'oreille, non ?

— Je ne pense pas. À condition que je la trouve avant qu'elle regagne son appartement et découvre que la pellicule a disparu. Comme elle n'a jamais eu ces photos sous les yeux, elle ne peut pas savoir qu'on aperçoit un bouton de manchette sur l'une d'elles… N'oubliez pas que nous avons dû recourir à un agrandissement. »

Norman réfléchit.

« Vous avez raison. Dans son viseur, elle n'a sans doute vu qu'un point de lumière.

— J'imagine que si elle a suivi l'assassin jusqu'au domicile de Boyd, elle a pu remarquer ses boutons de manchettes à un moment ou à un autre. Et dans ce cas, elle me dira peut-être qui c'est.

— Vous pensez vraiment que Lucy acceptera de vous donner son nom ?

— Elle ignore que j'ai fait le lien entre le meurtrier et les boutons de manchettes. Alors pourquoi pas ? » Hannah haussa les épaules. « Elle se vante toujours d'être fine observatrice. Ce serait une bonne occasion de me le prouver.

— Oui, peut-être, fit Norman, peu convaincu.

— En tout cas, ça vaut le coup d'essayer. » Hannah s'éclaircit la gorge et regarda Norman dans les yeux. « Au sujet de cette enveloppe que je vous ai remise... sachez qu'elle est passée du bureau du Lucy à ma poche et que je ne l'ai ressortie que pour vous la donner.

— Comment faites-vous, Hannah ?

— Pardon ? demanda-t-elle, interloquée.

— Comment faites-vous pour être si curieuse et si discrète à la fois ? »

Norman éclata de rire, puis il la prit dans ses bras et la serra affectueusement contre lui.

En longeant le parc, direction le lycée Jordan, Hannah vit qu'elle roulait à cinquante kilomètres à l'heure. Pour une fois, elle pouvait bien s'accorder une petite pointe de vitesse. D'autant qu'il n'y avait pas d'autres véhicules en vue et qu'elle faisait très attention.

« Je te conseille de ralentir, Hannah. Tu dépasses les quarante autorisés.

— J'ai remarqué, répondit-elle avec un sourire canaille. Mais comme Herb Beeseman monte la garde devant l'auditorium, je n'ai rien à craindre.

— Connaissant Herb, il a très bien pu installer des

radars. J'ai entendu dire que le conseil municipal avait voté un budget pour cela depuis toutes ces infractions au code de la route qu'il y a eues lors de la dernière kermesse de Noël. »

Hannah hésita un quart de seconde et leva le pied.

« Tu as raison. Et je l'ai tellement chambrée après son dernier PV que maman serait trop contente que j'en prenne un moi aussi.

— Tu es sûre que Lucy est au lycée ?

— Non, mais Rod m'a dit qu'elle écrivait un article sur les candidates d'aujourd'hui. Donc elle est soit au lycée...

— ... soit à l'auberge de Lake Eden ?

— Oui. Et c'est là qu'on ira ensuite, si on ne la trouve pas dans l'auditorium. De toute façon, il faut qu'on voie Sally pour cette histoire de champignons farcis. »

Elles roulèrent en silence sur quelques centaines de mètres puis Hannah remarqua que sa sœur frissonnait.

« Désolée pour le chauffage, je l'ai mis à fond mais il marche très mal.

— Non, ça va. Je n'ai pas tellement froid.

— Alors pourquoi tu frissonnes ?

— Parce que je songeais aux photos du meurtre. Cela n'a peut-être rien à voir, mais je viens de penser à un truc.

— À quoi ? »

Hannah mit son clignotant, pénétra sur le parking réservé aux professeurs et trouva une place près du réfectoire.

« Pourquoi Lucy n'a-t-elle pas remis cette pellicule à Bill et à Mike ? Si je m'approchais suffisamment d'un meurtrier pour lui tirer le portrait, j'irais ventre à terre porter les preuves au bureau du shérif.

— Moi aussi. Mais Lucy, non.

— Ce rouleau de pellicule était avec les photos qui lui servent à faire chanter tous ces gens.

— Techniquement, ce n'est pas du chantage mais de l'extorsion, la corrigea Hannah.

— D'accord. Mais il était bien dans le fameux compartiment secret.

— Exact. » Hannah coupa le moteur et se tourna vers sa sœur. « À quoi penses-tu ?

— Je pense que Lucy prévoyait de faire chanter le meurtrier de Boyd. »

Hannah ouvrit la bouche mais aucun son n'en sortit. Cette éventualité ne lui était même pas venue à l'esprit. Et Norman n'y avait pas songé non plus, sinon il lui en aurait parlé.

« Ce n'est qu'une idée, ajouta Andrea, sur la défensive. Je te la soumets. À toi de voir ce qu'elle vaut. »

Hannah garda le silence un long moment, puis elle soupira comme pour expulser l'air contenu dans ses poumons.

« Ce n'est pas aussi farfelu que ça en a l'air. Tu as peut-être tapé dans le mille.

— Tu crois ? répondit Andrea, sincèrement étonnée. Mais Lucy doit savoir qu'on risque gros à faire chanter un meurtrier.

— Peut-être, mais à mon avis, elle s'en fiche. Regarde, elle a de l'argent, une nouvelle voiture, une nouvelle garde-robe. Norman la soigne gratis. Elle pense qu'elle a le vent en poupe et elle veut en profiter au maximum.

— Mais c'est... dingue ! »

Hannah se contenta de hocher la tête. Andrea la regarda intensément mais n'obtint rien d'autre.

« Tu as raison, reprit-elle. Lucy est assez dingue pour prendre ce genre de photos. Mais est-elle dingue au point de… ?

— Qui sait ? »

Hannah ouvrit sa portière et fit signe à Andrea de la suivre. « Dépêchons-nous de la retrouver. J'ignore comment la mettre en garde sans mentionner les pièces qu'on lui a subtilisées, mais il faut essayer. Si elle s'en prend au meurtrier de Boyd, il lui fera regretter de n'avoir pas choisi un autre métier. »

Chapitre 13

« Désolé, Hannah. Je n'ai pas vu Lucy depuis hier soir. Si elle se montre, je lui dirai que tu la cherches.

— Et tu es resté ici toute la journée ? insista Andrea.

— Je n'ai pas bougé. » Herb tapota sa chaise. « J'ai pris une pause d'une minute ou deux mais j'ai fermé la porte à clé avant de m'éloigner. Tu veux que je t'aide à porter ces caisses à l'intérieur, Hannah ?

— Oui, ce serait gentil à toi. Merci, Herb. »

Quand les caisses furent alignées sur le comptoir, Hannah lui donna le sac de cookies qu'elle lui destinait.

« C'est une recette de Lisa. Elle les a baptisés “Cœurs de cerise”. »

Herb ouvrit le sac et regarda dedans.

« Ça leur va bien. On dirait vraiment des petits cœurs nichés dans un écrin de pâte. Qu'as-tu prévu pour ce soir, Hannah ?

— Du flan hawaïen.

— Qu'est-ce que c'est ?

— Du flan à l'ananas, intervint Andrea. Hannah en a fait pour la première fois quand nous étions au lycée. C'est mon dessert préféré.

— J'adore l'ananas, dit-il. À propos... pourquoi tu n'en mets jamais dans tes cookies ?

— Je n'en sais rien. »

Hannah réfléchit. Elle fabriquait des cookies aux raisins, aux dattes, à la banane, mais n'avait jamais pensé aux ananas. Pourtant, ce n'était pas une mauvaise idée.

« Merci de ton conseil, Herb. Je vais voir ce que je peux faire.

— À mon avis, des cookies à l'ananas marcheraient du feu de Dieu, surtout s'ils ont le goût du gâteau renversé à l'ananas que Lisa réussit tellement bien. Il est encore meilleur que celui de ma mère. Tu crois que je devrais le lui dire ?

— À Lisa ? Oui, bien sûr. »

Hannah évita de sourire. Si Marge Beeseman apprenait que son fils cadet préférait le gâteau renversé de Lisa, les rues de Lake Eden se transformeraient en champ de bataille.

« Il faut qu'on y aille, Herb. La journée s'annonce remplie. J'ai promis à Danielle de passer la voir à l'hôpital. Ensuite, nous ferons un saut à l'auberge de Lake Eden, et après je dois rentrer en vitesse pour préparer les cookies que j'ai promis d'apporter à la réunion du club Regency Romance cet après-midi.

— Maman m'a dit qu'elles faisaient une lecture en costumes d'époque. Et Lucy doit passer prendre des photos pour le journal. J'espère juste qu'elle viendra.

— Pourquoi ne viendrait-elle pas ?

— Quand je l'ai vue hier soir au concours, elle m'a confié qu'elle était sur un gros coup. »

Hannah craignait presque de demander lequel.

« Elle a précisé ?

— Non, mais il paraît que si ça marche, elle touchera assez d'argent pour finir de payer la voiture qu'elle a achetée en leasing. »

Les deux sœurs prirent congé de Herb et regagnèrent le parking sans prononcer un mot. Hannah espérait que le « gros coup » de Lucy ne consistait pas à faire chanter le meurtrier de Boyd. Andrea aussi.

Elles firent un arrêt à l'hôpital, le temps pour Hannah de remplacer l'ignoble tapisserie au point de croix par une photo découpée dans un magazine. Des vaches qui paissaient dans un champ n'avaient peut-être aucune valeur artistique, mais au moins elles étaient inoffensives.

Il n'y avait que trois kilomètres entre l'hôpital et l'auberge de Lake Eden. Elles les parcoururent en un rien de temps. Quand Hannah entra dans la salle, elle eut une impression de déjà-vu. Le buffet du déjeuner était dressé au même endroit que la veille, les clients étaient assis aux mêmes tables et Sally sur le même tabouret de bar dans la même position, pieds surélevés. Seule la couleur de sa tunique de grossesse différait. Elle était bleu électrique, et sur le devant était écrit en grosses lettres *MAMAN TRAVAILLE*.

« Bonjour, Sally. » Hannah s'avança, Andrea à sa suite. « Je te rassure. On n'est pas venues manger à l'œil, comme on l'a fait hier. »

Sally éclata de rire.

« Tu plaisantes ? Servez-vous. Je prépare toujours deux fois trop de nourriture et ce bœuf Stroganoff ne se réchauffe pas. À cause de la crème aigre.

— Tu mets des champignons dans le bœuf Stroganoff ? demanda Andrea en évitant de tourner la tête vers le buffet.

— Oui, de quatre sortes. » Sally compta sur ses doigts. « Champignons de Paris, shiitake, pleurotes et champignons noirs japonais. »

Hannah voyait Andrea couler des regards avides en direction du bœuf Stroganoff. Comme elle ne mangeait rien le matin, son estomac devait crier famine, supposa-t-elle.

« À ce propos, quand as-tu servi des champignons farcis à la chapelure et à la saucisse pour la dernière fois ?

— Mercredi à 17 heures, pour l'*happy hour*. Mais je crois que je ne recommencerai pas. Ça représente beaucoup trop de travail à la dernière minute. »

Hannah rangea cette information avec les autres, dans sa tête.

« Donc, tu n'en mets pas souvent au menu ?

— Non, juste pour certaines occasions. Ils ont tendance à ramollir si on ne les mange pas dès la sortie du four. Je n'en referai sans doute pas avant ma grande réception de Noël. Au fait, vous venez ?

— Je ne manquerais cela pour rien au monde, dit Hannah.

— Moi pareil. » Andrea esquissa un sourire. « On s'amuse tellement chaque année. Et en plus, on se régale.

— Tu m'as l'air affamée. Prenez donc quelque chose à manger. »

Hannah vit qu'en effet sa sœur penchait de plus en plus vers le buffet.

« D'accord, mais tu es sûre qu'il y en aura assez pour tout le monde ?

— Certaine. Allez remplir vos assiettes et revenez par ici, comme hier.

— Sauf qu'aujourd'hui, on paie, dit Hannah. J'insiste. »

Sally secoua la tête.

« Ne dis pas de bêtises. Ça me fait du bien que vous soyez là. Grâce à vous, j'oublie un peu les coups de pied de Dick junior. En ce moment, il se surpasse. Dick pense que je vais accoucher d'une ceinture noire de karaté. »

Les deux sœurs eurent tôt fait de garnir leurs assiettes. Quand elles revinrent au comptoir avec de quoi se sustenter, et même un peu plus, Hannah aborda le sujet qui la préoccupait.

« J'essaie de mettre la main sur Lucy Richards. Tu l'as vue ce matin ?

— Non. Elle était ici hier soir, pour la réception de fin de tournage, mais depuis je n'ai pas de nouvelles. »

Andrea avala une bouchée de bœuf Stroganoff et demanda :

« Tu sais à quelle heure elle est partie ?

— Elle était encore là quand je suis montée me coucher vers 23 heures. J'avais du mal à rester éveillée. Vous pourriez demander à Dick. C'est lui qui a fait la fermeture. Il devait être plus de 1 heure.

— Tant que ça ? s'étonna Hannah. Je croyais que vous fermiez à minuit.

— C'est le cas d'habitude. Mais hier, il y avait beaucoup

de monde et les consommations nous ont rapporté pas mal. Dick dit que les gens s'amusaient si bien qu'il n'a pas eu le cœur de les renvoyer.

— Parmi eux, certains ne logent pas à Lake Eden, j'imagine ? lança Andrea en piquant un beau morceau de viande.

— En effet, mais ceux-là ne sont pas restés tard. Même chose pour ceux qui devaient se lever tôt le lendemain. Quand je me suis couchée, à part les clients de l'auberge, il n'y avait plus que le maire Bascomb, sa femme, Mason Kimball, Cyril Murphy, votre mère et Mme Rhodes. »

Andrea faillit s'étouffer avec un champignon shiitake.

« Notre mère serait restée jusqu'à 1 heure du matin ?

— Oui, d'après Dick. Elle dansait avec le présentateur de la chaîne KCOW. Un joli garçon, d'ailleurs. Et Mme Rhodes discutait avec celui qui fait la météo. Pas mal, lui non plus.

— Chuck Wilson et Rayne Phillips ? »

Sally confirma d'un hochement de tête. Hannah écarquilla les yeux. Que dirait Norman s'il apprenait que sa mère et la leur traînaient dans les bars avec deux mecs assez jeunes pour être leurs fils ? se demanda-t-elle.

« Les candidates et certains autres membres de l'équipe de KCOW faisaient partie du lot. Il faut dire qu'ils ont tous des chambres chez nous. Ce n'est pas comme s'ils avaient dû rentrer en voiture. » Sally descendit de son tabouret. « Il est temps de servir le dessert. Si vous voulez interroger Dick, je peux vous l'envoyer.

— Oui, sauf si tu as besoin de lui pour le dessert.

— Non. Aujourd'hui, on a choisi la facilité. Mais je ne t'apprends rien.

— Comment cela ?

— Ah, tu n'es pas au courant ? » Sally lui fit un grand sourire. « Eh bien, attends-toi à une surprise. »

Après le départ de Sally, Hannah regarda sa sœur d'un air perplexe.

« De quoi parlait-elle ?

— Je n'en sais rien, mais peu importe. Qu'allons-nous faire au sujet de Delores et de Chuck Wilson ?

— Rien du tout.

— Mais c'est très grave ! » Andrea but une gorgée d'eau et s'éventa avec sa serviette. « Réfléchis un peu, Hannah. Que vont dire les gens quand ils sauront que notre mère sort avec Chuck Wilson ? Il pourrait être notre frère ! »

Hannah trouvait désopilante cette inversion des rôles. Andrea se comportait comme une mère de famille apprenant que sa fille s'était donnée en spectacle.

« On devrait aller lui parler, tu ne crois pas ? Une telle attitude n'est franchement pas... » Andrea se creusa la tête pour trouver le bon mot. « ... convenable pour une femme de son âge !

— Du calme, Andrea. Sally n'a pas dit que Delores *sortait* avec Chuck Wilson. Juste qu'elle dansait. »

Andrea prit le temps de réfléchir.

« Tu as raison. Une danse ce n'est pas trop méchant, sauf si c'est un slow. Tu penses qu'on devrait demander à Sally quel genre de danse c'était ?

— Non, je pense qu'on devrait en rester là. Notre mère est assez grande pour mener sa vie comme elle l'entend. » Hannah vit Dick approcher. « Oublie ça, tu veux ? Voilà Dick, on a des questions à lui poser. »

Cinq minutes plus tard, elles avaient quelques réponses. Lucy était arrivée à l'auberge avec le reste de la troupe après l'émission. D'après Dick, elle n'accompagnait personne en particulier. Elle avait passé deux heures à discuter avec les candidates et l'équipe de télévision. Dick lui avait servi du vin blanc, mais quand il avait fait mine de remplir à nouveau son verre, elle avait refusé au prétexte qu'elle voulait garder les idées claires parce qu'elle travaillait sur un sujet très important. Dick ignorait si elle avait obtenu les infos qu'elle cherchait ; en tout cas, elle semblait très satisfaite en partant.

« Quelle heure était-il ? s'enquit Andrea.

— Autour de minuit. Je l'ai vue sortir.

— Seule ? s'immisça Hannah.

— Elle était seule quand elle a passé la porte. »

Hannah se rembrunit.

« Quelqu'un l'aurait suivie ?

— Peut-être, mais je ne peux rien affirmer. À ce moment-là, j'ai dû m'occuper d'autre chose. Je n'ai plus fait attention.

— Est-elle partie au volant de sa voiture ?

— Oui. Juste après son arrivée, un type est entré en disant qu'elle avait laissé ses phares allumés. Lucy m'a tendu ses clés en m'ordonnant d'aller les éteindre. J'ai failli la rembarrer mais j'avais envie de voir sa nouvelle bagnole.

— Est-il possible que quelqu'un l'ait raccompagnée chez elle et qu'elle soit repassée ici ce matin chercher sa voiture ? demanda Hannah pour couvrir tous les éventuels cas de figure.

— Non. La batterie du maire était à plat. Je suis sorti pour l'aider à démarrer. Il était minuit trente et la Pontiac de Lucy n'était plus là, alors que précédemment, elle était garée juste à côté.

— Merci, Dick. C'est tout ce que j'ai besoin de savoir. »

Hannah le libéra avec un sourire.

« J'ai une question pour toi, renchérit-il. Pourquoi tu t'intéresses tellement à Lucy ?

— J'ai besoin de lui parler », répondit sincèrement Hannah. Puis elle croisa les doigts. « Personne ne l'a vue depuis hier soir et je tiens absolument à relire ce qu'elle a écrit au sujet du concours. La semaine dernière, elle a fait une erreur en citant mes propos et je ne veux pas que ça recommence.

— Eh bien, j'espère que tu vas la retrouver. Bon, je te laisse. Le chariot des desserts pèse son poids et je ne tiens pas à ce que Sally le pousse toute seule.

— Bill était pareil à l'époque où j'attendais Tracey, dit Andrea une fois que Dick eut tourné les talons. Quand je revenais du supermarché, il venait toujours m'aider à sortir les courses du coffre. »

Hannah sourit.

« C'est gentil. Il le fait encore ?

— Tu plaisantes ? Maintenant, il reste scotché devant la télé et je dois tout me coltiner. Il m'aiderait si je le lui demandais mais il ne le fait plus spontanément. » Andrea prit un air songeur. « C'est sûr, en ce temps-là, il était aux petits soins avec moi. La grossesse procure quand même un certain nombre d'avantages. »

Hannah éclata de rire et descendit de son tabouret.

« Et un plus grand nombre d'inconvénients. Allez, viens. J'ai hâte de voir ce que Sally a préparé pour le dessert. Regarde-la, elle sourit comme le chat d'Alice. »

Une foule s'était agglutinée devant la table. Hannah, qui mesurait cinq bons centimètres de plus que sa sœur, dut se mettre sur la pointe des pieds pour regarder par-dessus l'épaule de quelqu'un. Et ce qu'elle vit lui arracha un petit gloussement.

« Qu'est-ce que c'est ? demanda Andrea en lui tapotant le bras. C'est pas juste. Moi aussi, je veux voir.

— Ce sont mes cookies. Il y en a de six sortes, disposés dans des corbeilles en osier. Je vois aussi de la glace et tout ce qu'il faut pour composer un sundae.

— Tu n'étais pas au courant ?

— Non, je ne suis pas passée par la boutique ce matin. J'ai juste appelé Lisa en lui demandant si je pouvais la laisser seule jusqu'à cet après-midi, et je suis allée te chercher directement pour qu'on arrive à temps chez... »

Hannah s'arrêta et regarda autour d'elle. Personne ne faisait attention mais il valait mieux être prudente.

« ... chez qui tu sais. »

Andrea mit deux secondes à comprendre.

« Euh, oui. Qui je sais.

— Tu as envie de manger des cookies et de la crème glacée ? »

Andrea secoua la tête.

« Non, merci. Il y a des cookies dans ta voiture. Allons trouver M. Rutlege. Il faut qu'on lui parle de... » Andrea s'interrompit et s'éclaircit la gorge. « ... de ce que tu sais. »

Vers 13 heures, les deux sœurs, ayant appris ce qu'elles voulaient savoir, s'apprêtaient à quitter l'auberge de Lake Eden quand Hannah s'arrêta net et se tourna vers Andrea.

« Essaie encore d'appeler Lucy, tu veux ? Elle est peut-être rentrée.

— Qu'est-ce que je lui dis si jamais elle décroche ?

— Demande-lui si on peut passer.

— Elle voudra savoir pourquoi. »

Andrea fronça les sourcils.

« Dis que nous recherchons un cadeau pour notre mère, un bijou ancien qui compléterait sa collection. Et ajoute qu'elle est la seule personne capable de nous aider. La flatterie ça marche bien, en général.

— Entendu. »

Pendant qu'Andrea sortait son portable, Hannah repensa à leur récente conversation avec Jeremy Rutlege. Il avait reconnu les faits. Le mari de Mme Avery avait bien tenté de le soudoyer mais il l'avait envoyé sur les roses. Il n'y avait aucune raison de mettre sa parole en doute puisqu'elles avaient découvert le pot-de-vin en question dans le bureau de Lucy – et qu'il se trouvait à présent au fond du sac d'Andrea. M. Rutlege avait ensuite précisé qu'il s'était rendu auprès de Mme Avery pour l'informer des agissements de son mari et qu'elle était tombée des nues. Peu après cela, ayant renoncé à siéger à cause de sa rage de dents, il avait décidé de ne pas divulguer cette malheureuse affaire. De toute façon, Mme Avery et son gâteau aux noix avaient été éliminés.

« Ça ne répond pas, dit Andrea en interrompant les réflexions de sa sœur. À mon avis, elle n'a pas remis les pieds chez elle depuis qu'on est passées ce matin. Il y a sept messages sur son répondeur.

— Comment tu sais cela ?

— J'ai compté. Lucy a ce genre de machine qui bipe

à chaque message. J'ai compté sept bips, et après, j'ai raccroché.

— Beau travail, Andrea. » Hannah entraîna sa sœur vers le parking. « Si Lucy n'est pas rentrée, ça signifie qu'elle ignore la disparition de ses documents. Donc, quand je l'aborderai tout à l'heure à la réunion du club Regency Romance, elle ne se méfiera pas.

— Quand démarre cette réunion ? »

Hannah jeta un coup d'œil sur sa montre.

« À 15 heures, mais je n'ai pas besoin d'y être avant 15 h 15. Au préalable, je dois préparer six douzaines de croustillants au cacao. Il n'est que 13 h 10. J'ai du temps devant moi. Tu viens m'aider ?

— Moi ? s'écria Andrea, presque choquée. Mais tu sais bien que je suis nulle.

— Alors tu me regarderas faire et on en profitera pour discuter de la tactique à adopter avec Lucy. »

Elles venaient d'arriver près du break rouge cerise. Hannah déverrouilla la portière côté conducteur, regarda Andrea se faufiler au-dessus du levier de vitesse et vit qu'elle souriait.

« Qu'y a-t-il de si drôle ?

— Rien. Je suis contente que tu m'aies proposé de t'accompagner. » Le sourire d'Andrea s'agrandit. « C'est ta façon de me faire comprendre que tu as besoin de moi ?

— Bien sûr que j'ai besoin de toi. »

Hannah s'installa au volant. Andrea semblait tellement heureuse de lui être utile que, l'espace de quelques secondes, elle regretta amèrement les remarques cinglantes qu'elle lui avait balancées autrefois, quand elles étaient plus jeunes. Des remarques amplement méritées, soit dit en passant, mais qu'elle aurait pu énoncer avec plus de diplomatie. Par exemple, au lieu de traiter sa sœur d'idiote après qu'elle eut raté son épreuve de maths, elle aurait pu l'aider à réviser. Et au lieu de l'engueuler parce qu'elle monopolisait la salle de bains, elle aurait pu lui montrer comment aménager un espace maquillage dans sa chambre. Mais la diplomatie n'avait jamais été son fort. Et elle ne l'était toujours pas, il fallait le reconnaître. Pourtant, elle faisait des progrès.

« En tant que sœur, je te trouve plutôt bien », lui dit-elle gentiment.

Chapitre 14

Dès qu'elle eut regagné sa boutique, Hannah prit Lisa dans un coin pour la remercier du travail qu'elle avait accompli afin d'honorer la commande de Sally. Puis, espérant obtenir des nouvelles de Lucy, elle fit le tour des quelques clients qui s'attardaient autour d'un café-cookie. Mais personne ne l'avait croisée, même pas Rod.

« Alors ? lui demanda Andrea quand elle revint au comptoir.

— Rien. Bon, il est temps de préparer la pâte des croustillants au cacao. »

Hannah entraîna sa sœur dans le fournil, lui désigna un tabouret et posa devant elle un mug de café et une assiette de bouchées aux noix de pécan.

« Si tu me dis quoi faire, je peux essayer de t'aider, proposa Andrea.

— Je te dirai. »

Hannah ouvrit la chambre froide, prit les bols de pâte que Lisa y avait entreposés et les porta sur le plan de travail en inox. Andrea en était à sa troisième bouchée aux noix de pécan.

« Passe-moi cette cuiller à cookie, s'il te plaît ! La moyenne. »

Andrea trouva l'ustensile et le lui tendit.

« Autre chose ? Je veux vraiment participer, Hannah.

— Tu peux... attends... je réfléchis. »

Hannah se rattrapa juste à temps. Elle avait songé à lui demander de prélever des petites quantités de pâte, d'en faire des boules et de les rouler dans le sucre. Mais d'abord, elle aurait dû lui donner une série de conseils basiques, ce qui lui aurait pris un temps dont elle ne disposait pas.

« J'ai trouvé. Va chercher ce bloc près de l'évier et inscris tout ce que nous avons appris aujourd'hui. Ça nous aidera à cogiter. »

Andrea s'exécuta avec enthousiasme.

« OK. Prendre des notes, ça me connaît. Que dois-je écrire en premier ?

— Le nom des victimes de Lucy. À un moment, il faudra bien qu'on leur demande ce qu'elle leur a extorqué. Tu n'as qu'à commencer par Norman.

— Bien. » Andrea nota le nom de Norman. « Je marque qu'il lui pose des couronnes. C'est tout pour lui ? »

Hannah hocha la tête tout en roulant une boule de pâte qu'elle déposa dans le bol de sucre.

« Ensuite, nous avons Claire, qui a dû lui offrir des vêtements.

— Et le maire Bascomb. Mais nous ignorons ce qu'il lui a donné.

— De l'argent, probablement. À vérifier. Tu n'as qu'à mettre un point d'interrogation. »

Sur une plaque à pâtisserie, Hannah disposa douze boules de pâte enrobées de sucre qu'elle aplatit au moyen d'une spatule.

« Ensuite, il y a le mari de la candidate.

— M. Avery ?

— Lui-même. Mets le signe “dollar” derrière son nom mais n'inscris pas de montant. »

Andrea la regarda d'un air surpris.

« Pourtant tu as compté les billets. Il y en avait pour deux mille dollars.

— Certes, mais elle a pu lui en prendre davantage et en dépenser une partie. Seul M. Avery est en mesure de nous dire combien il y avait dans l'enveloppe au départ.

— D'accord. » Andrea traça le signe « dollar » et ajouta un point d'interrogation. « Suivant ? »

Hannah enfourna les deux premières plaques de cookies, régla le minuteur et revint sur ses pas pour finir de préparer les autres.

« Marque le nom de Boyd. On ne sait pas si Lucy est parvenue à lui soutirer de l'argent, mais je demanderai à Danielle de vérifier auprès de sa banque s'il a effectué de gros retraits en espèces.

— Et qu'elle regarde aussi ses cartes de crédit. Boyd a pu lui acheter quelque chose ou sortir de l'argent chez un commerçant pour le lui remettre ensuite.

— Bien vu. Note ce que tu viens de dire. C'est important. »

Ayant garni deux autres plaques, Hannah les glissa dans le deuxième four. Quand elle revint, Andrea la regardait en fronçant les sourcils.

« Qu'y a-t-il ?

— Je songeais aux pièces à conviction qu'on a trouvées chez Lucy. Tu as rendu sa lettre à Norman, mais le reste, tu comptes le donner à Mike et à Bill ?

— Je ne sais pas encore. Je pense que j'y serai obligée si ces pièces ont un rapport avec le meurtre de Boyd.

— Mais si elles n'en ont pas ? »

Hannah réfléchit un instant.

« Ce sera aux victimes de Lucy d'en décider. En leur remettant les photos, je leur demanderai si elles veulent porter plainte.

— Elles ne bougeront pas, dit Andrea sur un ton catégorique.

— Peut-être que si. Après tout, Lucy a enfreint la loi.

— Et eux la morale. Tu crois que Claire et le maire auront envie que Mme Bascomb apprenne leur liaison ? C'est quand même pour éviter cela qu'ils ont cédé au chantage de Lucy, à la base.

— Exact. »

Hannah se concentra sur ses boules de pâte.

« Pareil pour Norman. Il t'a bien dit que sa mère serait anéantie si elle découvrait cette lettre, n'est-ce pas ? »

Hannah attrapa le bol de sucre contenant les boules et le secoua délicatement.

« Tu as raison. M. Avery refusera de porter plainte lui aussi. Et Boyd est mort, alors...

— Alors, Lucy ne sera jamais punie pour ce qu'elle a fait ? »

Hannah haussa les épaules.

« Si ses victimes choisissent de se taire, on n'y peut rien.

— Mais ce n'est pas juste ! » s'écria Andrea avec, sur le

visage, l'expression que Moshe avait adoptée l'unique fois où Hannah avait tenté de lui donner un bain. Un mélange de rage et d'indignation. « Il faut faire quelque chose, Hannah. On ne peut pas la laisser s'en sortir comme ça ! »

Hannah partageait les sentiments de sa sœur. En toute justice, Lucy méritait une punition.

« Peut-être avons-nous déjà *fait* quelque chose. Quand Lucy s'apercevra que quelqu'un a pénétré chez elle et volé ses éléments de chantage, elle ne connaîtra plus le repos. Chaque matin, en se réveillant, elle se demandera ce qui risque de lui tomber sur la tête. Et quand ses victimes cesseront de raquer, elle commencera à avoir peur pour de bon.

— Ouais, je te suis, dit Andrea avec un sourire rusé. Se retrouver en prison c'est déjà horrible, mais ne pas savoir si et quand ça va arriver, c'est mille fois pire. Nous lui avons forgé une belle épée de Damoclès. »

Le minuteur sonna. Hannah se leva, sortit les deux premières plaques, les déposa sur l'échelle à pâtisserie pour les laisser refroidir un moment et en enfourna deux autres à leur place.

« La même que ses victimes ont sur la tête actuellement, poursuivit Andrea. Ces personnes ont peut-être mal agi à un moment de leur existence, mais ce qu'elles ont fait n'est rien comparé au crime dont Lucy s'est rendue coupable. »

Hannah regarda sa sœur avec curiosité. Andrea avait dit cela sur un ton sinistre, comme un juge prononçant une sentence de mort. Visiblement, elle était très remontée contre Lucy. Une telle vindicte ne lui ressemblait guère.

« Il y a un rapport avec le coup de fil qu'elle t'a passé hier matin ?

— Peut-être bien, répondit Andrea sur un ton menaçant. Elle aurait dû y réfléchir à deux fois avant de m'appeler aux aurores un jour de repos ! »

De là où elle se tenait, derrière le buffet des rafraîchissements, Hannah avait une vue panoramique sur la salle. À un certain moment, elle aperçut Gail Hanson, Bonnie Surma et Irma York se rendre aux toilettes en emportant les sacs contenant leurs costumes. Comme Andrea devait faire visiter une ferme à 15 heures, Hannah l'avait déposée devant chez elle quelques minutes plus tôt en lui donnant rendez-vous au Cookie Jar après le buffet du club Regency Romance.

Les croustillants au cacao étaient particulièrement réussis malgré le « coup de main » d'Andrea, laquelle avait insisté pour confectionner des boules de pâte après avoir couché le nom des victimes de Lucy sur le bloc. Le résultat avait été plus que mitigé, mais Hannah n'avait pas voulu la vexer en repassant derrière elle. Sur le présentoir, elle avait caché les cookies difformes sous deux couches de cookies harmonieux en se disant que si les dames du club Regency Romance avaient assez faim pour dévorer entièrement les étages du haut, elles ne seraient pas rebutées par les formes étranges des spécimens inférieurs.

Le café – normal et décaféiné – était prêt, l'eau du thé frémissait. Hannah disposa les tasses autour des trois fontaines et recula de deux pas pour vérifier qu'il ne manquait rien. Il y avait de la crème, du sucre, de l'aspartame, de fines tranches de citron dans de jolies coupelles en verre taillé. Impeccable. Après la lecture et le court débat prévu ensuite, elle n'aurait plus qu'à servir.

Hannah leva la tête et faillit éclater de rire. Bonnie, Gail et Irma étaient réapparues, déguisées, et le tableau qu'elles formaient toutes les trois valait son pesant de cacahuètes.

Quelques instants auparavant, Delores lui avait rapidement exposé le thème de la lecture. Il s'agissait d'une aventure romanesque entre une jeune aristocrate ayant perdu la mémoire dans un accident de carrosse et un capitaine du régiment de Wellington qui se prétendait son fiancé. Bonnie, qui était mince, brune et portait les cheveux courts, incarnait la jeune fille. Gail mettait ses formes rebondies au service de l'officier de cavalerie. Sans trop savoir comment, Hannah parvint à garder son sérieux devant cet improbable couple de tourtereaux. Si on l'avait consultée, elle aurait inversé les rôles. Gail semblait au bord de l'évanouissement tant sa poitrine était comprimée sous la capote rouge dont les boutons menaçaient d'exploser, de même que les coutures de ses chausses blanches. Elle avait caché ses longs cheveux blonds sous un étrange képi sans rapport avec la période historique mais oublié par ailleurs de retirer ses boucles d'oreilles en diamant.

Bonnie n'était pas moins ridicule dans sa longue robe en mousseline fleurie dotée d'un col montant et d'un faux cul. Ce costume taillé pour une femme plus ronde qu'elle avait tendance à pocher au niveau de la taille. Pour se donner une allure plus féminine, Bonnie avait cru bon de coiffer une capeline garnie de rubans et d'un oiseau rouge en plastique. Mais ce chapeau trop grand ne cessait de glisser en lui cachant un œil.

La scène était censée se dérouler à bord d'un carrosse.

Pour le coup, il fallait reconnaître que ces dames avaient redoublé d'ingéniosité. Deux bancs de piano drapés d'un velours vert figuraient les sièges, et pour représenter l'habitacle lui-même, elles avaient déployé une bâche noire sur un arceau.

Irma York, la troisième actrice, devait jouer le cocher. Perchée à l'arrière du « carrosse », elle se chargerait des passages entre les dialogues. Par Delores, Hannah savait qu'elle avait emprunté à son fils l'uniforme qu'il portait dans l'orchestre du lycée Jordan. On aurait presque dit une authentique livrée.

Deux secondes avant le début de la représentation, Hannah balaya la salle du regard dans l'espoir d'apercevoir Lucy. Elle n'était pas assise dans le public, mais peut-être arriverait-elle plus tard.

Irma grimpa sur un escabeau jusqu'à ce que sa tête apparaisse au-dessus de la bâche. Elle semblait un peu tendue, et Hannah savait pourquoi grâce à sa mère, une fois de plus. Irma avait le vertige. Elle s'éclaircit la gorge et se lança.

« Nous allons vous interpréter un passage du roman de Kathryn Kirkwood *Secrète infamie*, annonça-t-elle d'une voix chevrotante, une main tenant le livre, l'autre le montant de l'escabeau. Le capitaine Hargrove, interprété par Gail Hanson, a enfin retrouvé sa future épouse, disparue des années auparavant : lady Sarah Atherton, incarnée par Bonnie Surma. Lady Sarah a été victime d'un accident de carrosse et elle a perdu la mémoire. Mais qui est réellement Sarah Atherton ? Et le capitaine Hargrove est-il vraiment l'homme qu'elle prévoyait d'épouser ? »

Irma se racla de nouveau la gorge et démarra sa

lecture en plissant les paupières pour mieux déchiffrer les caractères.

« Le carrosse s'ébranla. Sarah gardait le silence. Quand elle leva les yeux vers le capitaine, son expression la troubla. Il la regardait intensément, comme s'il fouillait les tréfonds de son âme. Pourquoi la fixait-il de la sorte ? »

Avec un temps de retard, Bonnie leva la tête vers Gail. Sa capeline vacilla et bascula en arrière.

« Je vous en prie, ne me fixez pas de la sorte, capitaine Hargrove.

— Toutes mes excuses », dit Gail d'une voix barytonante.

Bonnie répondit en tenant son chapeau.

« Vous me ramenez chez moi, disiez-vous, capitaine ? Mais j'ignore où c'est.

— Bien sûr, puisque vous avez tout oublié. Je vous conduis au manoir Hargrove. »

Bonnie fronça les sourcils en se tournant vers le public pour qu'on le remarque.

« Mais c'est à vous qu'appartient le manoir Hargrove, pas à moi.

— Le manoir est à mon frère, le duc d'Ashford. C'est là que nous nous marierons.

— Quand cela, capitaine ? »

Gail marqua une pause pour ménager son effet avant de répondre.

« Nous échangerons nos vœux dans moins de quinze jours. Les faire-part sont envoyés.

— Vous allez m'épouser alors que je n'ai aucun souvenir de vous ? »

Bonnie ouvrit la bouche et posa la main sur sa joue. Un geste censé traduire l'effarement, supposa Hannah.

« Quelle importance puisque moi je me souviens ?

— Je ne veux pas épouser un homme qui m'est étranger ! »

Voulant sans doute exprimer la surprise, Gail esquissa un mouvement de recul mais heurta la bâche avec le coude et faillit tomber de son banc.

« Vous décevriez nos invités ?

— Plutôt eux que moi, capitaine. » Bonnie se tourna vers l'assistance avec un petit sourire déterminé. « Plutôt eux que moi. »

Irma York serra ses mains l'une contre l'autre. Dès que le public comprit ce que signifiait ce geste, une salve d'applaudissements retentit dans la salle. Tout en vérifiant une dernière fois que rien ne manquait au buffet, Hannah se demanda si les Anglais de la Régence étaient aussi guindés ou s'il s'agissait d'une convention instituée par Georgette Heyer, l'écrivaine dont les œuvres trônaient dans la bibliothèque idéale de sa mère, et que les autres romancières avaient reprise à sa suite sans trop se poser de questions.

Bonnie se précipitait vers elle en plaquant son chapeau sur sa tête. L'oiseau en plastique s'était décroché. Suspendu par une patte, il lançait des regards effrayés autour de lui.

« Hannah, vous avez vu Lucy Richards ?

— Non. Vous perdez votre oiseau, Bonnie.

— Ce fichu volatile ! Je l'ai recollé trois fois. » Bonnie l'arracha d'un geste rageur. « Elle avait promis de prendre des photos pour le journal.

— Si vous avez un appareil, je veux bien m'en charger.

— Vous feriez cela ? C'est tellement gentil, Hannah,

s'exclama Bonnie, soulagée. Venez sur scène, on va les prendre tout de suite. Le spectacle vous a plu ?

— Je l'ai trouvé très divertissant », dit Hannah sans trop réfléchir.

Et c'était vrai, elle en rirait sans doute pendant des semaines.

Croustillants au cacao

Attendre avant de préchauffer le four
– la pâte doit passer une bonne heure au frigo.

1 ½ tasse de beurre fondu (3 plaquettes)
2 tasses de poudre de cacao (non sucré)
2 tasses de sucre roux
3 gros œufs battus (dans un verre avec une fourchette)
4 cuillerées à thé de bicarbonate de soude
1 cuillerée à thé de sel
2 cuillères à thé de vanille
3 tasses de farine (non tamisée)
½ tasse de sucre blanc (pour plus tard)

Faire fondre le beurre et incorporer le cacao jusqu'à ce que le mélange soit bien homogène. Verser le sucre roux. Laisser refroidir légèrement puis ajouter les œufs battus, le bicarbonate de soude, le sel et la vanille. Remuer. Incorporer la farine sans cesser de remuer. Mettre la pâte au frigo pendant une bonne heure. (Toute la nuit c'est bien aussi.)

Préchauffer le four à 175 °C, la grille en position médiane.

Former des boules de pâte de la taille d'une noix. Si la pâte devient trop collante, travailler seulement une première fournée et remettre le reste au frigo. Passer les boules de pâte dans le sucre blanc et les poser sur une plaque préalablement enduite de matière grasse, 12 pour une plaque standard. Aplatir au moyen d'une spatule (ou avec le talon de la main si le comité d'hygiène n'est pas dans les parages).

Cuire à 175 °C pendant 10 minutes. Laisser refroidir sur la plaque pendant 1 minute ou 2 puis transférer les croustillants sur une grille. (Si vous les laissez trop longtemps sur la plaque, ils colleront.)

Tracey dit qu'ils sont aussi bons que les biscuits au chocolat en forme d'animaux que sa mère lui achète au supermarché mais qu'elle préfère les miens parce qu'elle n'est pas obligée de les séparer des biscuits à la vanille qui sont dans le même paquet.

Chapitre 15

Quand Hannah revint au Cookie Jar vers 4 heures de l'après-midi, Andrea l'attendait dans le fournil.

« Je croyais que tu avais une visite.

— J'en viens, répondit Andrea en souriant. La ferme est vendue. John et Wendy Rahn ont fait une offre que Mme Ehrenberg a acceptée. Le frère aîné de John possède le terrain mitoyen. Ils vont les réunir et les exploiter en commun. »

Hannah lui donna une petite tape sur l'épaule.

« Félicitations !

— Il paraît que j'ai eu une idée de génie en montrant la propriété à John et à Wendy. C'est Al lui-même qui l'a dit. Résultat, il m'autorise à gérer mon temps de travail comme je le souhaite. Par conséquent, je peux encore te donner un coup de main. Tu as d'autres cookies à préparer ? Je crois que j'ai pigé comment on roule la pâte.

— Merci, mais ce sera tout pour aujourd'hui. »

Hannah attrapa un torchon et en enveloppa la boîte

où étaient rangés les cookies difformes, que les dames du club Regency Romance avaient boudés, pour éviter que sa sœur ne les voie.

« Et Lucy ? Tu as pu lui parler pendant la réunion ?

— Elle ne s'est pas montrée. C'est moi qui ai dû prendre les photos à sa place, avec l'appareil de Gail Hanson.

— Je me demande vraiment où elle est passée, répondit Andrea, préoccupée. Personne ne l'a vue de la journée.

— Bonnie dit que ce n'est pas la première fois qu'elle lui pose un lapin. Le mois dernier, elle était censée couvrir la remise des prix chez les jeannettes. Elle n'est jamais venue et Bonnie a dû demander des photos à l'une des mères.

— Donc, tu penses qu'elle est ailleurs, en train de courir après un sujet plus intéressant ?

— Je ne sais que penser, mais j'ai autre chose à faire qu'écumer la ville à sa recherche. On essaiera de la coincer ce soir, pendant le concours. Comme je la connais, elle préférerait mourir que de rater l'émission. »

Andrea frissonna.

« Ne dis pas cela. J'ai un mauvais pressentiment.

— Arrête de gamberger. On a passé la journée à la chercher, et pendant ce temps on ne s'est pas occupées de Danielle. Tu sais comment on parle aux psychiatres ? »

Andrea leva les sourcils.

« Tu veux dire, en analyse ?

— Non, au téléphone. Danielle m'a raconté que Boyd avait rendez-vous avec son psy mardi dernier, juste après lui avoir mis un œil au beurre noir. Je veux savoir s'il y est allé.

— Laisse-moi faire. » Andrea sortit son portable.

« C'est bien le Dr Holland qui dirige la clinique Holland à Saint Paul ?

— Tout à fait. J'aimerais savoir de quoi ils ont parlé. Mais je doute qu'il consente à te le dire. Ces gens-là ne révèlent jamais rien sur leurs patients, même quand ils sont morts.

— J'en fais mon affaire. »

Très sûre d'elle-même, Andrea composa le numéro des renseignements et demanda qu'on lui passe la clinique.

Après quoi elle expliqua posément à la réceptionniste qu'elle avait absolument besoin de parler au Dr Holland. La chose prit un certain temps car il était en consultation mais Andrea finit par obtenir ce qu'elle voulait. Hannah avait du mal à suivre car elle n'entendait la conversation que d'un côté, les expressions comme « Je vois » ou « Bien sûr, je comprends » n'étant pas très explicites.

« Qu'est-ce qu'il a dit ? demanda-t-elle après qu'Andrea eut raccroché.

— Pas grand-chose. Boyd s'est bien rendu à son cabinet mardi mais il refuse de dévoiler la teneur de leurs échanges. Il a juste confirmé que Boyd était arrivé à 14 heures et reparti à 14 h 30.

— Il n'est resté qu'une demi-heure ? Je croyais que les séances d'analyse duraient une heure ?

— Cinquante minutes, *dixit* le Dr Holland. Boyd serait parti avant parce qu'il avait rendez-vous avec un parent d'élève au lycée.

— Danielle ne m'en a pas parlé. » Hannah poussa le bloc vers Andrea. « Vérifie, tu veux ? »

Andrea trouva la bonne page.

« Nous y voilà. Danielle dit que Boyd est allé à Saint

Paul consulter le Dr Holland et qu'il n'est rentré à la maison qu'à 18 heures.

— Danielle ignorait donc qu'il avait fait un détour par le lycée Jordan. » Hannah réfléchit un instant puis attrapa le téléphone. « Je ferais bien d'appeler Charlotte Roscoe avant qu'elle rentre chez elle. Je suppose qu'elle tient un registre des rendez-vous parents-professeurs. Elle pourra peut-être nous dire qui Boyd a reçu mardi dernier. »

Avant de redémarrer, Hannah donna un petit coup de klaxon pour saluer sa sœur qui venait de la quitter pour aller chercher Tracey à la sortie de l'école. Elles étaient convenues de se retrouver plus tard, pendant l'émission.

Aux abords du parc, Hannah alluma ses phares. Elle détestait conduire entre chien et loup, quand tout ce qui n'était pas éclairé oscillait entre le gris moyen et le gris foncé.

Les voitures se faisaient rares sur le parking du lycée. Les professeurs avaient regagné leur domicile et le public de l'émission n'arriverait que dans quatre-vingt-dix minutes. Hannah avait emporté ses affaires et prévoyait de s'habiller dans le vestiaire des filles. Quand elle rentrerait chez elle dans la soirée, Moshe lui ferait certainement la tête mais tant pis. Il pouvait se débrouiller seul pendant quelques heures encore.

Charlotte Roscoe, la secrétaire du lycée Jordan, s'était montrée extrêmement serviable au téléphone. Après avoir vérifié l'emploi du temps de Boyd sans trouver trace du fameux rendez-vous, elle avait émis l'hypothèse d'une rencontre informelle entre le coach Watson et l'un de ses joueurs, peut-être, et lui avait conseillé d'interroger Gil

Surma, le psychologue scolaire. Gil était encore dans les locaux, avec ses louveteaux. Comme il faisait froid dehors et que l'auditorium n'était pas accessible à cause de l'émission, Gil les avait rassemblés dans le couloir, non loin du bureau du proviseur, pour leur apprendre à monter un tipi.

Hannah descendit de son break et alla prendre le grand sac de cookies posé à l'arrière. Ils dataient de la veille mais ils étaient encore frais et les louveteaux, connus pour leur appétit vorace, seraient bien contents de les manger en rentrant chez eux. Elle se dépêcha de traverser le parking et entra par la porte principale.

En passant l'angle du couloir, elle ne put s'empêcher de sourire. Sous la toile kaki du tipi avachi devant le bureau du proviseur, des formes étranges s'agitaient comme un monstrueux insecte cherchant à s'extraire de sa chrysalide. Une voix étouffée résonnait, venant de nulle part. Celle de Gil, qui tentait de reprendre en main la situation.

« C'est bon, les garçons. Arrêtez de gigoter et laissez-moi trouver l'ouverture. On ne va quand même pas y passer la nuit ! »

Sa déclaration fut suivie d'éclats de rire enfantins. Décidant de voler à leur secours, Hannah franchit les quelques mètres qui les séparaient, souleva un coin de la toile de tente et attendit que la première tête émerge.

« Merci, qui que vous soyez », souffla Gil en rampant à quatre pattes. Puis, reconnaissant leur sauveuse : « Oh, Hannah, quelle chance ! Je voulais juste montrer à mes troupes comme il est simple de monter un tipi. »

Gil se redressa et lui prit des mains la perche en roseau censée soutenir l'édifice. Cinq jeunes louveteaux apparurent, l'un après l'autre, ravis d'apercevoir Hannah et plus encore le gros sac de cookies qu'elle transportait.

« Votre cours est terminé, Gil ? demanda-t-elle.

— Oui. Il devrait l'être depuis quinze minutes, mais ce tipi en a décidé autrement. »

Hannah distribua ses cookies à raison de quatre par louveteau, lesquels s'en allèrent d'un pas guilleret et la bouche pleine. Elle attendit qu'ils soient partis pour attaquer.

« J'ai besoin de vous parler, Gil. De Boyd Watson.

— C'est horrible, dit Gil en branlant du chef. D'après M. Purvis, la police penche pour un meurtre, mais j'ai entendu l'un des profs dire que Boyd avait l'air déprimé, ces derniers temps. À votre avis, ça pourrait être un suicide ?

— Sûrement pas. Vous voyez quelqu'un se suicider d'un coup de marteau sur la tête ? »

Gil grimaça comme s'il allait vomir.

« Ça va, Gil ? demanda-t-elle en regrettant d'avoir répondu si crûment à sa question.

— Très bien. C'est juste qu'ils n'ont pas donné ce détail aux informations. Danielle était seule quand elle l'a trouvé ?

— Oui.

— Pauvre Danielle. Elle doit souffrir terriblement. Je vais passer la voir pour lui proposer mon aide.

— Elle n'est pas chez elle. Le Dr Knight l'a fait admettre à l'hôpital.

— Elle est mal à ce point ? »

Hannah se dit qu'enjoliver la réalité valait mieux que lui annoncer de but en blanc que Danielle était soupçonnée du meurtre de Boyd. Gil n'avait pas besoin de le savoir.

« Elle a attrapé une mauvaise grippe voilà quelques

jours. Avec le choc émotionnel qu'elle a reçu, son état s'est aggravé. D'où la décision de la garder sous surveillance médicale le temps qu'elle récupère. »

Gil semblait sincèrement désolé pour elle.

« On lui enverra des fleurs. Je placerai une tirelire dans la salle des profs. Et les joueurs des Gulls mettront la main à la poche, eux aussi. Danielle doit savoir que tout le monde la soutient.

— C'est de cela que je voulais vous parler, l'interrompit Hannah avant qu'il lui expose en long et en large toutes les actions qu'il comptait mener.

— Des fleurs ?

— Non, des Gulls. Je viens d'apprendre que Boyd avait rendez-vous avec un membre de l'équipe, mardi après les cours. Avez-vous assisté à l'entretien ? »

Gil fit non de la tête.

« J'anime le club d'échecs, le mardi soir. Si Boyd m'avait demandé de venir, j'aurais annulé bien sûr, mais il ne l'a pas fait.

— Mais vous étiez quand même dans les locaux ?

— Non. Ce club a lieu chez moi. En fait, il ne comprend que trois joueurs, deux seniors et un junior. On a visionné la cassette du dernier tournoi de Bobby Fischer. »

Hannah soupira d'agacement.

« Donc vous n'avez pas vu qui était à ce rendez-vous ?

— Non, malheureusement. Nous sommes partis juste après la sonnerie. Pourquoi ces questions ? »

Hannah ne voulait pas mentir. D'ailleurs, était-elle vraiment obligée de lui cacher ses motivations ? En tant que psychologue du lycée Jordan, Gil était sans doute astreint aux mêmes règles de confidentialité que le Dr Holland.

« Si je vous confie un secret, vous me promettez de le garder pour vous ?

— Non, à moins que notre discussion soit considérée comme une séance de thérapie.

— Va pour une séance de thérapie. Mais vous n'êtes pas obligé de me faire payer à la fin. »

Gil s'esclaffa.

« Évidemment. Allez-y, racontez-moi.

— Comme vous ignorez qui Boyd était censé rencontrer, je vais tourner ma question autrement. Savez-vous si Boyd avait un problème avec un membre de son équipe ?

— Oui, en effet. Mais je suis désolé, je ne peux pas vous dire qui.

— Mais il le faut ! répliqua Hannah, exaspérée. Je suis au courant pour les règles de déontologie et tout le bazar, mais ce rendez-vous a peut-être un lien avec le meurtre de Boyd ! »

Gil leva les mains comme pour se rendre.

« Attendez, Hannah. Je n'ai pas dit que je ne voulais rien vous dire. J'ai dit que je ne pouvais pas. Boyd ne m'a pas donné le nom du lycéen qu'il devait rencontrer.

— Oh, bredouilla-t-elle, honteuse de s'être laissé emporter.

— Il m'a juste demandé mon avis de manière théorique. Il voulait savoir ce que je ferais si en tant qu'entraîneur de basket j'apprenais que l'un de mes joueurs se dopait aux stéroïdes.

— Des stéroïdes ? » répéta Hannah, stupéfaite.

À sa connaissance, dans leur petite ville, aucun sportif n'avait jamais touché à ce genre de substance. L'année précédente, trois joueurs de foot avaient été suspendus pour deux matchs après une beuverie sur les rives du lac. Mais sinon...

« Que lui avez-vous répondu ?

— Que je suspendrais ce joueur pour le reste de la saison. Les règles du lycée sont très claires sur ce point.

— Qu'en a pensé Boyd ?

— Il a poursuivi en émettant une autre hypothèse. Il m'a demandé ce que je ferais si le père du garçon menaçait de retirer sa participation financière au programme sportif de l'établissement. Je lui ai répondu que cette menace n'influerait pas sur ma décision de suspendre l'élève fautif.

— Boyd a-t-il suivi votre conseil ?

— Je crois que oui. Nous avons cherché ensemble la meilleure manière d'annoncer la décision de suspension au père du garçon. Boyd a même pris des notes. Puis il m'a remercié de lui avoir facilité la tâche. Cela s'est passé lundi, Hannah. J'imagine que son rendez-vous de mardi après les cours avait un rapport avec cette affaire. »

Le cœur battant, Hannah posa la question décisive.

« Boyd a-t-il réellement suspendu un joueur de son équipe ?

— Non, j'ai vérifié. Soit il a changé d'avis, soit... »

Gil s'interrompit et son visage prit une teinte légèrement terreuse.

« Soit quoi ?

— Soit il a été tué avant de pouvoir remplir le formulaire. »

Chapitre 16

Lisa attendait, avec le bol de chantilly entre les mains, que Hannah finisse de couper son flan hawaïen. Ce dernier avait si bel aspect que Hannah ne pouvait s'empêcher de sourire en disposant les tranches dans les coupes en verre ciselé. Quand elle les eut garnies de petits morceaux d'ananas et nappées de sauce caramel, Lisa les couronna d'une généreuse cuillerée de crème mousseuse. À présent, elles n'avaient plus qu'à disposer les coupes sur le plateau de service, retirer leur tablier et guetter le signal du régisseur. Comme le voyant rouge sur la caméra n'était pas allumé, Hannah se tourna vers Lisa et lui demanda :

« Ton père regarde ?

— Il est assis dans le public avec M. Drevlow. Ce soir, il voulait me voir en vrai. Il croit que nous avons notre propre émission, et je n'ai pas eu le cœur de lui avouer que ce n'était que temporaire. »

Hannah avisa Rayne Phillips qui, planté devant son écran bleu, mimait l'avancée des fronts orageux avec de grands gestes ondoyants. Une vraie chorégraphie. Elle n'avait jamais mesuré à quel point le métier de présentateur météo requérait souplesse et agilité.

« Prête, Hannah ?

— Prête. » Hannah afficha son plus beau sourire et empoigna le plateau. « Que le spectacle commence. On va leur en mettre plein la vue, Lisa. »

Au signal du régisseur, les deux femmes s'avancèrent jusqu'au grand bureau où trônaient les présentateurs, en prenant bien garde de ne pas trébucher sur les câbles. Lisa déposa une coupe devant chacun.

« Qu'allez-vous nous proposer ce soir, les filles ? » claironna Chuck Wilson.

Les filles ! Hannah n'appréciait guère ce genre de familiarité mais parvint à cacher son désagrément.

« Du flan hawaïen. Autrement dit, du flan à l'ananas nappé de caramel.

— Magnifique. »

Chuck planta sa petite cuiller dans la chantilly. La caméra zooma sur lui au moment où le morceau de flan disparaissait entre ses lèvres. Il sourit de plaisir en savourant la crème qui fondait sur sa langue.

« Un vrai délice, les filles », déclara-t-il enfin.

Hannah s'apprêtait à lui balancer qu'elle n'était plus une fille depuis une dizaine d'années, mais Lisa prit les devants.

« Merci, Chuck. Je suis sûre que ce flan remportera un vif succès auprès de nos clients du Cookie Jar. Sachez que notre future carte comprendra ce type de dessert. Et nous envisageons de proposer une spécialité différente chaque jour.

— Eh bien, le jour du flan hawaïen, je serai là », promit Chuck. Puis il se tourna vers Dee-Dee Hughes. « Qu'en pensez-vous, ma chère ?

— C'est lourd et léger en même temps, si vous voyez ce que je veux dire. »

Hannah doutait que quiconque voie ce qu'elle voulait dire mais réussit à garder son sourire intact.

« Je suppose toutefois qu'un dessert aussi savoureux doit être bourré de sucre. Je me trompe ? »

Hannah botta en touche, laissant son assistante affronter l'ennemi. Lisa lui avait certifié qu'elle se sentait de taille à répondre à l'imparable question sur les calories.

« Ce n'est pas un dessert allégé, évidemment, mais on ne peut quand même pas manger des entremets à l'aspartame tous les soirs. Si c'est vraiment un problème, vous pouvez diviser par deux la quantité de sucre, ne mettre qu'une petite cuillerée de caramel et sucrer la chantilly avec de l'édulcorant.

— Mais ça restera malgré tout hyper calorique », insista Dee-Dee.

Hannah fulminait. Il fallait qu'elle lui cloue le bec, à cette péronnelle. Heureusement, Wingo Jones le fit à sa place.

« Pour moi, il n'y a pas de dessert sans sucre. C'est comme ça et ça l'a toujours été. Si vous avez peur de grossir, faites de l'exercice. Personnellement, pour une tranche de ce flan hawaïen, je serais capable de courir quinze kilomètres en sortant d'ici.

— Même chose pour moi. » Rayne Phillips accompagna ses paroles d'un hochement de tête et, d'un geste rapide, chipa l'assiette de sa voisine. « N'ayez pas d'inquiétude,

Dee-Dee. Je viens vous sauver. Si je mange votre dessert, vous ne prendrez pas un gramme. »

Chuck Wilson explosa de rire, ce qui lui valut le pardon immédiat de Hannah. Certes, il lui avait parlé un peu familièrement, mais, tout compte fait, il n'était pas si bête que cela. Se tournant vers la caméra, Chuck recommanda aux téléspectateurs de rester devant leur poste, car juste après les informations internationales démarrerait la troisième partie du concours organisé par les farines Hartland. La musique du générique retentit, les sponsors défilèrent et, pour se donner une contenance, les présentateurs du journal remuèrent inutilement leurs papiers en s'adressant des sourires entendus.

Dee-Dee joua l'amabilité jusqu'à ce que la lumière rouge s'éteigne, puis, se tournant vers Rayne Phillips avec un regard assassin, lui balança divers sobriquets qui, s'ils avaient été prononcés à l'antenne, auraient été masqués par des bips.

Hannah rigolait encore lorsqu'elle regagna l'espace cuisine. Lisa la rejoignit et, le cœur léger, elles passèrent quelques minutes à tout remballer.

« Si tu n'as plus besoin de moi, je vais aller m'asseoir dans le public avec papa et M. Drevlow.

— Vas-y, Lisa. Tu as été géniale ce soir, et j'ai adoré ta réponse à la question de Dee-Dee. » Hannah fouilla dans la poche de son tablier et sortit une enveloppe qu'elle lui tendit. « Tiens. C'est pour tes heures supplémentaires de cette semaine. »

Lisa parut surprise.

« Mais tu n'es pas obligée. Je les ai faites avec plaisir,

pas pour gagner plus d'argent. J'aime travailler avec toi, Hannah, et mon salaire me convient.

— Alors, considère cela comme une prime de Noël. Tu l'as bien méritée.

— OK. » Lisa glissa l'enveloppe dans sa poche. « Mais ne me donne pas davantage. Je te remplacerai à la boutique jusqu'à ce que le concours s'achève et que tu en aies terminé... avec cette chose qui t'occupe en ce moment. »

Hannah hocha la tête. Lisa était une employée modèle, peut-être était-il temps d'en faire une associée. À elles deux, elles pourraient gérer tranquillement le Cookie Jar et même prendre des vacances en alternance pendant les périodes creuses.

Hannah sortait du studio de maquillage où des experts avaient retouché son rouge à lèvres et domestiqué sa tignasse rousse, quand Andrea lui sauta dessus.

« Ah, te voilà ! Viens par ici, on sera plus au calme pour parler. » Andrea l'emmena dans les toilettes. « Lucy n'est pas dans les locaux. J'ai cherché partout. J'ai même demandé à Bill s'il l'avait vue traîner près du poste de police, mais non, il ne l'a pas croisée de toute la journée. »

Hannah sentit son estomac se nouer. Elle avait vraiment cru que Lucy assisterait à l'émission.

« Peut-être est-elle juste en retard ?

— Peut-être. » Andrea ne semblait guère convaincue. « J'ai réfléchi, Hannah. Imagine que Lucy soit rentrée chez elle et qu'elle ait trouvé son tiroir secret vide. Elle aurait pu prendre peur et quitter la ville pour échapper aux autorités. »

Hannah n'avait pas envisagé cette possibilité.

« Oui, mais cela n'explique pas pourquoi elle n'est pas venue à son rendez-vous dentaire ce matin.

— Tu as raison. C'est incompréhensible. Dis-moi, qu'est-ce que Gil Surma t'a raconté ? »

Hannah lui résuma leur discussion et la vit faire une drôle de tête en apprenant qu'un lycéen se dopait aux stéroïdes.

« Moi non plus, je n'y ai pas cru au départ, dit-elle. Mais Gil a dit que Boyd était très contrarié.

— Non, ce n'est pas cela. La chose me paraît tout à fait possible. C'est juste que ça m'ennuie de savoir que Lake Eden n'est pas épargnée par le problème du dopage. J'imagine que Gil ne connaît pas le nom du garçon ?

— Boyd ne l'a pas mentionné devant lui. »

Andrea soupira.

« Eh bien, on sait au moins qu'il s'agit d'un basketteur. Combien sont-ils dans l'équipe des Gulls ?

— Vingt.

— Tant que cela ?

— Oui. D'après Gil, le basket est le sport le plus populaire au lycée Jordan. Boyd avait cinq garçons dans l'équipe A. Cinq titulaires. Et comme chaque titulaire doit avoir un remplaçant, on arrive à dix. Il y en a également cinq dans l'équipe B et cinq autres dans la C. Ça fait du pain sur la planche.

— Ne m'en parle pas. On peut se procurer leurs noms ?

— Gil va demander la liste à Charlotte. Il la déposera au Cookie Jar demain matin. »

Andrea tourna les dernières informations dans sa tête avant de rebondir.

« Mais comment faire pour savoir lequel est le bon ? Si

nous les interrogeons, ils nieront tout en bloc et on sera bien avancées.

— Exactement. En fait, je ne suis même pas sûre que cette histoire de dopage ait un lien avec le meurtre de Boyd. Ça pourrait n'être qu'une coïncidence.

— Ce n'est pas une coïncidence. Le père de ce joueur a assassiné Boyd pour l'empêcher de virer son fils. »

Andrea avait parlé sur un ton péremptoire. Hannah en fut étonnée.

« Tu penses vraiment que c'est un motif suffisant pour tuer quelqu'un ?

— Absolument. On ne rigole pas avec le basket, à Lake Eden.

— Mais est-ce qu'un père irait aussi loin ?

— Bien sûr. Rappelle-toi cette femme au Texas qui a refroidi une pom-pom girl parce qu'elle faisait de l'ombre à sa fille au sein de la brigade. Alors, tu imagines, une équipe de basket ? »

Hannah prit le temps de la réflexion.

« Le père du joueur a pu attendre Boyd à la sortie de l'émission et le suivre jusque chez lui pour tenter de le convaincre d'épargner son fils, hasarda-t-elle. Cela expliquerait la dispute que M. Gessell a entendue.

— Les disputes peuvent dégénérer en bagarres. Nous savons que Boyd avait un sale caractère. Si le père du joueur était aussi... »

Hannah devait admettre que le scénario de sa sœur tenait debout.

« Oui, je te suis, l'interrompit-elle. Le père a pu ramasser le marteau et frapper Boyd dans un accès de rage. Peut-être n'avait-il pas vraiment l'intention de le tuer. Et quand il a réalisé que Boyd était mort, il a fichu le camp en vitesse. »

Andrea bondit de joie.

« Nous avons résolu l'affaire, Hannah ! Nous savons qui est le meurtrier de Boyd !

— Pas encore. » Hannah lui fit signe de modérer son enthousiasme. « Il se peut que nous sachions pourquoi mais nous ignorons toujours qui. Retourne dans la salle et cherche Lucy. Si tu la trouves, reste auprès d'elle jusqu'à la fin de l'émission.

— OK. Mais si Lucy refuse de nous dire qui est sur les photos ? »

Dans ce cas, on aura gâché beaucoup de temps pour rien, songea Hannah. Pour ne pas forcer le destin, elle garda cela pour elle.

« Pense uniquement à trouver Lucy. Crois-moi, je lui ferai cracher le morceau, d'une façon ou d'une autre. »

Hannah s'installait à la table du jury quand Rudy, l'un des cameramans, l'interpella.

« Eh, Hannah. Votre flan hawaïen est un vrai délice.

— Comment le savez-vous ?

— Wingo a reçu un coup de fil après l'émission. Il est parti en laissant sa coupe à dessert. J'en ai profité pour goûter.

— Excellent réflexe », fit Hannah avec un sourire indulgent.

Elle appréciait Rudy. Grâce à lui, elle savait quand une caméra était en train de tourner. Elle lui désigna l'une de celles qui couvraient le plateau. Elles étaient énormes.

« Pourquoi sont-elles différentes de la vôtre ?

— Ces caméras sont reliées à la régie. Vous voyez ces câbles par terre ? »

Il lui désignait les gros câbles noirs qui serpentaient sur le sol.

« Où est la régie ?

— Dans un camion derrière l'auditorium. Le car régie. C'est là que Mason se tient durant la captation. Il regarde les flux sur des moniteurs et dirige les opérateurs à distance *via* un système d'écouteurs. C'est lui qui décide quelles images passeront à l'antenne.

— Ça m'a l'air assez compliqué comme boulot.

— Ça l'est. Quand on tourne une émission en direct, il faut prendre des décisions rapides. Et on n'a pas le droit à l'erreur, vu que la diffusion est instantanée. »

Hannah l'écoutait avec intérêt. Ce qu'elle savait en matière de captation audiovisuelle aurait tenu à l'aise dans un dé à coudre.

« Et votre petite caméra, à quoi sert-elle ?

— À filmer des scènes que nous diffuserons ensuite, après montage, durant le délibéré. Elle n'est reliée à rien, d'où son nom : caméra nomade. Les rushes sont stockés sur des cassettes trois quarts de pouce.

— Les rushes ?

— Oui, l'ensemble de ce que j'ai filmé. Rien que pour le montage de ce soir, on a quatre heures d'enregistrement. À l'arrivée, il devra rester trois minutes.

— Tout ce travail pour si peu !

— On tourne toujours plus que nécessaire. Pour laisser suffisamment de choix au monteur. Je filme l'arrivée des candidats, le public qui attend devant l'entrée, même les petites fêtes qui ont lieu chaque soir à l'auberge. »

En entendant cela, Hannah eut une idée. Si Rudy tournait quatre heures de rushes par jour, l'homme aux boutons de manchettes était certainement sur l'une de ses cassettes. Elle n'avait pas renoncé à obtenir son nom de la bouche de Lucy, mais si Andrea avait vu juste, cette dernière était peut-être loin à l'heure qu'il était. Et dans ce cas, elles avaient besoin d'une solution de remplacement.

« Que faites-vous des scènes qui ne sont pas retenues par le monteur ?

— Les chutes ?

— Oui. Vous les jetez ? »

Rudy éclata de rire.

« Chez KCOW, on ne jette jamais rien. On recycle même les trombones.

— Donc vous enregistrez par-dessus ?

— Oui, mais pas tout de suite. On les garde un moment à la station pour les visionner de nouveau, et quand Mason est certain qu'elles ne serviront pas, on efface et on réutilise.

— Donc toutes vos chutes ont été rapportées à la station ? »

Rudy secoua la tête.

« Mes cassettes sont encore dans le car régie. Pourquoi toutes ces questions ?

— Je trouve cela passionnant, dit-elle, charmeuse. Vous pensez que je pourrais regarder vos rushes ?

— Ça représente beaucoup de temps et la plupart des séquences n'ont pas grand intérêt. Vous êtes sûre ?

— Certaine. »

Hannah attendit la réponse de Rudy sans oser respirer. D'elle dépendaient pas mal de choses. En effet, même si elle trouvait Lucy et parvenait à lui tirer les vers du nez, voir le visage du tueur aux boutons de manchettes sur un écran serait le seul moyen de confirmer ses dires.

« Si vous ne craignez pas de mourir d'ennui, libre à vous. Mais la décision ne m'appartient pas. C'est à Mason que vous devez vous adresser. »

Hannah lui fit un sourire radieux. Elle l'aurait bien embrassé.

« Merci, Rudy. Je lui poserai la question après l'émission de ce soir. »

Flan hawaïen

Préchauffer le four à 175 °C,
la grille en position médiane.

1 tasse de sucre blanc
½ tasse d'eau
6 œufs
1 boîte de lait condensé sucré (ne prenez pas de lait écrémé, ça ne marchera pas)
¼ tasse de sucre blanc
1 ½ tasse de jus d'ananas
1 pincée de sel
1 petite boîte d'ananas en morceaux (bien égouttés)
Crème fouettée sucrée (en option)

Prenez un moule carré de 20 centimètres de côté ou tout autre plat allant au four et pouvant contenir 6 tasses de liquide. Ne graissez pas.

Dans une petite casserole, mettre une tasse de sucre blanc et une demi-tasse d'eau. Porter à ébullition en remuant puis, quand le caramel commence à se former, le faire tourner dans la casserole. (Se servir d'une manique car c'est chaud.)

Verser le caramel dans le moule carré en le répandant

uniformément sur tous les côtés. (Encore une fois, prudence, c'est très chaud.) Mettez de l'eau dans la casserole et posez-la dans l'évier. Réservez le moule nappé de caramel, le temps de préparer la crème pâtissière. (Vous entendrez peut-être des craquements. Ne vous inquiétez pas. Ce n'est pas le moule qui se fendille mais le caramel qui refroidit.)

Battez les œufs jusqu'à ce qu'ils soient bien mousseux. (Cela vous prendra un petit moment si vous n'avez pas de mixeur électrique.) Ajoutez le lait condensé sucré, le sucre, le jus d'ananas, le sel, et continuez à battre.

Prenez une passoire et filtrez la préparation tout en la versant dans votre moule.

Prendre un autre moule dans lequel le premier devra tenir largement (il doit faire au moins 6 centimètres de plus). Les mettre dans le four, l'un dans l'autre, et dans le plus grand verser de l'eau chaude jusqu'à la moitié du moule à flan.

Cuire pendant 1 heure. Par précaution, plongez une lame de couteau avant de sortir le flan. Si elle reste propre, c'est qu'il est cuit.

Laissez-le refroidir sur une grille pendant au moins 10 minutes. (On peut le manger tiède ou froid.)

Avant de servir, retourner le flanc dans une grande assiette à fond plat mais aux bords relevés (pour éviter que le caramel ne déborde). Couper, placer les parts de flan dans des coupes à dessert et parsemer de morceaux d'ananas finement tranchés. Arroser avec une partie du caramel qui aura coulé au fond du plat et ajouter de la crème fouettée si vous le souhaitez.

Delores le préfère quand il est froid. Andrea dit qu'il est meilleur à température ambiante, et moi, je l'aime tiède.

Chapitre 17

Une fois n'est pas coutume, ce fut un homme qui gagna ce soir-là. Hannah s'en félicita. La pâtisserie était un art ouvert à tous, sans distinction de genre. Après que le lauréat, un sergent-chef à la retraite, eut reçu son ruban de finaliste, Clayton Hart prit la parole pour rappeler au public que le lendemain se déroulerait la quatrième et dernière partie du concours organisé par les farines Hartland. L'émission durerait une heure pleine, les trois finalistes cuisineraient en direct et trois écrans géants suspendus au plafond permettraient à tout un chacun de suivre leurs moindres mouvements. Cet ingénieux dispositif avait été imaginé par le producteur vedette de la chaîne KCOW, Mason Kimball.

À la fin de l'émission, Hannah se tourna vers Edna Ferguson.

« Tu pensais vraiment ce que tu as dit au sujet des brioches à la cannelle du sergent Hogarth ?

— Absolument. Et je vais le redire. Ses brioches sont supérieures aux miennes.

— Pourtant, c'est toi qui fais les meilleures brioches à la cannelle de la ville. »

À ces mots, son estomac se mit à gargouiller. Elle n'avait rien avalé depuis le déjeuner à l'auberge de Lake Eden, et les échantillons de dessert qu'elle avait goûtés dans le cadre du concours n'avaient pas suffi à calmer sa faim. Malheureusement, elle allait devoir patienter encore un peu. Il fallait d'abord qu'elle sache si Andrea avait fini par coincer l'insaisissable Lucy et ensuite qu'elle aille voir Mason Kimball dans le car régie pour lui demander l'autorisation de visionner les chutes de Rudy.

« Tu passes à l'auberge tout à l'heure pour la fête d'après-tournage ? voulut savoir Edna.

— Non, je n'irai pas ce soir. J'ai dix mille choses à faire avant de me coucher. »

Hannah se leva et tira sur la jupe de son tailleur rouille, ou plutôt « fougère » comme avait dit Claire le jour où elle l'avait essayé. Celle-ci avait dû insister car Hannah fuyait les teintes orangées à cause de ses cheveux roux. Tout compte fait, Claire avait eu raison, une fois de plus. Cette couleur « fougère » lui allait à ravir.

Andrea lui faisait de grands signes depuis la coulisse, mais Lucy n'était pas avec elle. Hannah la rejoignit sans cacher son inquiétude : soit Lucy avait quitté la ville, soit elle était... Hannah s'interdit d'aller plus loin et, pour évacuer les pensées morbides, songea à la phrase qu'aimait à répéter son père : *Ne créons pas de problèmes là où il n'y en a pas.* Le pauvre homme parlait en toute connaissance de cause, ayant passé des années auprès d'une femme dont l'activité première consistait justement à en créer.

« Lucy n'est pas ici, confirma Andrea dès qu'elles furent

assez proches l'une de l'autre. Mais je peux t'aider à la chercher. Bill est reparti au bureau et Tracey veut retourner dormir chez sa grand-mère paternelle. »

Hannah comprit ce qu'Andrea n'osait exprimer. Elle avait encore envie de se rendre utile.

« Tant mieux. J'ai vraiment besoin d'un coup de main. »

Le visage d'Andrea s'illumina.

« Par quoi on commence ?

— J'ai quelqu'un à voir dans le car régie. Ce ne sera pas long. Attends-moi dans le hall et demande aux gens qui sortent s'ils ont aperçu Lucy.

— C'est déjà fait, annonça Andrea, très fière de son initiative. Mais ça n'a rien donné. »

Hannah chercha ses clés au fond de son sac à main.

« Très bien. Alors, essaie de trouver quelqu'un pour t'aider à transporter les caisses jusqu'à mon break. Ça nous fera gagner du temps.

— OK. » Andrea attrapa au vol le trousseau de clés et dit sur un ton joyeux : « J'aime te rendre service.

— Et moi, j'apprécie ton aide. À ce propos, quand tu auras fini de ranger mes affaires, tu pourras garer le break près du car régie ? »

Hannah classa dans un coin de sa tête ses dernières constatations au sujet d'Andrea, sortit du bâtiment par l'arrière et traversa le parking comme une flèche. Sa sœur se montrerait-elle aussi empressée après avoir passé quatre heures à visionner des rushes ? se demanda-t-elle.

Elle arrivait devant le camion quand Mason Kimball en émergea. Il avait les traits tirés, les yeux cernés.

« Bonsoir, Hannah, dit-il en descendant les marches métalliques. Où allez-vous comme ça ?

— J'ai parlé à Rudy avant l'émission, fit-elle en jouant les candides. Il m'a expliqué ce qu'était un montage. Et si vous n'y voyez pas d'inconvénient, j'aimerais bien regarder ses chutes.

— Toutes les chutes ? Mais ça représente plus de douze heures. »

Hannah ouvrit de grands yeux.

« Oups ! Je n'aurai pas le temps. Je me contenterai de celles de mercredi. Ce soir-là, j'ai trouvé le montage particulièrement réussi. »

Voyant sa moue dubitative, Hannah comprit que Mason n'avait pas mordu à l'hameçon.

« Mercredi, c'est le jour où Boyd Watson faisait partie du jury. Il y a un rapport avec sa mort ?

— Bien sûr que non, bredouilla Hannah. Je ne m'intéresse qu'au travail de Rudy. Je trouve qu'il a beaucoup de talent. »

Mason se rembrunit davantage.

« C'est vrai, mais ça ne se voit pas forcément sur les chutes. Vous feriez mieux de me dire ce que vous cherchez réellement. Vous travaillez encore pour le shérif ?

— Je n'ai jamais travaillé pour lui », répliqua-t-elle.

Et c'était vrai, elle n'avait collaboré qu'avec Bill.

« Pourtant, il paraît que c'est vous qui avez résolu l'affaire Ron LaSalle.

— Pas du tout. C'est Bill qui a arrêté la meurtrière. De temps en temps, je lui rapportais des choses que j'avais entendues, point barre. »

Mason secoua la tête comme un chien mouillé, pas aussi vite mais avec la même détermination.

« À d'autres. Je ne marche pas dans la combine. Si vous

ne me dites pas ce que vous cherchez exactement, je serai obligé de refuser.

— Bon, d'accord. »

Elle n'avait nullement l'intention de lui parler des photos que Lucy avait prises de la scène de crime ni des boutons de manchettes du supposé meurtrier, mais pour venir à bout de sa résistance, elle devait trouver un argument convaincant.

« Écoutez, Mason. Je sais que c'est peu probable mais je voudrais vérifier si on voit Boyd sur les images prises avant le début du concours. Rudy m'a dit qu'il avait filmé le public à l'entrée. Si Boyd s'est arrêté pour discuter avec quelqu'un, Bill et Mike doivent en être informés. Ce quelqu'un pourra peut-être leur dire ce que Boyd avait en tête ce soir-là. »

Mason réfléchit une minute.

« D'accord. Je ne me souviens pas d'avoir vu Boyd sur les rushes au moment dont vous parlez, mais je n'ai pas tout regardé avec attention.

— Dois-je prendre cela pour un oui ?

— Oui, c'est bon, je n'ai pas d'objection. Il n'y a qu'un seul problème.

— Lequel ?

— Vous devrez visionner les bandes cette nuit.

— Cette nuit ? répéta-t-elle en gémissant.

— Eh oui. Demain, c'est le dernier jour de tournage. Tout le monde sera très occupé. Je ne peux pas demander à un technicien de laisser son poste pour venir vous aider.

— Je saurai me débrouiller seule.

— Non, c'est trop compliqué. Il faut trouver les bons enregistrements puis les charger sur le magnétoscope.

C'est un matériel très spécial. Le technicien devra vous en expliquer le fonctionnement. Certaines images nous seront peut-être utiles par la suite, je ne voudrais pas que vous les effaciez par inadvertance.

— C'est entendu. Je regarderai les bandes cette nuit. À quelle heure part votre technicien ?

— Il ne part pas. Ce camion ne reste jamais sans surveillance la nuit quand on tourne à l'extérieur. Les équipements qu'il contient valent extrêmement cher.

— Donc, j'ai le temps de rentrer chez moi et de nourrir mon chat ?

— Bien sûr. Rien ne presse. À votre retour, vous n'aurez qu'à frapper à la porte. Je vais prévenir P. K. de votre visite. » Mason opéra un demi-tour mais se ravisa avant de rentrer dans le camion. « Si vous voulez bien attendre une seconde, je vous raccompagne jusqu'à votre break. Il fait sombre, ça peut être dangereux.

— Merci. »

Hannah resta plantée au bas des marches, le temps que Mason informe son collaborateur. La chose ne prit qu'une poignée de secondes.

« Tout est réglé, annonça-t-il en réapparaissant. J'ai dit à P. K. quelles bandes vous intéressent. Elles seront prêtes quand vous reviendrez. Vous pensez trouver quelque chose d'utile ?

— Pas sûr, mais je dois essayer. Au passage, je tomberai peut-être sur de jolies images de Tracey.

— Si vous en voyez, je vous conseille de noter l'heure inscrite au bas de l'écran, autrement dit le *time code*. Le technicien vous montrera. On vous fera une cassette avec les séquences que vous aurez sélectionnées. Votre nièce est vraiment télégénique. »

Il commençait à neiger quand ils traversèrent ensemble le parking balayé par un vent glacial. Mason releva le col de sa veste, geste qui fit apparaître un instant les poignets de sa chemise. Hannah se retint pour ne pas crier. Il portait des boutons de manchettes. Un modèle ancien, en métal brillant, avec des canards gravés dessus.

« J'adore vos boutons de manchettes, articula-t-elle d'une voix aussi ferme que possible. On n'en fait plus des comme ça.

— Ils appartenaient au grand-père d'Ellen. Il en avait des dizaines. »

Malgré son malaise, Hannah ne put s'empêcher de demander :

« Il en avait avec des têtes de chevaux ?

— Peut-être. Je me souviens d'une paire avec des chiens. Moi je préfère les canards. C'est important ?

— Oui. »

Hannah laissa passer un blanc, le temps d'échafauder une histoire plausible. Elle ne pouvait quand même pas lui avouer que le meurtrier de Boyd portait des boutons de manchettes avec des têtes de chevaux.

« Ma mère collectionne les bijoux anciens et, justement, elle cherche une paire avec des chevaux. Je m'étais mis en tête de lui en trouver pour Noël mais j'ai fait chou blanc.

— Je demanderai à Ellen de fouiller dans son coffret à bijoux. Ils sont précieux ?

— Je crois que oui », se contenta-t-elle de répondre.

Ils étaient précieux en effet, et pas seulement sur

le marché des antiquités. Ils prouvaient l'innocence de Danielle, et cela, c'était inestimable.

« J'espère qu'Ellen ne s'en est pas débarrassée, reprit-il. Je sais qu'elle en a vendu quelques-uns voilà six ans pour acheter des meubles.

— À un collectionneur privé ?

— Non, elle les a placés en dépôt chez un bijoutier du centre commercial. »

Hannah sentit ses espoirs fondre comme neige au soleil. Si les boutons de manchettes qui apparaissaient sur la photo de Lucy avaient été exposés dans une vitrine du centre commercial des Trois Comtés, ils pouvaient à présent appartenir à n'importe quel habitant de la région.

« C'est votre break, là-bas ? demanda Mason en désignant le véhicule qui venait d'apparaître au coin du bâtiment.

— Oui. Ma sœur a bien voulu me le rapprocher », dit-elle.

Andrea s'arrêta devant eux et réintégra le siège passager pendant que Mason ouvrait la portière pour Hannah. Ravie de constater que la galanterie n'était pas morte, Hannah le remercia d'un sourire assorti d'un compliment.

« J'apprécie le travail que vous faites. Les gens adorent votre émission.

— C'est gentil, merci. En effet, les taux d'audience sont plutôt bons. Nous n'en espérions pas tant. Mais c'est surtout grâce à vous.

— Si vous le dites. » Elle s'assit et, avant de claquer sa portière, ajouta : « N'oubliez pas mes boutons de manchettes. Si Ellen les a toujours et qu'elle souhaite les vendre, je les achèterai volontiers pour compléter la collection de ma mère. »

Andrea attendit qu'elles aient quitté l'enceinte du lycée pour exprimer son étonnement.

« Tu lui as parlé des boutons de manchettes ? Ceux qui sont sur la photo ?

— Non, bien sûr. Mais je viens de remarquer qu'il en porte une paire. Les siens ont des canards gravés dessus. Ils font partie d'une collection que sa femme Ellen a héritée de son grand-père. »

Andrea hoqueta.

« Et tu crois que ceux à têtes de chevaux sont les siens ?

— Non. Ellen les a peut-être eus entre les mains, mais il semble qu'elle les ait vendus voilà six ans à un bijoutier du centre commercial. N'importe qui aurait pu les acheter. Encore une impasse. »

Andrea soupira.

« Dommage. Cela dit, on savait dès le départ que ce ne serait pas facile. On fait quoi maintenant ?

— On va chez moi. Je dois me changer et nourrir Moshe. Si je ne me dépêche pas, je crains qu'il ne dévore mon canapé. Mike et moi avons partagé deux sachets de bretzels mercredi soir et je n'ai pas eu le temps d'aspirer les miettes. Il y en avait à l'ail et ce sont les préférés de Moshe. »

Dire que Moshe était heureux de les voir arriver eût été en dessous de la réalité. Dès que Hannah poussa la porte de son appartement, il lui sauta dans les bras pour lui lécher le visage. Puis, s'estimant affectivement comblé, il lui échappa et s'assit devant sa gamelle en miaulant à fendre l'âme.

Hannah fonça dans la cuisine mais, au moment de retirer le sandow qui sécurisait la porte du placard, vit que l'élastique ne tenait plus que par un fil. Elle était arrivée juste à temps. Encore cinq minutes et elle aurait trouvé le sol de sa cuisine couvert de croquettes au saumon. Quand Hannah eut nourri la bête et enfilé des vêtements plus confortables, les deux sœurs repartirent, direction le garage en sous-sol. Ô bonheur, l'habitacle du break était encore tiède.

« Où va-t-on ? demanda Andrea en se glissant sur son siège.

— Chez Vera Olsen. Je veux savoir si elle a vu Lucy. Si elle répond non, j'insisterai pour qu'elle nous ouvre son studio. On y découvrira peut-être un indice qui nous mettra sur sa piste.

— Tu crois vraiment que Vera nous laissera entrer chez sa nièce ? fit Andrea, dubitative.

— Bien sûr. Ne t'en fais pas pour si peu. Je trouverai une excuse quand nous serons sur place. »

Quelques minutes plus tard, elles arrivaient devant la maison de Vera.

« Lucy n'est pas chez elle, dit Hannah quand elles atteignirent le porche d'entrée.

— Tu es extralucide ? »

Hannah éclata de rire.

« J'aimerais bien. Ça nous arrangerait en ce moment.

— Alors, comment sais-tu qu'elle n'est pas chez elle ? »

Hannah prit sa sœur par le bras, la fit reculer de deux pas et lui montra les fenêtres de la mansarde.

« Il n'y a qu'une seule ampoule allumée, celle qui se trouve dans la cuisine au-dessus de l'évier, et elle l'était déjà ce matin. Si Lucy était chez elle, il y aurait davantage de lumière, non ?

— Si. » Andrea ouvrit le porche. « Tu as réfléchi à ce que tu allais lui dire ?

— Non, je te laisse faire. »

Andrea lui décocha un regard surpris.

« Pourquoi moi ?

— Parce que tu es la meilleure pour embobiner les gens. » Hannah appuya sur la sonnette fixée près de la porte de Vera. « C'est ton métier, après tout. »

Andrea marmonna un truc qu'elle n'aurait jamais dit devant sa fille puis lui donna un coup de coude. Elle venait d'entendre des pas.

« Chut ! Elle arrive. »

Vera Olsen sourit en les découvrant sur le seuil.

« Hannah ! Andrea ! Quelle bonne surprise ! Lucy vous a demandé de m'apporter mes cookies ?

— Oui, dit Andrea en saisissant la balle au bond. Mais comme on n'était pas sûres de vous trouver, on les a laissés dans la voiture. Hannah, tu veux bien aller chercher le sac de Mme Olsen ? »

Hannah regagna son break en toute hâte et attrapa le sac qui traînait sur la banquette. En revenant sur ses pas, elle trouva les deux femmes en train de papoter comme de vieilles amies sur un canapé d'angle vert salade. Vera avait dû l'acheter avec une grosse ristourne, songea Hannah. Aucune personne saine d'esprit n'aurait payé le prix fort pour une horreur pareille.

Vera prit les cookies, remercia Hannah, et, d'un geste, l'invita à les rejoindre sur son carré de laitues.

« Voyez-vous, Andrea, Lucy est aux petits soins avec moi. Elle n'a pas une minute à elle quand elle travaille à son journal, mais elle a quand même pensé à mes cookies. Bon, c'est vrai, elle a parfois tendance à laisser son appartement en désordre et je dois me fâcher un peu. Mais elle est si gentille. Je suis sûre qu'à la longue, elle apprendra à entretenir son intérieur.

— Certainement, abonda Andrea, surtout si vous êtes là pour lui montrer l'exemple. Elle a beaucoup insisté pour que vous ayez vos cookies avant d'aller dormir. Quand les lui avez-vous commandés ?

— Hier matin. J'ai un faible pour les sucreries. Je pensais qu'elle me les apporterait hier soir mais je suppose qu'il était trop tard.

— Vous ne l'avez pas entendue rentrer, hier soir ?

— Non. Elle devait passer à l'auberge prendre des photos mais la fête a sûrement duré plus longtemps que prévu. J'ai éteint à 23 h 30 et elle n'était pas encore revenue. »

N'y tenant plus, Hannah s'immisça dans la conversation.

« Et ce matin, vous l'avez vue ?

— Non, elle était déjà partie quand je lui ai monté son petit déjeuner. J'avais fait des gaufres. Elle en raffole. »

Hannah évita de croiser le regard d'Andrea. Elles étaient bien placées pour savoir que Vera n'avait pas toqué à la porte de sa nièce pour lui proposer des gaufres. Lèvres en feu s'était introduite dans son studio en passant par l'escalier intérieur et uniquement pour répondre au mail de Loup cendré.

« Cette gamine se tue à la tâche. » Vera soupira. « Et

elle ne dort pas assez. Rod ne s'en sortirait pas sans elle. Il lui confie tous les gros sujets, il l'envoie en reportage avec son appareil photo à n'importe quelle heure du jour et de la nuit... »

Hannah se mordit la joue pour s'empêcher de répliquer. Les photos que Lucy avait prises dernièrement n'avaient rien à voir avec son travail au journal !

Andrea lui lança un regard acéré comme pour dire *Ferme-la !*, puis se tourna de nouveau vers leur hôtesse.

« Lucy nous a demandé de lui ramener une pellicule. Ça ne vous ennuie pas si nous montons chez elle pour la prendre ?

— Pas du tout. Vous n'aurez qu'à emprunter l'escalier intérieur. Comme cela, vous n'aurez pas froid. Elle vous a donné la clé, j'imagine ? »

Andrea regarda sa sœur.

« C'est toi qui l'as.

— Non, je ne l'ai pas, improvisa Hannah. Je pensais que tu l'avais prise.

— Pas de problème, je vous prête la mienne, dit Vera en ramassant le trousseau posé sur la table basse. Tenez. Quand vous serez au premier, vous n'aurez qu'à passer la porte au bout du couloir. L'interrupteur est à droite, avant le deuxième escalier. »

Andrea la remercia et suivit le chemin indiqué, sa sœur sur les talons. Elles gardèrent le silence jusqu'à ce qu'elles aient grimpé la première volée de marches et refermé la porte de communication.

« Toutes mes félicitations ! murmura Hannah avant d'attaquer la dernière partie, beaucoup plus étroite.

— Merci. » Andrea se retourna pour lui sourire. « Mais

si Lucy est chez elle, ce sera à toi de t'y coller. J'ai fait ma part. »

Comme Lucy n'ouvrait pas, Hannah déverrouilla la porte avec la clé de Vera et alluma. Les deux sœurs se figèrent sur le seuil, comme si un mur invisible leur barrait la route. L'appartement était sens dessus dessous.

« Qu'est-ce qui s'est passé ? souffla Andrea.

— Quelqu'un est venu fouiller et s'en est allé sans remettre les choses en place », répondit inutilement Hannah.

On aurait dit qu'une tornade était passée par là. Les draps étaient entassés au pied du lit, les tiroirs du bureau renversés et leur contenu répandu sur le sol. Les pellicules déroulées gisaient sur le tapis comme d'interminables langues de celluloïd tirebouchonnées. L'ordinateur était allumé, et sur la ligne qui clignotait en travers de l'écran, on lisait : *TOUS LES FICHIERS DE VOTRE DISQUE C: ONT ÉTÉ SUPPRIMÉS.*

« Pourquoi Lucy aurait-elle fait cela ? dit Andrea en frémissant.

— Ce n'est pas Lucy.

— Comment tu le sais ? »

Hannah se pencha pour examiner l'un des rouleaux de pellicule.

« Tu vois Lucy vandaliser son propre appartement ?

— Le tueur ! fit Andrea d'une voix chevrotante. Il cherchait les photos qu'elle a prises de lui. Et comme il ne savait pas sur quelle pellicule elles étaient, il les a toutes déroulées.

— Quelle vivacité d'esprit, Andrea. La question qui se

pose maintenant, c'est : comment le tueur a-t-il su que Lucy l'avait photographié ?

— Par elle, sans doute. Elle a voulu le faire chanter.

— Ce qui cadrerait avec ce qu'elle a dit à Herb Beeseman : qu'elle était sur un gros coup et que si tout se passait bien, elle toucherait assez pour finir de payer sa voiture. Elle croyait sûrement que le meurtrier de Boyd mettrait la main à la poche.

— Elle aurait dû se méfier. Franchement, je ne la pensais pas aussi imprudente.

— Elle n'est pas imprudente, elle est juste bête, la corrigea Hannah. Bête comme ses pieds.

— Tu crois que le tueur... ? »

Andrea s'interrompit et s'appuya contre le mur. Elle ne trouvait pas ses mots. Mais c'était sans importance. Hannah savait précisément ce qu'elle avait en tête.

« C'est une hypothèse, Andrea, rien de plus. On n'est même pas sûres que Lucy ait vraiment parlé au meurtrier de Boyd. »

Son cerveau passa au régime supérieur. Elle devait trouver quelque chose à lui dire, et vite, avant qu'elle ne se mette à paniquer. Au fond d'elle-même, Hannah était convaincue que le meurtrier et l'individu qui s'était introduit chez Lucy ne formaient qu'une seule et même personne, mais elle avait besoin qu'Andrea garde la tête froide.

« Ces dégâts ont pu être commis par une autre de ses victimes », suggéra-t-elle, faute de trouver mieux.

Les joues d'Andrea reprirent quelques couleurs.

« Tu crois vraiment ?

— C'est possible. Elles ont toutes un motif valable. Ça pourrait être le maire, ou bien Claire, ou encore M. Avery.

— M. Avery ?

— Oui. Lucy lui a pris son argent. Il a peut-être voulu le récupérer.

— Tu as raison, fit Andrea, immensément soulagée. On sait au moins une chose : ce n'est pas Danielle. Elle n'est même pas au courant pour le chantage, et, de toute façon, elle est consignée à l'hôpital. Quant à Norman, tu lui as rendu sa lettre. Il n'avait donc aucune raison de pénétrer par effraction chez Lucy.

— Parfaitement, dit Hannah, ravie de constater que sa sœur faisait de nouveau fonctionner ses méninges.

— Mais pour la pellicule, ce raisonnement ne tient pas, rebondit Andrea. Pourquoi le maire, Claire ou M. Avery auraient-ils détruit les pellicules ? Lucy leur avait forcément montré des photos pour les faire chanter. Donc ils auraient plutôt cherché des négatifs, non ? »

Hannah soupira. Les méninges d'Andrea fonctionnaient trop bien, pour le coup.

« Alors, peut-être s'agit-il d'une autre personne. Une personne qu'elle aurait photographiée en fâcheuse posture hier soir, et qui aurait déboulé ici ce matin pour voler le film avant que Lucy ait eu le temps de le développer.

— Oui, mais ça n'explique pas pourquoi Lucy a disparu, ajouta Andrea en se remettant à trembler.

— Je croyais que tu avais une théorie là-dessus, l'interrompit Hannah en se demandant combien de temps elle allait pouvoir jongler entre les angoisses d'Andrea et ses remarques pertinentes.

— Tu as raison. Cela m'était sorti de l'esprit. J'ai dit qu'en découvrant la disparition de ses éléments de chantage, Lucy a pu prendre peur et s'enfuir pour échapper aux autorités.

— Oui, et c'est toujours valable. Lucy a peut-être même fichu le camp avant que son appartement ne soit vandalisé. Essayons plutôt d'imaginer où elle a pu se réfugier. »

Andrea soupira.

« Ça risque d'être compliqué, Hannah. On ignore où elle a grandi et je ne pense pas qu'elle ait des amis en ville. Les gens d'ici n'ont pas l'air de la porter dans leur cœur.

— C'est parce qu'elle est vulgaire, indiscrète, vaniteuse et qu'elle les fait chanter. Mais à part ça, c'est une fille sympa. »

Andrea éclata de rire. À présent que sa sœur était redevenue elle-même, il ne restait plus qu'à la maintenir dans cet état, songea Hannah.

« Par où commence-t-on ? Tu dois bien avoir une idée.

— Bien sûr, dit Hannah en se creusant la tête pour trouver une mission à lui confier. Pourquoi tu n'irais pas vérifier dans son placard s'il manque des vêtements ? Elle a dû en emporter avec elle.

— D'accord. Et toi, que vas-tu faire ?

— Inspecter la cuisine et la salle de bains.

— Non, n'y va pas. » Andrea se remit à claquer des dents. « Je ne veux pas rester seule. Et si c'était le tueur ? Il pourrait revenir.

— Non, je ne pense pas. Il croit avoir détruit toutes les preuves. Il ignore que c'est nous qui avons la fameuse pellicule.

— Oui, c'est vrai. » Le masque de panique s'effaça, remplacé par une expression soulagée. « Vas-y, Hannah. Je vais m'en sortir. Qu'espères-tu trouver ?

— Un truc qui nous dise où elle est partie. Une carte routière, une adresse... Mais il faut faire vite. Vera va s'inquiéter si nous tardons trop.

— OK. Tu as bien un lecteur de cassettes dans ton break ?

— Oui. Pourquoi ?

— Quand j'aurai regardé dans le placard, j'irai prendre la cassette dans son répondeur téléphonique. Elle a pu recevoir un message avec un numéro de réservation, ou autre, alors qu'elle était déjà partie.

— Génial. »

Hannah la gratifia d'un sourire appréciateur et fonça dans la cuisine. Elle n'en attendait pas grand-chose, mais il ne fallait rien laisser au hasard.

Il n'y avait dans la cuisine que des tiroirs et des placards grands ouverts. La poubelle contenait uniquement des boîtes de thon, un emballage de pain avec un croûton rassis à l'intérieur et les morceaux de l'assiette et de la tasse qu'Andrea avait cassées le matin même en entrant par la fenêtre. Le scénario du pire ne lui vint à l'esprit qu'en pénétrant dans la salle de bains et en voyant le rideau de douche fermé.

Comment était-il, ce matin ? Elle ne s'en souvenait pas et n'avait pas l'intention d'interroger Andrea sur ce point. Hannah leva une main tremblante en essayant de ne pas penser à ce qu'Anthony Perkins avait fait subir à Janet Leigh dans *Psychose*.

Chapitre 18

À part un flacon de shampooing et des taches de rouille près du siphon, il n'y avait rien de particulier dans le bac à douche. Après avoir vérifié deux fois que les portes et les fenêtres de l'appartement étaient bien fermées, les deux sœurs étaient allées rendre sa clé à Vera. Sachant que lui parler de l'effraction l'aurait inquiétée inutilement puisque, à première vue, rien n'avait été volé, elles avaient pris congé en décidant de remettre à plus tard le signalement à la police. Après quoi, elles avaient roulé jusqu'au Cookie Jar et s'étaient garées dans la ruelle à l'arrière pour écouter la cassette du répondeur en mettant le chauffage à fond pour ne pas mourir de froid.

En premier, elles entendirent le message de Norman s'étonnant que Lucy ne soit pas venue au rendez-vous, puis il y eut ceux plus insistants de Rod qui lui demandait où elle était passée, puis celui de la banque à propos d'un découvert et celui d'un démarcheur qui tenait absolument à lui vendre une assurance. Ce dernier occupait une bonne partie de la bande. Le seul message un tant soit peu intéressant avait été déposé par Delores, qui voulait savoir si Lucy préférait les colliers ou les boucles d'oreilles.

« De quoi parle-t-elle ? s'étonna Hannah en reconnaissant la voix de sa mère.

— J'imagine qu'elle cherche à faire paraître un article dans le journal. Ils en ont sorti un sur sa collection de pendules anciennes voilà quelques années, quand tu étais à la fac. » Andrea soupira et rembobina la bande. « On n'est pas plus avancées. Qu'est-ce qu'on doit faire, maintenant, d'après toi ? »

Hannah haussa les épaules.

« Retourner chez Lucy, proposa-t-elle, faute d'inspiration. Vera est peut-être couchée. S'il n'y a pas de lumière, nous irons voir dans le garage si la voiture de Lucy y est encore.

— Quel intérêt ? Si elle est partie, sa voiture aussi.

— Pas nécessairement. » Hannah fit demi-tour et remonta la ruelle. « Lucy a pu quitter la ville avec quelqu'un.

— Qui ?

— Je n'en sais rien, mais c'est un point à éclaircir. Un enquêteur doit procéder par élimination, explorer toutes les possibilités, même les moins plausibles.

— Je n'y avais jamais songé, fit Andrea, impressionnée. Tu as vraiment la fibre policière, Hannah.

— Je ne fais que citer sir Arthur Conan Doyle. J'ai lu ça dans un *Sherlock Holmes*, enfin à peu de chose près.

— Je devrais peut-être offrir quelques-uns de ses romans à Bill pour Noël, dit Andrea, pensive. Tu crois qu'ils existent en cassettes ?

— Tu veux parler de la série télé ?

— Non, des cassettes audio. Il pourrait les écouter sur la route en allant au travail.

— Mais il n'a que dix minutes de trajet. En plus, c'est tellement passionnant que s'il arrive avant la fin d'un chapitre, il risque de rester sur le parking pour écouter jusqu'au bout et il se fera attraper par le shérif parce qu'il sera en retard. » Hannah tourna dans la rue de Vera. « On y est. Tu vois de la lumière ? »

Andrea colla le nez contre sa vitre pendant que le break passait lentement devant la maison.

« Non. Elle a dû aller se coucher.

— Très bien. »

Hannah éteignit ses phares pour éviter d'alerter les voisins. Le garage, un édicule indépendant, se trouvait au fond du terrain. Hannah se gara et coupa le moteur.

« On y va.

— Si Vera mettait sa maison en vente, l'agence parlerait d'un garage double, lança Andrea. Mais je doute que deux voitures puissent tenir là-dedans. »

Avant d'ouvrir sa portière, Hannah débrancha le plafonnier.

« Des petits modèles de course, peut-être. Tu veux bien attraper les torches à l'arrière ?

— Tu tiens vraiment à ce que je t'accompagne ? demanda Andrea dont la voix s'était remise à trembler.

— Il y a un problème ?

— J'ai les dents qui claquent. »

Hannah doutait que ce phénomène ait un rapport avec la température à l'intérieur de son break.

« Pourquoi maintenant ?

— Parce que la dernière fois qu'on a forcé un garage, on est tombées sur un cadavre.

— Le cadavre dont tu parles n'était pas dans le garage. Et la situation est complètement différente aujourd'hui. Nous ne sommes pas certaines que Lucy ait disparu et encore moins qu'elle soit morte. Elle pourrait très bien être à des kilomètres d'ici, à la recherche d'un scoop.

— Tu crois vraiment ce que tu dis ? »

Hannah soupira. Elle n'aimait pas mentir.

« Pas franchement.

— Moi non plus. J'ai un mauvais pressentiment. Je pense qu'on devrait appeler Bill et Mike.

— Et leur dire quoi ? Que nous avons pénétré par effraction au domicile de Lucy pour dérober des pièces à conviction ?

— Non.

— Bon, alors remue-toi. Si je dois forcer une serrure, j'aurai besoin que tu me tiennes la torche.

— Forcer une serrure ? s'écria Andrea, choquée. Tu n'avais pas parlé de ça !

— J'ai dit *si*. D'abord, on va regarder par la lucarne. Si le garage est vide, on n'aura pas besoin de forcer quoi que ce soit. Tu as bien dit que tu aimais rendre service, non ? »

Andrea gémit mais attrapa docilement les torches et en tendit une à Hannah.

« Très bien. Mais si la voiture de Lucy est là, je n'entre pas.

— Ça marche. »

Hannah descendit, attendit qu'Andrea la rejoigne sur le trottoir, puis elles traversèrent le jardin et longèrent le mur du garage jusqu'à la lucarne. Hannah se mit sur la pointe des pieds, leva sa torche, l'alluma, et, malgré la poussière accumulée sur la vitre, vit nettement la Pontiac rouge de Lucy garée à l'intérieur. La surprise lui arracha un genre de couinement.

« Qu'y a-t-il ? » demanda Andrea. Elle eut beau murmurer, dans le silence de la nuit sa question résonna comme un cri.

« Elle est là. Ce qui veut dire que je dois entrer.

— Pourquoi ?

— Parce que Lucy a pu laisser dedans une chose qui nous dira où elle est allée.

— Très bien, fit Andrea après un temps d'hésitation. Donc, tu as l'intention de briser cette vitre ?

— Non, à moins que la porte soit fermée à clé. De toute façon, c'est un système à l'ancienne. Je ne vois pas de boîtier électrique de là où je suis. »

Hannah éteignit sa torche et l'enfonça dans la poche de sa parka.

« Tu crois qu'elle n'est pas verrouillée ?

— C'est probable. À Lake Eden, les gens ont tendance à laisser leur garage ouvert. Il n'y a jamais de cambriolages, par ici.

— Non, juste un meurtre de temps en temps. »

Hannah accueillit la boutade de sa sœur avec un petit ricanement puis alla se placer devant la porte, heureuse de constater qu'Andrea avait retrouvé son humour. Elle se pencha, saisit la poignée, tourna jusqu'à entendre un déclic et tira. Le battant bascula sans peine. Manifestement, le mécanisme avait été huilé, par Lucy ou par Vera, avant la première chute de neige.

Andrea leva le pouce et bomba le torse.

« Finalement, je t'accompagne. S'il t'arrive malheur, je ne me pardonnerai jamais de t'avoir laissée entrer seule. »

Hannah faillit éclater de rire tant le raisonnement de sa sœur était cocasse. Andrea semblait croire que sa présence auprès d'elle empêcherait qu'il lui arrive malheur. C'était absurde, mais Hannah était tout de même bien contente d'avoir de la compagnie.

Quand elles furent dans le garage, Hannah voulut remettre le battant en place, mais Andrea l'arrêta d'un petit cri étouffé.

« Quoi encore ?

— Tu es vraiment obligée de fermer cette porte ? Il fait si sombre, ici.

— Bon, mais dans ce cas, on n'allume pas les torches. Les voisins d'en face pourraient nous voir. Je te conseille de marcher en touchant la carrosserie. Prends garde à ne pas trébucher. Je passe la première. »

Les deux sœurs avancèrent prudemment, et lorsque Hannah sentit sous ses doigts la poignée de la portière côté chauffeur, elle sortit la torche de sa poche et la braqua sur la vitre sans l'allumer.

« J'y suis. Je vais regarder ce qu'il y a dedans.

— OK, mais dépêche-toi. On gèle. »

Hannah éclaira l'habitacle un quart de seconde et éteignit.

« As-tu pris ton téléphone, Andrea ?

— Bien sûr. Je suis agent immobilier, je ne sors jamais sans.

— Où est-il ?

— Dans ton break. Pourquoi ?

— Je veux que tu appelles Bill pour lui demander de venir immédiatement. »

Quand elle réalisa ce que signifiait l'étrange requête de sa sœur, Andrea s'écria :

« Tu as vu Lucy ?

— En effet.

— Est-ce qu'elle est... heu... morte ?

— Raide morte.

— Mais tu es sûre ?

— Absolument », dit Hannah en s'efforçant de garder une voix ferme.

Le spectacle qu'elle avait aperçu dans le faisceau de sa torche ne laissait planer aucun doute. Lucy n'aurait plus jamais besoin d'ambulance. « Vas-y, fais ce que je te dis, Andrea. Dépêche-toi. Appelle-le, et après mange deux ou trois cookies. La nuit risque d'être longue. »

La voiture de patrouille arriva en un temps record. Hannah ressentit un immense soulagement en voyant apparaître Bill et Mike. Dans des moments comme celui-ci, la présence de deux policiers formés à gérer les pires situations avait quelque chose de réconfortant.

Mike se dirigea droit vers elle.

« Que s'est-il passé ?

— C'est Lucy Richards. Elle est dans sa voiture. Morte.

— Vous en êtes sûre ?

— Certaine. Allez chercher Bill et suivez-moi. Je vais vous montrer. »

Le garage s'allumait grâce à une ampoule reliée à un cordon. Hannah tendit la main pour tirer dessus mais s'arrêta avant de le faire.

« Je peux ?

— Allez-y. Cette matière ne garde pas les empreintes. Avez-vous touché quelque chose en entrant ?

— Le flanc de la voiture et la porte du garage, mais nous portions des gants l'une et l'autre.

— Et la portière côté passager ? demanda Bill.

— Je ne l'ai pas ouverte. J'ai juste regardé par la vitre avec ma torche. J'ai tout de suite compris qu'elle... heu... qu'elle était morte.

— Et Andrea ? renchérit Bill, inquiet. Elle était avec toi quand tu as trouvé Lucy ?

— Oui, mais elle n'a rien vu. J'ai éteint aussitôt et je lui ai dit de retourner au break pour t'appeler. Elle sait que Lucy est morte mais rien de plus. »

Bill parut soulagé. Il la prit dans ses bras.

« Merci, Hannah.

— Vous pouvez regagner votre véhicule, intervint Mike. Mais ne partez pas. Nous avons des questions à vous poser. »

Hannah ne se le fit pas dire deux fois. Heureuse de leur passer la main, elle courut vers son break. Revoir le cadavre de Lucy Richards aurait été au-dessus de ses forces, de toute façon. Elle avait reçu une balle dans la nuque, en mode exécution. Hannah respira l'air glacial de la nuit. Il sentait la résine de pin et le bois brûlé. Un voisin devait faire une flambée.

En voyant sa sœur s'installer au volant, Andrea se tourna et lui demanda :

« Bill est en colère contre moi ?

— Non. Il m'a même remerciée de t'avoir épargné la vision du cadavre.

— Oh, tant mieux. » Andrea soupira. « Qu'est-ce qu'ils t'ont demandé ?

— Si nous avions touché à quelque chose. Rien d'autre. Ils viendront nous interroger tout à l'heure.

— Doit-on leur dire qu'on est entrées dans l'appartement de Lucy ?

— Oui, mais juste la seconde fois. Comme Vera est au courant, il serait idiot de mentir. En plus, cela nous permettra de justifier notre incursion dans le garage.

— Tu crois ?

— Je dirai que nous avons trouvé l'appartement sens dessus dessous, ce qui est vrai, que nous avons pensé à un cambriolage et que nous nous inquiétions pour Lucy. Et comme personne ne l'avait vue de la journée, nous avons voulu savoir si sa voiture était toujours là ou si elle avait quitté la ville.

— Oui, mais comment expliquer que nous n'avons pas parlé du cambriolage à Vera ?

— Nous avions peur qu'elle ne pique une crise de nerfs. À ce moment-là, nous ignorions qu'il était arrivé malheur à sa nièce. Nous avions prévu de nous renseigner et de repasser la voir plus tard. »

Andrea ne semblait pas rassurée pour autant.

« On ne dira pas qu'on est déjà passées en début de matinée, alors ?

— Non, à moins qu'ils nous posent la question.

— Bien. Tu vas leur montrer les photos du meurtre de Boyd ?

— Il le faudra bien, répondit Hannah d'une voix sinistre. C'est peut-être à cause d'elles que Lucy est morte.

— Ils vont te demander ce qu'elles font en ta possession, tu ne crois pas ? »

Hannah se prit la tête entre les mains. Andrea posait trop de questions.

« Je trouverai une excuse au dernier moment. Passe-moi les croustillants au cacao, Andrea. J'ai besoin d'un remontant. Et prends-en toi aussi. Quand tu auras la bouche pleine, tu ne poseras plus de questions agaçantes. »

Les deux sœurs mangèrent en silence. Hannah se sentait déjà mieux, plus détendue, plus lucide. Elle était prête à reprendre la discussion.

« Bon, vas-y, envoie.

— Envoie quoi ?

— Pose-moi tes questions.

— Vraiment ? » Les sourcils d'Andrea se rapprochèrent. « Je croyais qu'elles étaient agaçantes ?

— Elles l'étaient, oui, mais maintenant je suis rétablie.

— Tu avais quel genre de maladie ?

— Une carence en chocolat. Comment je compte expliquer que la pellicule de Lucy soit en ma possession ? C'est bien cela ?

— Oui.

— Quand ils m'interrogeront, je n'entrerai pas dans les détails. Je dirai juste que je l'ai trouvée ce matin et que j'ai demandé à Norman de la développer.

— Mais ils voudront savoir où tu l'as trouvée.

— Non, dit-elle en secouant la tête. Quand ils auront les photos sous les yeux et réaliseront qu'il s'agit de la scène de crime, ils s'en tiendront là. Vois-tu, Andrea, si Bill et Mike apprennent que nous avons obtenu cette pellicule par des moyens illégaux, ils ne pourront pas s'en servir pour poursuivre le meurtrier. En revanche, s'ils ne savent rien, ils l'inculperont sans craindre de voir leur preuve invalidée par la cour.

— Je comprends. Mais est-ce que Bill et Mike sont assez malins pour suivre le même raisonnement que toi ?

— Je les aiderai à l'être. » Hannah leva les yeux et, à travers le pare-brise, vit les deux policiers sortir du garage. « Ils arrivent. Prends les photos dans la boîte à gants. Celles du meurtre uniquement. Elles sont dans une enveloppe séparée.

— Et les autres ?

— Tu les laisses où elles sont. S'ils t'interrogent, fais semblant d'être encore sous le choc. Je parlerai à ta place. »

Andrea chercha dans la boîte à gants et lui remit l'enveloppe. Hannah la glissa dans la poche de sa parka. Un instant plus tard, Bill ouvrait la portière, se baissait et serrait sa femme contre lui.

« Tu vas bien, mon cœur ?

— Oui… je crois. Je suis juste un peu… choquée. »

Hannah soupira de soulagement. Andrea, qui était d'un calme olympien une minute auparavant, s'était remise à trembler comme une feuille. Franchement, elle aurait mérité un Oscar.

« Hannah ? » Mike ouvrit la portière côté chauffeur. « J'ai des questions à vous poser.

— D'accord. » N'ayant pour sa part aucun talent de comédienne, elle se félicita d'avoir opté pour la franchise. « Chez vous ou chez moi ? »

Mike esquissa un sourire mais se rembrunit aussitôt. On ne plaisantait pas avec les homicides.

« On va se mettre dans le véhicule de patrouille, il y gèle

moins que dans votre break. Vous n'avez toujours pas fait réparer le chauffage ?

— Il est réparé. C'est juste qu'il n'est pas efficace. »

Hannah descendit et fit signe à Andrea de la suivre. Elle redoutait que seule à seul avec Bill, sa sœur finisse par tout avouer.

« Viens, allons vider notre sac dans un endroit tempéré. »

Chapitre 19

À peine Mike eut-il ouvert la porte arrière du véhicule de police que Hannah poussa Andrea sur la banquette et s'engouffra après elle. Les deux hommes n'eurent d'autre solution que de s'installer à l'avant, comme Hannah l'avait souhaité. Ce dispositif était plus commode à ses yeux. Si jamais Andrea se laissait aller aux confidences, Hannah pourrait ainsi la remettre facilement sur les rails en lui décochant de discrets coups de pied ou de coude.

Mike pivota sur son siège.

« Hannah, vous connaissiez Lucy. D'après vous, pourquoi l'a-t-on tuée ?

— Je l'ignore », répondit-elle sans mentir.

Elle n'avait aucune certitude sur ce point, juste une forte intuition.

« Et toi ? demanda Bill à sa femme. Qui aurait pu faire ça, à ton avis ?

— Je... je ne sais pas trop. Peut-être que... Dis-leur, Hannah. »

Celle-ci vola à son secours.

« Andrea veut parler de l'individu qui s'est introduit par effraction dans l'appartement de Lucy. Nous y étions voilà quelques minutes. C'est un vrai chantier, tous les tiroirs ont été retournés, ses affaires gisent en tas sur le sol. Manifestement, il cherchait quelque chose. C'est à cause de cela que nous sommes allées dans le garage. Nous voulions vérifier si la voiture de Lucy y était toujours. »

Hannah vit le regard insistant de Bill et comprit qu'il se remémorait la fois où elles avaient pénétré nuitamment au domicile de Max Turner.

« Comment êtes-vous entrées chez Lucy ? demanda-t-il. J'espère au moins que vous n'avez pas fait de bêtises.

— Pas du tout, répondit Hannah avant qu'Andrea puisse ouvrir la bouche. Vera Olsen nous a donné la clé. »

Bill regarda sa femme d'un air perplexe.

« Mais pourquoi êtes-vous montées chez Lucy ?

— Parce que nous ne l'avions pas vue de toute la journée. Rappelle-toi, je t'ai même demandé si tu l'avais croisée. Et... nous étions inquiètes.

— Tu voulais qu'elle te donne une copie des photos qu'elle avait prises de Tracey. C'est bien cela ?

— En effet. » Andrea frissonna légèrement, mais juste pour la galerie puisque le chauffage marchait à fond et que les grilles de ventilation se trouvaient à l'arrière. « À la base, c'était de cela que je souhaitais lui parler. Mais Hannah aussi avait quelque chose à lui dire.

— Qu'aviez-vous à dire à Lucy ? » intervint Mike.

Hannah sauta sur l'occasion pour débiter son histoire.

« Je voulais lui faire part de mes soupçons.

— Quels soupçons ?

— Au sujet du meurtre de Boyd Watson. J'avais découvert quelque chose et je préférais m'adresser à elle. Un *professionnel* comme vous m'aurait dit de ne pas m'en mêler. Je me trompe ? »

Le voyant cligner des yeux, Hannah comprit qu'elle avait fait mouche. Mike se souvenait de l'avoir un peu trop durement dissuadée de marcher sur ses plates-bandes.

« Je crois que j'ai été injuste envers vous, ce jour-là, reconnut Mike. Si je revenais sur mes paroles ?

— Cela ne changerait rien », répliqua-t-elle.

Un homme comme Mike ne revenait jamais sur ses paroles, il ne faisait que les répéter sous une autre forme.

« Allons, Hannah, insista-t-il en esquissant un geste d'apaisement. J'ai vraiment besoin de votre aide. Oubliez ce que j'ai dit et parlez-moi de ce que vous avez découvert. »

Sachant qu'elle n'obtiendrait rien de mieux en matière d'excuses, Hannah résolut de poursuivre sans rechigner.

« Très bien. Mais si au lieu de vous en parler je vous le montrais ?

— Quoi ? Vous n'avez quand même pas... » Mike s'interrompit, respira et reformula sa question : « Auriez-vous trouvé un indice ? »

Mike ne demandait qu'à s'améliorer, manifestement. Hannah décida de le récompenser pour son effort et lui tendit les trois clichés montrant le meurtre de Boyd. S'il réagissait bien, elle lui remettrait l'agrandissement que Norman avait fait du bouton de manchette de l'assassin.

« J'ignore s'il s'agit d'un indice au sens technique du terme, mais ces photos expliquent peut-être pourquoi Lucy a été tuée. »

Mike alluma le plafonnier. Bill et lui se penchèrent sur les images.

« Est-ce Lucy qui a pris ces photos ? demanda Mike.

— Elles ont été prises avec son appareil, répondit Hannah avant d'ajouter en se souvenant des paroles de Norman : j'ignore à quelle heure exactement, mais d'après mes estimations, c'était entre mercredi 17 heures et jeudi matin très tôt.

— Et vous pensez qu'il s'agit du meurtre de Boyd Watson ?

— Absolument. »

Bill semblait dubitatif.

« Ce n'est pas évident, dit-il. La tranche horaire correspond, mais ces images sont trop sombres pour prouver quoi que ce soit.

— Je suis d'accord, abonda Mike. Elles n'auraient aucune valeur devant un tribunal. Si vous avez les négatifs, notre photographe pourra peut-être obtenir mieux.

— Non, dit Hannah en secouant la tête. Il n'y arrivera pas, Mike. C'est Norman qui sur ma demande a développé et tiré ces photos. Et il est plutôt doué. Votre collègue peut toujours essayer, mais ce sera une perte de temps.

— Attends une minute, dit Bill en plissant les yeux. C'est Norman qui les a tirées ? Quand cela ?

— Ce matin. Je lui ai porté la pellicule peu après l'avoir trouvée. Dans votre intérêt, je n'en dirai pas plus.

— Vous avez donné la pellicule de Lucy à *Norman Rhodes* ? s'écria Mike, scandalisé.

— Exact. J'ignorais ce qu'il y avait dessus, mais je savais que si je l'apportais à votre bureau vous me poseriez des tas de questions. La confier à Norman m'a paru beaucoup plus simple.

— Mais comment t'es-tu débrouillée pour... » Bill s'arrêta juste à temps. « Devons-nous savoir comment tu as mis la main sur cette pellicule ?

— Non. Ce n'est pas essentiel. »

Sa réponse le contraria visiblement, mais il laissa tomber l'affaire.

« Alors, d'après toi, c'est Lucy qui a pris ces photos ?

— J'en suis sûre à quatre-vingt-dix pour cent. J'aurais aimé lui poser la question mais malheureusement... Il s'agit donc d'une simple intuition. Je ne suis pas une...

— ... professionnelle, la devança Mike.

— Je ne vous le fais pas dire. Ma théorie vous intéresse ? »

Les deux hommes hochèrent la tête en même temps. Voyant Mike se pencher vers elle par-dessus le dossier de son siège, Hannah se félicita d'avoir été ferme avec lui. Non seulement il ne lui parlait plus sur un ton condescendant, mais sa posture montrait clairement qu'il avait hâte de connaître son opinion. Un sacré progrès en l'espace de quelques minutes.

« Je pense que Lucy était présente le soir où Boyd a été assassiné, reprit-elle. Et qu'elle a photographié la scène. Si on n'y voit presque rien c'est parce qu'elle n'a pas utilisé de flash.

— Logique, dit Mike. D'après vous, le tueur se serait rendu compte qu'elle était sur place ?

— Absolument. Et il l'a tuée à son tour pour éviter qu'elle ne le dénonce.

— Ça s'est passé quand, à votre avis ? demanda Mike.

— Je ne fais que supposer.

— Ne vous gênez pas. » Mike lui adressa un grand sourire. « Jusqu'à présent, vos suppositions nous ont bien aidés. »

Hannah lui renvoya son sourire, ravie d'être enfin reconnue à sa juste valeur.

« Selon Dick Laughlin, Lucy a passé la soirée d'hier à l'auberge de Lake Eden. Il l'a vue partir à minuit. Ce matin, à 7 heures, elle avait rendez-vous au cabinet de Norman mais elle ne s'est pas présentée.

— Donc elle a été tuée entre minuit et 7 heures du matin ?

— C'est ce que je pense. Lucy n'a pas appelé Norman pour annuler son rendez-vous, et comme, d'après lui, elle n'avait jamais été en retard, j'en conclus qu'elle était déjà morte à ce moment-là.

— Bien. » Mike sortit son calepin pour noter la tranche horaire. « J'espère que le Dr Knight sera en mesure d'affiner cette estimation. Réfléchissons à la manière dont les choses ont pu se passer. L'assassin de Boyd se rend chez Lucy entre minuit et 7 heures du matin, la tue dans le garage et monte à son appartement pour chercher les photos qui l'incriminent. Ça vous paraît correct ? »

Craignant qu'Andrea les trahisse en admettant qu'elles étaient chez Lucy à 7 heures du matin, Hannah lui donna un petit coup de coude.

« Pas tout à fait, se dépêcha-t-elle de répondre. Je pense qu'il l'a tuée et qu'il est parti. Peut-être a-t-il vu de la lumière chez les voisins, ou autre. En tout cas, il a paniqué, il s'est enfui et il est revenu plus tard chercher la pellicule.

— Comment savez-vous qu'il n'a pas fait cela juste après le meurtre ? »

Mike s'interrompit. Bill venait de lui écraser le pied.

« Je ne dois pas poser cette question ?

— Il vaut mieux éviter, en effet, confirma Hannah. Je vous donne juste mon avis sur le déroulement des faits. N'allez pas fouiller plus loin, Mike. »

Malgré son évidente impatience, Mike parvint à se maîtriser.

« OK. Savez-vous quand le tueur est revenu chercher la pellicule ?

— Entre 7 h 45 et... » Hannah se tourna vers Andrea. « À quelle heure Vera nous a-t-elle donné sa clé ?

— 21 heures. J'ai regardé ma montre avant qu'on prenne l'escalier.

— Je pensais à un truc. » Bill fixa Hannah comme si quelque chose l'effrayait. « Y a-t-il une chance pour que le tueur sache que c'est toi qui as la pellicule ? Je veux dire, il a peut-être fait parler Lucy avant de la tuer. Dans ce cas, tu pourrais avoir de gros problèmes !

— Détends-toi, Bill. Le tueur ne peut pas le savoir.

— Vous en êtes sûre ? »

Mike semblait inquiet, lui aussi.

« Certaine. Il croit l'avoir trouvée et détruite. Il a déroulé toutes les bobines. Vous les verrez quand vous inspecterez son appartement.

— Attends une seconde. » Bill semblait de nouveau perdu. « Pourquoi les avoir détruites ? Il aurait pu les emporter et les faire développer.

— Impossible, sauf s'il dispose d'une chambre noire.

Réfléchis, Bill. Tu l'imagines demandant au drugstore de Lake Eden de développer des photos qui l'accusent ?

— Vous avez raison, reconnut Mike.

— Évidemment. Et j'ai encore une pièce intéressante à vous faire voir, si vous voulez.

— Vous avez dit *voir*, nota Mike. Donc, il s'agit d'une autre photo. »

Hannah la lui tendit.

« Un agrandissement du dernier cliché, celui où le tueur lève le bras. Cette tache claire, c'est un bouton de manchette éclairé par un rayon de lune. »

Mike observa attentivement l'image puis la donna à Bill.

« On dirait une tête de cheval. Un bijou ancien, apparemment.

— Et très rare, intervint Andrea. J'ai fait un saut chez notre mère dans l'après-midi pour consulter ses catalogues de ventes aux enchères, et je suis tombée sur une paire similaire adjugée sept mille dollars. »

Hannah se tourna vers Andrea, surprise. Elle ignorait que sa sœur avait accompli une telle démarche.

« Quand as-tu trouvé le temps ?

— Juste après que John et Wendy ont succombé et décidé d'acheter la ferme.

— Évite de dire *succomber*, lança Hannah pour plaisanter. Surtout avec un tueur en liberté dans les parages. »

Mike éclata de rire, suivi par Bill et Andrea. Ça faisait du bien de relâcher un peu la tension qui n'avait cessé de grimper depuis le premier meurtre. Ils riaient toujours lorsque l'Explorer du Dr Knight s'engagea dans l'allée, venant leur rappeler que la mort avait frappé non loin de là.

« J'ai encore un truc à vous dire, reprit Hannah tandis que Mike descendait de voiture pour accueillir le médecin.

— Ça peut attendre. » Mike fit signe à Bill de le suivre. « Restez ici le temps qu'on lui expose la situation.

— De quoi s'agit-il ? demanda Andrea dès qu'elles furent seules.

— J'ai du nouveau. » Elle redoutait de lui parler des quatre heures de visionnage qui les attendaient. « Attends que Mike et Bill reviennent. »

Andrea sourit, apparemment satisfaite par sa réponse.

« Tu as été géniale, tout à l'heure, Hannah. Tu leur as dit ce qu'ils avaient besoin de savoir, ni plus ni moins. Et tu n'as même pas menti pour le reste. Tu as juste... quelle est l'expression exacte ?

— Botté en touche ?

— Exactement. Tu as botté en touche et ils n'ont pas bronché. Tu sais, Hannah ? Je ne devrais peut-être pas dire ça, mais je crois que tu ferais des merveilles dans l'immobilier. »

« Alors, Hannah, tu es contente ? demanda Andrea pendant qu'elles roulaient sous la neige en direction du lycée.

— Contente ?

— Que Mike ait bien voulu nous laisser poursuivre nos recherches. Qu'il nous ait permis de visionner les chutes.

— Oui, très. »

Hannah pénétra sur le parking sans faire de commentaires. Elle jugeait inutile de moucher l'enthousiasme de sa sœur en lui expliquant les véritables motifs de cette apparente générosité. Le fait qu'elles se coltinent quatre heures de vidéo épargnerait aux *vrais* détectives un travail pénible et probablement inutile. Et surtout, pendant qu'elles seraient à l'abri dans le camion de la chaîne KCOW en compagnie du technicien de nuit, ils n'auraient pas à s'inquiéter pour elles. Mike n'avait rien trouvé de mieux en matière de protection rapprochée. Mais peut-être se montrait-elle injuste envers lui. Après tout, cela partait d'un bon sentiment.

« Franchement, ça ne t'embête pas de visionner les bandes avec moi ?

— Pas du tout. Je suis même impatiente. Je vais peut-être trouver de chouettes séquences avec Tracey. Mason Kimball est vraiment sympa d'avoir proposé de les mettre sur cassette, non ?

— Si », répondit machinalement Hannah.

Mason l'intéressait surtout à cause de ses boutons de manchettes. La prochaine fois, elle lui demanderait s'il avait parlé à sa femme de la paire avec des têtes de chevaux. Cela ne donnerait sans doute rien, mais il fallait explorer toutes les pistes. Après tout, ces pièces valaient cher, et même si le bijoutier du centre commercial les avait vendues, il possédait peut-être encore les coordonnées de l'acheteur.

« Bill a dit qu'il en avait pour deux heures au minimum, poursuivit Andrea. Il viendra me chercher quand il aura fini. J'espère qu'il sera en retard. J'aimerais bien regarder tous les rushes.

— On verra. » Hannah contourna le bâtiment et se gara près du car régie. « Bon, on y est. Prends les cookies à l'arrière. Je n'ai toujours rien mangé et mon estomac gargouille.

— Oups. » Andrea tendit le bras pour attraper le sac. « Je viens de finir le dernier. Tu veux qu'on passe au Quick Stop acheter un truc à grignoter ? »

Hannah se serait bien laissé tenter mais un aller-retour au Quick Stop prendrait au moins quinze minutes, et il était déjà presque 23 heures.

« Non, tant pis. Rester à jeun quelques heures de plus ne me tuera pas. Je mangerai plus tard en rentrant chez moi.

— Moshe doit être impatient de te retrouver. C'était si mignon tout à l'heure, quand tu as ouvert ta porte et qu'il t'a sauté dans les bras. Je crois que tu lui manques beaucoup quand tu t'absentes toute la journée.

— Ce qui lui manque, c'est sa dose de croquettes », répondit Hannah, même si elle n'y croyait pas vraiment.

Sa sœur avait raison, Moshe était heureux de la retrouver chaque soir. Cette pensée lui fit chaud au cœur.

Elles grimpèrent les marches métalliques et frappèrent à la porte du camion. Hannah entendit des pas. L'homme qui vint leur ouvrir portait une barbe, une queue-de-cheval et un diamant piqué dans l'oreille gauche.

« Hannah Swensen ? s'enquit-il.

— Elle-même. Mason Kimball m'a permis de visionner les enregistrements que Rudy a effectués mercredi soir. Ma sœur Andrea a proposé de m'aider.

— Pas de problème. » Le technicien se tourna vers Andrea et sourit. « Entrez, je vais vous montrer. Je suis P. K. »

Hannah se demanda de quoi P. K. était l'abréviation, mais pas longtemps. Cela n'avait pas la moindre importance. Elles le suivirent dans un étroit passage donnant sur une sorte de réduit vers le fond du camion. P. K. les invita à y pénétrer.

« La cabine de projection de Mason. Il veut bien que vous l'utilisiez. Installez-vous, j'apporte les vidéos. »

Hannah était impressionnée. La pièce exiguë, sans ouverture sur l'extérieur, était tout de même équipée de deux fauteuils pivotants séparés par une table. En face, un écran de télévision fixé à la cloison et un magnétoscope de taille impressionnante posé sur un chariot.

« Pas mal, dit Andrea en s'installant le plus confortablement possible. Ce serait plus joli s'ils avaient mis du papier peint au lieu de ces boiseries sombres, mais je trouve l'ensemble assez douillet.

— Douillet ? » Hannah regarda les cloisons nues qui les entouraient. « Personnellement, l'adjectif "douillet" m'évoque davantage des canapés en velours, des tapis moelleux ou ce genre de choses.

— C'est que tu ne connais pas le jargon de l'immobilier. Un studio minuscule est qualifié de douillet, un grand salon de spacieux et on ne dit pas cuisine mais rêve de gourmet. »

Un moment plus tard, P. K. réapparut avec quatre cassettes rangées dans leurs coffrets noirs. Comme elles étaient plus grosses que les VHS classiques, Hannah supposa qu'il s'agissait du format trois quarts de pouce mentionné par Rudy. P. K. glissa la première dans le magnétoscope.

« Je lance l'enregistrement, et après je vous dis comment marche la télécommande. Vous savez vous servir d'un magnétoscope, j'imagine.

— Oui, mais le mien est nettement plus petit, répondit Hannah.

— Les commandes sont quasiment les mêmes. C'est juste que la cassette est d'une taille supérieure.

— Moi aussi, j'ai un magnétoscope à la maison », s'immisça Andrea en souriant au technicien qui s'appuyait d'une main sur le dossier de son fauteuil.

Elle lui avait tapé dans l'œil, se dit Hannah. De fait, elle était jolie comme un cœur avec son pantalon cigarette noir et son pull rose angora. Andrea faisait craquer tous les hommes.

« Dans ce cas, vous n'aurez pas de problème avec celui-ci. » P. K. leva la télécommande pour qu'Andrea suive sa démonstration. « Vous avez les boutons "Play", "Stop", celui qui permet d'avancer rapidement, de revenir en arrière. Là, ce sont les touches "Arrêt sur image", "Pause" et "Recherche". »

Hannah avait envie de hurler. Andrea n'avait jamais tenu une télécommande de sa vie ; à la maison, c'était toujours Bill qui réglait le magnétoscope. Mais ça ne l'empêchait pas de hocher la tête avec sagacité, au grand plaisir de P. K.

« Il faut juste éviter de toucher ce cercle au milieu, ajouta-t-il. Vous n'en avez pas besoin, de toute façon. Savez-vous ce qu'est un *time code* ? »

Andrea fit signe que non et se tourna vers sa sœur.

« Et toi ?

— Mason m'en a parlé. Il m'a dit de noter les *time codes* encadrant la séquence qui m'intéresse et que vous m'en feriez une copie.

— Sans problème. » P. K. réussit à lâcher Andrea du regard le temps de lui répondre. « Les *time codes* sont les chiffres qui défilent au bas de l'écran. Ils s'inscrivent automatiquement au moment de la prise de vues. Au début, on ne voit qu'eux, mais à la longue, on finit par les oublier. »

P. K. fit démarrer l'enregistrement. Le lycée apparut en plan large et, en effet, une barre de chiffres s'afficha en dessous, comme un chronomètre égrenant les fractions de seconde. On avait à peine le temps de les lire.

« Quand vous aurez trouvé ce que vous cherchez, vous ferez un arrêt sur image. » P. K. joignit le geste à la parole. « Ensuite, vous reviendrez en arrière et vous inscrirez le chiffre correspondant au début de la séquence.

— OK, je crois que j'ai compris, dit Andrea. On note le chiffre du début et celui de la fin.

— Exactement. C'est ce qu'on appelle définir une séquence au moyen des *time codes*. Cela m'indiquera à la fois la partie de l'enregistrement que vous souhaitez dupliquer et sa durée. » Il refit la démonstration et tendit la télécommande à Andrea, comme si Hannah n'existait pas. « Je vais vous chercher des blocs et des stylos dans le bureau de Mason.

— Merci, fit Andrea, tout sourire. Nous sommes désolées de troubler votre soirée. »

Hannah attendit que P. K. eut disparu pour se tourner vers sa sœur.

« Pourquoi tu as dit *troubler* ? Je trouve ce terme un peu ambigu, pas toi ?

— Il fallait bien que je dise quelque chose. » Andrea haussa les épaules. « Il est tellement gentil.

— Un peu trop, à mon goût. Et toi, tu l'encourages.

— D'accord, le flirt est ma seconde nature. Bill en est bien conscient et ça lui est égal. Il sait que je n'irai jamais plus loin, de toute façon. Il me connaît assez pour savoir que je me sers de mon charme uniquement pour arriver à mes fins. »

Hannah trouvait que c'était une manière originale d'exprimer les choses, mais sa sœur avait le mérite de la franchise.

« Et à quelles fins souhaites-tu arriver avec P. K. ?

— Je voudrais du café bien chaud. Si je souris encore deux fois et que je frissonne en même temps, je suis sûre qu'il nous en apportera. »

Chapitre 20

Visionner des chutes avait un petit côté excitant, surtout au début, quand on reconnaissait des amis ou des proches. Au cours de la première demi-heure, Hannah et Andrea restèrent scotchées à l'écran, stylo en main, puis le temps passant, l'attrait de la nouveauté disparut. Comme Rudy avait tourné des images destinées à être montées sur une bande musicale, il n'avait pas cherché à capter des paroles ou des conversations. D'où le désagréable bruit de fond qui ne faisait qu'accroître l'ennui des deux téléspectatrices. De temps à autre, elles entendaient la voix de Rudy donnant des indications aux divers protagonistes de la scène qu'il était en train de filmer sans jamais leur demander de venir s'exprimer face à la caméra.

Tandis que les véhicules des candidats roulaient en file indienne sur la route reliant l'auberge de Lake Eden à l'auditorium du lycée Jordan, Andrea poussa un soupir d'agacement.

« Il n'y a que des voitures, Hannah. Et c'est filmé de tellement loin qu'on n'aperçoit pas les gens à l'intérieur.

— Mason m'avait prévenue que ce serait ennuyeux, lui rappela sa sœur.

— Oui, je sais. Mais à ce point-là, je n'aurais jamais imaginé. Combien de temps reste-t-il ? »

Hannah jeta un œil sur le *time code* au bas de l'écran.

« Trois heures et trente minutes.

— Et si tu sautais ce passage ?

— Je ne préfère pas. On risquerait de rater quelque chose. »

Andrea reprit une gorgée du café que P. K. leur avait apporté.

« Tu as raison, bien sûr, concéda-t-elle. Quelle est la voiture de M. Avery ?

— La Ford bleu foncé. Mais nous l'avons rayé de la liste des suspects.

— On a fait ça ?

— Oui. Sally et Dick ont tous les deux affirmé que sa femme et lui faisaient la fête chez eux au moment où Boyd a été tué. Par acquit de conscience, j'ai demandé et obtenu confirmation auprès de Jeremy et Belle Rutlege.

— Bon, M. Avery n'a pas tué Boyd, mais ça ne veut pas dire qu'il n'a pas pu tuer Lucy. Après tout, elle le faisait chanter. Le meurtrier de Lucy est forcément l'une de ses victimes. Imagine que M. Avery, ou quelqu'un d'autre, ait voulu se venger d'elle ou mettre la main sur les pièces dont elle se servait pour lui soutirer de l'argent. Il ignore que c'est nous qui avons les tirages et les négatifs. »

Hannah secoua la tête. Le raisonnement d'Andrea ne tenait pas debout.

« Tu oublies les pellicules déroulées. Pourquoi une personne n'ayant pas commis le premier meurtre se serait-elle donné la peine de faire cela ?

— Je n'en sais rien. » Andrea réfléchit un instant. « Pour empêcher Lucy de s'en prendre à quelqu'un d'autre ?

— Lucy était déjà morte. Comment aurait-elle pu s'en prendre à qui que ce soit ?

— C'est vrai. » Andrea se frotta les yeux. « Tu es sûre que Boyd et Lucy ont été tués par le même individu ?

— Certaine.

— Et tu ne veux vraiment pas remettre le reste des photos à la police ?

— Non, répondit Hannah, catégorique. Les victimes de Lucy ont assez souffert, et nous savons qu'aucune d'entre elles n'est coupable. »

Andrea n'était toujours pas convaincue.

« Redis-moi pourquoi, s'il te plaît.

— C'est bien un homme qu'on aperçoit sur les photos avec Boyd, n'est-ce pas ? Donc, on commence par éliminer Claire parce que c'est une femme, ensuite le maire Bascomb parce qu'il est nettement plus grand que le meurtrier. Et nous savons que M. Avery a un alibi. Tu vois qui, à part ça ?

— Norman. On a oublié Norman. Je ne crois pas une seule seconde qu'il ait tué Boyd ou Lucy, mais il n'est pas officiellement rayé de la liste.

— Bien sûr que si. Je lui ai restitué les documents qui le concernaient. Il n'avait plus aucune raison de tuer Lucy et de fouiller son appartement, surtout qu'il était au courant de nos faits et gestes. En plus, c'est lui qui a eu l'idée d'agrandir l'image du bouton de manchette. Il n'aurait pas fait cela s'il avait eu quelque chose à se reprocher.

— Tu as raison. » Andrea soupira bruyamment. « C'est juste que la fatigue me brouille les idées.

— Reprends du café. »

Hannah saisit la verseuse et remplit la tasse de sa sœur.

« Il a un goût amer. » Andrea fit la grimace. « Même mon café instantané est meilleur.

— Je sais, mais il te maintiendra éveillée jusqu'à ce que tu rentres te coucher. Essaie de te concentrer. Regarde, ils sont arrivés devant le lycée. »

Elles observèrent les candidates qui entraient dans l'auditorium et les voitures qui s'éloignaient après les avoir déposées. Il y eut ensuite plusieurs plans fixes sur Herb occupé à vérifier les badges et faire signer la feuille de présence avant d'ouvrir les portes donnant sur le plateau de tournage et les espaces cuisine.

« Inutile de regarder cette séquence jusqu'au bout, fit remarquer Andrea. L'assassin de Boyd est un homme, et là, on ne voit que des femmes.

— Bon, d'accord, j'avance. Quand tu verras un homme, préviens-moi.

— Ça roule. »

Hannah percevait le découragement dans la voix d'Andrea et n'était pas loin de ressentir la même chose. Elle savait que les chances de repérer le tueur aux boutons de manchettes sur l'enregistrement étaient infimes, mais elle refusait d'abandonner.

« Sois vigilante, Andrea. Quand on verra entrer le public, il y a des chances pour qu'on aperçoive Tracey. Et toi, par la même occasion.

— Ah oui, j'avais presque oublié. Merci, Hannah. Je vais faire attention. »

Andrea sembla retrouver sa curiosité initiale. Hannah sourit discrètement. Elle savait que Tracey n'apparaîtrait qu'au bout de deux heures de visionnage, mais elle se garda bien de l'en informer.

« Merci pour ton aide, Andrea. » Hannah mit sur pause le temps de souhaiter bonne nuit à sa sœur, que Bill était venu chercher. « Je t'appelle demain matin.

— Après 8 heures.

— Pas folle. Je sais ce qu'il arrive aux imprudentes qui t'appellent aux aurores. »

Andrea mit quelques secondes à comprendre.

« Si tu fais allusion à Lucy, ce n'est pas très gentil, dit-elle avec une petite moue.

— Je n'ai jamais prétendu que j'étais gentille. Allez, rentre chez toi, Andrea. J'ai de quoi m'amuser pendant deux heures encore.

— Bonne chance. » Andrea s'éloigna puis se retourna. « Tu veux qu'on s'arrête quelque part et qu'on te rapporte un truc à manger ? Speedy Burger n'est pas très loin d'ici. »

Hannah aurait accepté avec joie. Elle imaginait déjà un burger bien saignant, un milk-shake, des rondelles d'oignons frits. Mais Andrea semblait épuisée et elle ne voulait pas abuser de sa bonne volonté.

« Ça ira, dit-elle en ravalant sa salive. Je peux tenir.

— Alors, à demain. »

Dès qu'Andrea eut franchi la porte du camion, Hannah rappuya sur « Play ». Elle en était à la séquence du buffet apéritif chez Sally et son estomac récriminait de plus belle. Le plat de champignons farcis, en particulier, lui fit endurer le martyre. Hannah savait que Sally les garnissait avec un délicieux mélange de chair à saucisse et de fromage. Pour faire taire ses gargouillis, elle reprit une gorgée de café.

Soudain, son regard fut attiré par un homme qui se tenait penché sur les bouchées au saumon fumé. Au moment où il tendit le bras pour en saisir une, un point lumineux apparut à son poignet. Le cœur battant, Hannah mit sur pause, rembobina, repassa la séquence, figea l'image et s'aperçut qu'il s'agissait d'un simple bouton de nacre. Elle soupira et relança la vidéo en redoublant de vigilance. Si elle piquait du nez et ratait quelque chose, elle devrait repartir en arrière. Et ça, c'était au-dessus de ses forces.

Hannah arrêta le défilement des images quatre fois encore durant la scène de l'auberge. La première à cause d'un bracelet en cuivre pour l'arthrite et la deuxième pour un bouton doré sur la manche d'un blazer bleu marine. Les troisième et quatrième fois, ce fut une montre-bracelet qui l'intrigua. Elle finissait par voir des boutons de manchettes derrière chaque plante verte.

Les dix minutes suivantes durèrent des heures. Hannah commençait à trouver le temps vraiment long quand, sur l'écran, le rythme s'accéléra. Les candidats quittaient l'auberge de Lake Eden pour regagner les véhicules. Se disant qu'à travers les carrosseries, elle aurait peu de chances d'apercevoir des boutons de manchettes, Hannah fit avancer la bande jusqu'à ce que les voitures s'arrêtent à nouveau devant le lycée, rétablit la vitesse de défilement normale pour regarder les candidates pénétrer dans l'auditorium, mais ne vit rien d'insolite.

Au plan suivant, Rudy avait de nouveau braqué sa caméra sur le parking, mais cette fois, pour filmer l'arrivée des spectateurs. Hannah émergea de sa torpeur. Elle venait d'apercevoir Delores dans la voiture de Carrie et ne put s'empêcher de sourire quand cette dernière, ayant pourtant choisi un bon emplacement, effectua une quantité impressionnante de manœuvres pour se garer.

La voiture de Bill était la deuxième de la file. Hannah mit sur pause et nota le *time code*. Andrea descendit, superbe, comme toujours. Tracey se tourna vers Rudy, lui fit un sourire, puis, en s'accrochant aux mains de ses parents, esquissa un petit saut et retomba sur ses pieds. Au moins, elle n'aurait pas entièrement perdu sa soirée, se dit Hannah. Andrea serait bien contente de récupérer ces images.

Elle nota le *time code* de fin puis relança la bande et se concentra sur les autres membres du public. Elle vit Betty Jackson stationner sa petite Honda et en descendre avec une souplesse étonnante pour une femme de sa corpulence. Puis elle avisa Phil et Sue Plotnik, ses voisins du rez-de-chaussée, sans leur bébé. Peut-être l'avaient-ils laissé à la mère de Sue, à moins qu'ils aient appelé une baby-sitter. Plusieurs fidèles clientes de Bertie Straub franchirent le seuil de l'auditorium, leurs permanentes bleues protégées par des foulards. Elles avaient sans doute passé l'après-midi chez Cut 'n Curl. Après quoi, ce fut au tour du shérif Grant, sanglé dans l'uniforme qu'il gardait pour les grandes occasions. Et enfin, M. et Mme Bascomb traversèrent le champ de la caméra.

Les habitants de Lake Eden semblaient impatients d'assister au spectacle. Mais il y avait aussi des inconnus, sans doute venus des villes avoisinantes. Elle les détailla l'un après l'autre, surtout les hommes, mais aucun d'entre eux ne portait de boutons de manchettes.

Quand tout le monde fut entré, Rudy pénétra à son tour dans le hall de l'auditorium. Hannah repéra Claire qui bavardait avec Marge Beeseman en ignorant soigneusement le maire et sa femme qui se tenaient pourtant à deux mètres d'elle. Hannah l'observa un instant et soupira. Si elle avait vu ces images une semaine auparavant, elle n'aurait rien remarqué. Il suffisait d'un rien pour qu'une scène revête un sens différent. Maintenant qu'elle connaissait la nature de leurs relations, elle distinguait dans leurs regards fuyants la gêne des amants illégitimes qui redoutent d'être démasqués.

Deux nouveaux venus se rangèrent en bout de file. Boyd Watson et sa sœur Maryann. Boyd se tourna pour saluer le père Coultas qui était arrivé juste après eux, en retard lui aussi. Maryann repéra des amis au loin et leur fit signe. Boyd ne donnait aucun signe d'agitation. Il souriait, discutait aimablement avec sa sœur. Il n'imaginait pas que son existence s'achèverait quelques heures plus tard.

Les images suivantes avaient été prises dans les coulisses. Hannah grimaça en se voyant de dos, marchant vers l'espace cuisine aménagé sur la scène. Sous la lumière vive des projecteurs, ses cheveux lançaient des reflets orange et ses épaules semblaient plus larges qu'à l'accoutumée. Elle remercia le monteur qui avait opportunément transformé ce plan en chute puis se promit de redoubler d'efforts pour perdre les cinq kilos qui la séparaient de la silhouette idéale.

Rudy zooma sur la longue table où les présentateurs du journal télévisé prenaient place. Dee-Dee Hughes était en grande conversation avec Rayne Phillips. Mais de quoi parlaient-ils ? Mystère : la séquence était muette. Hannah se vit poser une tranche de gâteau dans une coupelle à dessert et ne se trouva pas aussi grosse qu'au plan précédent. Rudy l'avait sans doute filmée de trop près quand il l'avait suivie dans les coulisses. Elle n'avait peut-être pas besoin de s'infliger un régime draconien, après tout.

Soudain, Hannah reconnut la loge à maquillage. Il y avait plusieurs personnes dans les fauteuils. Hannah chercha Tracey, et quand elle repéra sa frimousse émergeant de l'immense blouse qui la recouvrait jusqu'aux pieds, nota la tranche horaire pour Andrea. Ce faisant, elle s'aperçut non sans soulagement qu'il ne lui restait plus qu'une heure à visionner.

« Hannah ? »

Elle se retourna et vit P. K. debout derrière elle.

« Oui ?

— Cela ne vous ennuie pas que je vous laisse seule un moment ? Je ferais bien un saut chez Quick Stop pour acheter un truc à manger.

— Non, ça ne m'ennuie pas. Au fait, j'ai trouvé plusieurs séquences avec ma nièce.

— Vous n'aurez qu'à me donner leurs *time codes* et je les copierai sur une cassette pour votre sœur. Et vous ? Vous voulez quelque chose ?

— Juste la cassette d'Andrea.

— Non, pas ça. Je peux vous rapporter quelque chose du Quick Stop.

— Oh ! Oui, je veux bien ! » répondit-elle avec enthousiasme. Puis, se rappelant ses bonnes résolutions, elle fouilla dans son sac, sortit un billet de cinq dollars et le lui tendit. « Prenez-moi un grand Coca Light et autant de barres chocolatées que vous pourrez acheter avec cette somme.

— Des barres chocolatées et un Coca Light ? répéta P. K., amusé.

— J'ai besoin d'endorphines, d'où le chocolat, expliqua-t-elle en suivant sa propre logique. Mais rajouter du sucre au sucre serait inutile. »

P. K. fronça les sourcils. Il avait du mal à capter, apparemment. Pourtant il s'en alla sans faire de commentaires, se contentant d'un petit geste d'adieu.

Après son départ, Hannah relança la cassette. Mais l'atmosphère dans le camion avait changé. Dehors, le vent s'était levé et, à chaque rafale, on entendait gémir les cloisons métalliques. Bien que peu impressionnable de nature, elle sentit monter une légère angoisse. Et si le meurtrier savait qu'elle le traquait, s'il découvrait qu'en ce moment même, elle visionnait des vidéos à la recherche d'un individu portant des boutons de manchettes à têtes de chevaux. Peut-être avait-il tué le coach Watson sous le coup de la colère, mais Lucy, elle, avait été abattue de sang-froid. S'il se sentait en danger, peut-être attendait-il qu'elle soit seule, loin de chez elle, pour…

Hannah réussit à se calmer mais dut se répéter plusieurs fois que le tueur ne pouvait pas connaître ses intentions. Seules six personnes savaient où elle se trouvait et ce qu'elle faisait. Parmi elles, il y avait Mason Kimball, lequel la croyait à la recherche des gens ayant parlé à Boyd avant, pendant ou après l'émission ; Rudy, pour qui elle ne s'intéressait qu'aux choix faits durant le montage ; et P. K., qui était persuadé que les deux sœurs voulaient seulement des images de la petite Tracey. Il y avait également Andrea et Bill, mais ils savaient garder un secret. Quant à Mike, il n'aurait jamais parlé même sous la torture.

Hannah se rencogna dans son fauteuil et reprit la télécommande. Non, décidément, elle aurait eu tort de s'inquiéter. Elle était en sécurité dans ce camion. Son imagination débordante, associée au café ultra fort de P. K., s'amusait à lui jouer des tours. Elle appuya sur « Play » et soupira d'aise en lisant les chiffres au bas de l'écran. Dans une heure, elle pourrait rentrer chez elle et se reposer.

Elle grimaça en se voyant en un plan serré à la table du jury. On aurait dit que la chaleur des projecteurs faisait frisotter ses cheveux. Mais, après tout, les autres jurés non plus n'étaient pas des stars de cinéma, se dit-elle en suivant le panoramique sur ses voisins. Puis elle vit Boyd entrer dans le champ et se concentra sur lui. Il semblait tout excité d'avoir été choisi pour remplacer le juré défaillant, mais on aurait vainement cherché un signe de tension dans sa posture ou de peur sur son visage. Boyd échangea quelques mots avec elle. Comme leur dialogue avait été enregistré par la caméra nomade de Rudy, elle s'entendit lui expliquer comment noter les quatre desserts et inscrire ses appréciations sur les bulletins fournis à cet effet.

Boyd respirait la jeunesse, la santé. Malgré elle, Hannah ressentit un léger pincement au cœur. Boyd s'était comporté comme un salaud avec Danielle et sa disparition n'atténuait en rien sa responsabilité, mais il avait connu une fin horrible et son meurtrier devait être arrêté et puni à la hauteur de son crime.

La caméra de Rudy se déplaça vers les candidates qui mettaient la dernière main à leurs préparations. Hannah sourit en voyant la future gagnante, celle qui leur avait servi la tarte au citron, regarder tantôt la table des jurés tantôt ses assiettes à dessert, recentrer une part de tarte, essuyer une coulure avec un torchon à vaisselle puis reculer d'un pas et respirer à fond. Aurait-elle été plus sereine si elle avait su qu'elle serait sélectionnée pour la finale ? se demanda Hannah.

La séquence suivante lui arracha un éclat de rire. On y voyait M. Hart de dos se penchant pour ramasser le bulletin qui lui avait échappé. Cette position ne l'avantageait guère ; d'ailleurs, elle entendit Rudy marmonner à l'intention du monteur : « N'utilise pas ce plan ou on va tous se faire virer. » Après quoi, sur un signe du régisseur, les candidates montèrent sur le plateau avec leurs œuvres.

Pendant la phase dégustation, la régie lança le fameux interlude qui reprenait les moments forts de la journée. Hannah s'attendait à ce que Rudy filme l'écran géant où il était projeté, mais apparemment, il avait trouvé cette mise en abyme trop simpliste et préféré un panoramique sur le public, avec la bande musicale du montage en fond sonore. À un moment, la caméra passa sur le visage de M. Avery. Il semblait extrêmement nerveux, voire paniqué. C'était compréhensible étant donné le contexte. Peu de temps auparavant, il avait tenté de soudoyer Jeremy Rutlege et s'était fait prendre sur le fait par Lucy Richards.

Puis Hannah aperçut Maryann et, près d'elle, la chaise que Boyd avait quittée quelques instants plus tôt pour s'installer à la table du jury. Au lieu de s'intéresser à ce qui se passait sur l'écran, Maryann couvait du regard son petit frère adoré. Le public était calme et l'on n'entendait aucun bruit, excepté les inévitables toussotements des enrhumés.

Soudain, il y eut un grand fracas. Redoutant un

problème technique, Hannah se pencha vers le moniteur. Mais tout fonctionnait correctement. Puis un autre bruit retentit, semblable au premier. La bande vidéo n'y était pour rien. Ça venait de dehors. Il y avait quelqu'un sur le parking. Quelqu'un qui essayait d'entrer dans le camion.

Hannah se leva d'un bond, chercha autour d'elle et saisit la première chose qui lui tomba sous la main. Un pied de projecteur pliant, assez lourd pour servir d'arme. Munie de ce club de golf improvisé, elle s'engouffra dans le couloir.

La porte d'entrée était verrouillée mais ne semblait pas très solide. Hannah allait mettre en application une technique vue dans un film, à savoir caler une chaise sous la poignée, quand elle réalisa que le battant pivotait vers l'extérieur.

Elle déglutit et respira à fond pour tenter de maîtriser la panique qui enflait en elle. Tous ses sens en alerte, elle crut entendre le marchepied grincer sous le poids de l'intrus, mais c'était juste le vent qui bousculait le camion, lui arrachant des plaintes presque humaines.

Hannah était incapable de bouger tant ses genoux flageolaient. Le tueur se tenait peut-être à un mètre d'elle, derrière cette porte si fine qu'elle s'enfoncerait comme un rien. Une minute passa. Hannah attendit que son cœur ralentisse et fit un pas de côté, mais sans quitter des yeux la poignée de la porte, déterminée à se battre si nécessaire. Elle resta un long moment ainsi, les mains crispées sur son gourdin de fortune, terrifiée mais galvanisée par l'adrénaline qui fusait dans ses veines, à se répéter qu'elle faisait erreur, que ces bruits effrayants avaient été causés par le vent agitant le couvercle des bennes à ordures. Mais tout au fond d'elle-même, elle savait qu'il n'en était rien.

Chapitre 21

Hannah ne pouvait pas rester plantée là, à attendre que quelque chose se passe. Pourquoi avait-elle encouragé P. K. à la laisser seule ? Elle aurait mieux fait de l'accompagner chez Quick Stop. Ils seraient partis en fermant la porte à clé derrière eux, et, à l'heure actuelle, elle ferait la queue à la caisse de la supérette. Au lieu de cela, elle se retrouvait seule au milieu de nulle part, démunie face au danger qui la guettait sous les traits du meurtrier qui, ayant déjà liquidé Boyd Watson et Lucy Richards, n'hésiterait sans doute pas à éliminer une troisième personne.

Le cerveau de Hannah fonctionnait à plein régime. Que faire ? Appeler à l'aide. Mais comment ? Il y avait un téléphone à deux mètres d'elle, sur le bureau devant la fenêtre dont les stores vénitiens étaient entrouverts. À cet endroit, elle ferait une cible parfaite. Le tueur n'aurait qu'à viser et tirer à travers la vitre.

Une idée lui vint. Une seconde plus tard, elle se précipitait vers l'interrupteur, éteignait les lumières et se ruait sur le téléphone. Mais quand elle souleva le combiné pour composer le 911, plus de tonalité. La tempête avait sûrement endommagé les câbles reliant le car régie au réseau téléphonique.

Mais il y avait une autre explication, plus angoissante encore. Et si c'était le tueur qui avait coupé la ligne ? songea-t-elle en reposant d'une main tremblante le récepteur sur son socle.

Le cœur battant, Hannah se pencha pour regarder entre les lattes des stores. Rien ne bougeait sauf les milliards de flocons qui venaient cribler les parois du camion à chaque nouvelle bourrasque, faisant vibrer les plaques de tôle comme des peaux de tambour. Un battement sinistre qui rappelait la marche funèbre d'Anne Boleyn dans *La Vie privée d'Henry VIII*, une minute avant que la hache du bourreau ne s'abatte sur son cou.

Un frisson lui parcourut l'échine. Elle repoussa cette image sanglante le plus loin possible. C'était juste la neige, juste les flocons durcis par le gel qui frappaient le métal avec une force décuplée par la puissance du vent. Le ressenti, songea-t-elle tout à coup. Dehors, le thermomètre marquait moins dix, mais à cause du souffle glacial qui refroidissait les corps, on avait l'impression qu'il faisait moins vingt. Par un froid pareil, le tueur devait porter des gants. Pour pouvoir tirer, il les enlèverait, et grâce à cela elle gagnerait deux ou trois secondes. C'était mieux que rien.

Hannah balaya le parking du regard. Plus longtemps le tueur resterait sous la neige, plus ses doigts s'engourdiraient et plus il aurait de mal à presser la détente. Dans le silence entre chaque rafale, on n'entendait pas tourner de moteur. Cela signifiait que l'homme n'était pas assis dans son véhicule, chauffage allumé.

Un réverbère déversait une lumière rose orangé sur les formes alentour. Baignées par ce halo, les congères ressemblaient à d'énormes milk-shakes à la mangue. À l'endroit où la voiture de P. K. avait été garée quelques minutes auparavant, un rectangle sombre s'étirait encore au milieu de l'asphalte couvert de neige. Mais il blanchissait rapidement. À côté, le break de Hannah n'était plus vraiment rouge. Il tirait vers le rose saumon.

Hannah se rappela le pied-de-biche qu'elle gardait à l'arrière, près de la roue de secours. Elle l'aurait volontiers échangé contre le pied de projecteur en alu, mais il n'était pas question de sortir pour aller le chercher. Dans le camion au moins elle était à l'abri des balles.

Elle tressaillit. L'était-elle tant que ça ? Les parois résisteraient-elles aux impacts ou avait-elle intérêt à se réfugier sous un bureau en espérant que ses montants en fer la protégeraient ? Mais, par ailleurs, le tueur devait se douter que s'il vidait son chargeur sur le camion les tirs alerteraient les voisins, lesquels préviendraient le bureau du shérif. Non, il lui faudrait l'abattre du premier coup. À bout portant.

À force de fixer le parking obscur sans cligner les paupières de peur de rater un détail, ses yeux commençaient à brûler. Une question lui traversa l'esprit : où pouvait bien être le véhicule du tueur ? De l'autre côté, évidemment. Si elle parvenait à déchiffrer sa plaque d'immatriculation, elle inscrirait le numéro sur un papier qu'elle laisserait à l'intention de Mike et de Bill, au cas où...

Hannah s'interdit d'aller plus loin. Non, elle n'envisagerait pas le pire. Cela ne servirait à rien, sauf à lui faire perdre ses derniers moyens. Sans lâcher le pied en alu, elle s'avança dans l'obscurité vers l'autre bord du camion, se glissa derrière le meuble qui supportait le fax et la photocopieuse et poursuivit son chemin jusqu'à la fenêtre.

Dehors, il n'y avait rien. Absolument rien. De ce côté-ci, le parking était désert. Pourtant, le tueur était forcément arrivé en voiture. À moins que...

Hannah projeta son regard vers la rue qui bordait le lycée. C'était là que Danielle habitait. Elle vit plusieurs véhicules garés, mais à cette distance impossible de lire les chiffres sur les plaques. Même les carrosseries étaient inidentifiables sous l'épais manteau de neige qui les recouvrait. Pas la moindre lumière aux fenêtres des maisons. Les voisins de Danielle dormaient sans doute. Et même s'ils ne dormaient pas, avec le bruit que faisait le vent, ils n'auraient pas pu entendre la voiture du tueur s'arrêter devant chez eux.

Ou alors, il l'avait laissée devant l'auditorium, sur l'un des emplacements réservés au public du concours. Le lycée Jordan n'employait pas de veilleur de nuit. C'eût été une dépense inutile. Les élèves étaient de braves gosses et n'auraient jamais vandalisé un établissement où ils se sentaient bien. Hannah sursauta. Un grand bruit venait de retentir à peu près au même endroit que le premier. Elle revint sur ses pas et, en passant devant la fenêtre, vit une ombre disparaître derrière son break. Un chien ? Non, c'était trop gros pour être un chien. Un homme emmitouflé dans une parka, qui courait en se tenant courbé pour éviter d'être repéré ? Nettement plus probable.

Une nouvelle bourrasque fit osciller le camion. Quand elle se tut, on entendit un choc, comme si quelqu'un cognait sur une plaque de tôle. Les portières de son break ? Le tueur essayait-il de les forcer ? La croyait-il cachée à l'intérieur ? Et quand il ne la trouverait pas, se rabattrait-il sur la porte du camion ?

Le second coup fut encore plus sonore que le précédent. On aurait presque dit un grognement sortant d'une gorge titanesque. Deux phares s'allumèrent derrière son break. D'un troisième, sans doute un projecteur, jaillit un faisceau aveuglant qui écrasa le parking sous une lumière blanche. Bouche bée, Hannah aperçut un ours brun de taille gigantesque sortir de derrière son véhicule, se figer une seconde, le temps d'accommoder ses yeux, et détaler à une vitesse inhabituelle pour un plantigrade. Avant que le projecteur s'éteigne, elle le vit disparaître au bout du terrain d'athlétisme dans les fourrés à la lisière du bois. Puis elle se laissa tomber de tout son poids sur la chaise de bureau. On frappait à la porte.

« Hannah ? Ouvrez, Hannah. C'est Mike.

— J'arrive. »

Elle parvint à se lever malgré ses jambes en coton, tourna le verrou et poussa le battant. Mike se tenait en haut des marches, solide et rassurant, dans la lumière rose orangé. Transportée de joie et de soulagement, Hannah fit la première chose qui lui passa par l'esprit : elle lui sauta au cou et le serra contre elle de toutes ses forces.

« Tiens, c'est Delores ! s'écria Mike en tendant le doigt vers l'écran. Je trouve qu'elle a beaucoup de classe. Vous avez une mère ravissante, Hannah.

— Je suis heureuse que vous la trouviez belle. C'est très important. »

Hannah esquissa un sourire et croqua dans sa barre chocolatée. Sur la vidéo, on voyait le public sortir de l'auditorium.

« Pourquoi est-ce si important ? demanda Mike, intrigué.

— Ne dit-on pas qu'il faut regarder la mère quand on veut savoir comment la fille sera plus tard ? » répondit Hannah sans tourner la tête.

Pris de court par sa repartie, Mike resta quelques secondes à la fixer avec un sourire gêné. Hannah vola à son secours.

« C'est bon, dit-elle en lui tapotant l'avant-bras. Je plaisantais. Je sais bien que je ne lui ressemble pas, contrairement à Andrea et à Michelle.

— Non, mais vous êtes quand même belle. Vous avez un autre style, voilà tout. »

À présent, c'était à Hannah de se sentir bête. Que répondre à cela ? Delores avait enseigné à ses trois filles que lorsqu'un homme lui faisait un compliment, une femme convenable était censée le remercier sans renchérir.

« Merci », lâcha-t-elle laconiquement. Puis, voyant un ange passer avec une lenteur exaspérante, elle crut bon d'ajouter : « Et merci d'avoir chassé cet ours. Il m'a fichu une sacrée trouille.

— C'était une femelle, et vous aviez raison d'avoir peur. Elle était à la fois énorme et affamée. Doublement dangereuse, donc.

— Affamée ? » Hannah sauta sur l'occasion pour changer de sujet. « Comment savez-vous cela ?

— La plupart des ours sont en état d'hibernation à cette époque de l'année. Quelque chose a dû la tirer de son sommeil et elle est venue en ville chercher de la nourriture. Elle en a trouvé dans la benne à ordures de la cafétéria. Quand je suis passé, elle était renversée et les déchets répandus sur le trottoir. Je suppose qu'ayant mangé le plat principal, elle voulait un dessert.

— Un dessert ?

— Oui, des cookies. Dans votre break.

— Elle aurait été déçue. Il n'y en avait plus. Andrea avait tout boulotté. » Ayant vu quelque chose sur l'écran, Hannah sauta sur la télécommande. « Une seconde, Mike. »

Elle rembobina et fit défiler la bande jusqu'à l'image qui l'avait intriguée. Encore une fausse alerte. Ce n'était qu'un bouton très classique garnissant la manche d'un manteau.

« Et voilà Boyd Watson avec votre charlotte aux fraises », dit Mike en s'avançant au bord du canapé.

Ils regardèrent Boyd marcher vers sa voiture, les bras chargés du plat à gâteau avec son couvercle en forme de dôme. Il le passa à Maryann le temps de déverrouiller la portière côté passager puis le reprit pour qu'elle puisse monter, et, quand elle fut assise, le posa sur ses genoux, claqua la portière, fit le tour du véhicule et s'installa au volant.

« Il est prévenant, hein ? commenta Mike en fronçant les sourcils.

— C'est qu'il craint le jugement des autres », répliqua-t-elle avec une pointe de sarcasme.

Elle l'avait déjà vu se comporter courtoisement avec Danielle en public.

« Maryann n'est pas au courant, j'imagine ? s'enquit Mike.

— Non. » Hannah avait compris à demi-mot. « Elle ne voudra jamais croire que son frère était un mari violent, et si vous lui mettez la preuve sous le nez, elle répondra que Danielle l'avait bien mérité.

— Le monde va mal.

— Je ne suis pas d'accord, rétorqua Hannah en secouant la tête. Il y a des gens vraiment bien sur cette Terre. Mais comme vous êtes flic, vous avez tendance à ne voir que le mauvais côté des choses. On n'a pas souvent affaire aux honnêtes citoyens dans votre métier. »

Mike se tourna vers elle et sourit.

« Vous êtes exactement la personne qu'il me faut, Hannah. Une optimiste.

— Peut-être bien. » Hannah lui rendit son sourire. « Mais si je suis optimiste, c'est parce qu'il reste une barre chocolatée. »

Mike baissa les yeux sur l'emballage qui traînait sur la table et le froissa dans son poing.

« Vous l'êtes un peu trop. Je viens de la manger.

— Ah, zut ! » Hannah soupira, puis elle eut une idée. « Pourquoi ne pas terminer rapidement le visionnage et aller petit-déjeuner à la Corner Tavern ? Ils servent des steaks et des omelettes à se damner et ils sont ouverts toute la nuit. J'irai même jusqu'à vous inviter pour vous remercier de m'avoir sauvé la vie.

— Avec plaisir. Ça fait des années qu'une belle femme ne m'a pas offert un petit déjeuner. Si vous continuez à ce rythme, il se peut que je devienne optimiste moi aussi. »

« Vous aviez raison. » Mike prit son couteau, coupa un morceau de filet et l'examina avec contentement. « Ils ont de la belle viande, ici. Et elle est parfaitement cuite, comme j'ai demandé. »

Hannah leva les yeux mais resta coite. Elle ne concevait pas qu'on puisse apprécier un steak bien cuit. Le sien était saignant, presque bleu. D'ailleurs, quand le garçon était venu prendre la commande, elle avait cité la formule consacrée : « *Trente secondes d'un côté, trente secondes de l'autre, et hop, dans l'assiette. Sinon, amenez-le cru avec une boîte d'allumettes.* »

« Il faut qu'on parle, Mike, se lança-t-elle en plantant la pointe d'un toast dans son jaune d'œuf. J'ai appris certaines choses. »

Mike avala et prit un air étonné.

« Autres que celles que vous m'avez dites dans la voiture ?

— Oui. Je vais tout vous raconter, mais je ne voudrais pas que vous m'accusiez d'ingérence. »

Mike marqua un temps d'hésitation.

« OK. Je ne prononcerai pas ce mot. De quoi s'agit-il ?

— Ça risque d'être long. Finissons ce petit déjeuner sinon nos œufs vont refroidir, et ensuite je vous dirai tout ce qui est susceptible de vous intéresser. »

Mike posa sa fourchette et la dévisagea.

« Tout ce qui est *susceptible* de m'intéresser ?

— Exact. Une partie de ces infos doit rester confidentielle et n'a rien à voir avec l'affaire. Il faut juste que vous me fassiez confiance. On est d'accord ? »

Mike reprit sa fourchette et piqua son steak plus

brutalement que nécessaire. Puis il mastiqua un long moment sans rien dire.

« OK, Hannah, lâcha-t-il enfin. Je n'aime pas cela mais bon, c'est d'accord. »

Chapitre 22

Quand le réveil sonna à 6 heures pétantes, Hannah roula sur elle-même, coupa l'alarme sans même ouvrir les yeux, roula dans l'autre sens, remonta la couverture et se rendormit.

Au bout d'un moment, elle sentit qu'on lui tapait sur la joue. Dans son rêve, une nuée de pics volaient autour du garage de Lucy et se jetaient sur la porte pour tenter de la défoncer à coups de bec. Comme elle se débattait pour échapper aux oiseaux enragés, elle faillit envoyer valser Moshe qui s'était approché et lui touchait le visage avec la patte dans l'espoir de la réveiller. Indigné par l'ingratitude de sa maîtresse, il sauta en miaulant sur la table de nuit et resta un instant à l'observer d'un œil accusateur.

« Désolée, Moshe », marmonna-t-elle en s'asseyant dans son lit.

Elle regarda le réveil et fit la grimace. Déjà 6 heures et demie. Quelqu'un devrait faire passer une loi pour interdire les matins, grommela-t-elle intérieurement.

Vingt minutes plus tard, douchée, habillée, elle dégustait sa deuxième tasse de café. Peu après qu'elle eut rempli sa gamelle, Moshe lui avait pardonné son inadmissible brusquerie et, à présent, il dégustait ses croquettes en ronronnant comme un moteur.

Hannah jeta un œil par la fenêtre. Il faisait encore nuit noire. On approchait du solstice d'hiver. Le 21 décembre, le jour durerait moins de neuf heures. La plupart des citoyens de Lake Eden partiraient au travail et en reviendraient phares allumés.

Estimant que réfléchir à la succession des jours et des nuits dans l'hémisphère Nord n'avait qu'un intérêt limité, Hannah finit sa tasse et recula sa chaise. Il était temps de se retrousser les manches, c'est-à-dire *primo* de trouver quel dessert elle présenterait à l'émission du soir, *secundo* d'appeler Andrea pour lui rendre compte de sa conversation avec Mike à la Corner Tavern.

Hannah enfila sa parka. Ses clés de voiture dans une main, un sac poubelle dans l'autre, elle s'apprêtait à partir quand le téléphone sonna. Delores, pensa-t-elle en gémissant. Devait-elle répondre ou faire la sourde oreille ? Mais si c'était Mike ? Ou Bill ? Ou n'importe qui d'autre ? Hannah attendit que le répondeur s'enclenche.

Après le message d'accueil, la voix de sa mère sortit du haut-parleur.

« Hannah ? Si tu es là, décroche. J'ai quelque chose d'important à te dire au sujet des Gulls. »

Hannah posa la poubelle et se précipita. Les Gulls ! L'équipe de basket du lycée Jordan ! Delores aurait-elle une info à lui communiquer sur le joueur adepte du dopage ?

« Bonjour, maman. »

Hannah retira sa parka et la jeta sur un dossier de chaise. Connaissant le personnage et sa propension au bavardage, elle préférait se mettre à l'aise plutôt que risquer un coup de chaud.

« Tu parlais des Gulls. De quoi s'agit-il exactement ?

— De ce que Mason Kimball a fait. Cet homme est formidable.

— Je n'en doute pas. »

Hannah alla chercher la tasse qui traînait au fond de l'évier et y versa le café qui restait dans le pot. Il lui faudrait s'armer de patience en attendant que sa mère en vienne au cœur du sujet.

« Mais qu'a-t-il fait exactement ?

— Je sais, tu n'as pas beaucoup de temps, donc je vais résumer, promit Delores.

— Merci, maman, répondit Hannah en pensant : *Mon œil.*

— Hier soir, Carrie et moi étions à l'auberge de Lake Eden pour la petite fête d'après-tournage quand nous sommes tombées sur Mason. Le buffet était excellent. Sally se surpasse en ce moment. Tu ne trouves pas ?

— Si. Donc, tu disais ?

— Oui. Mason s'est mis à parler des Gulls en répétant combien ils étaient tristes d'avoir perdu leur entraîneur. Gil Surma assure son remplacement, mais il reconnaît lui-même que le basket n'est pas sa spécialité. Tu connais Gil, n'est-ce pas, ma chérie ? »

Hannah avala une bonne rasade de café.

« Oui, je le connais. Qu'est-ce que Mason a dit d'autre ?

— Qu'il avait trouvé un coach professionnel pour

assurer l'intérim jusqu'à ce que le lycée embauche un nouveau prof de sport.

— Vraiment ? fit Hannah, surprise. J'ignorais que le lycée était riche à ce point.

— C'est bien pour cela que Mason est un homme formidable. Il s'est engagé à payer l'entraîneur de sa poche.

— Formidable, en effet, abonda Hannah avant de se raviser. Mais pourquoi une telle générosité ?

— Parce qu'il s'intéresse de près à la pratique du basket-ball au lycée Jordan. Son fils fait partie des Gulls. Tu le connais, c'est Craig Kimball. »

Il lui fallut quelques secondes pour se rappeler que le jeune Craig était venu deux ou trois fois dans sa boutique pour acheter des cookies destinés à ses coéquipiers.

« Bien sûr que je le connais. Il m'a l'air d'un gentil gamin.

— C'en est un. Mason dit que la mort du coach Watson l'a terriblement affecté, et qu'il est inquiet parce que les recruteurs mandatés par l'université sont censés assister au match contre les Little Falls Flyers le week-end prochain. Craig redoute que Gil ne fasse de mauvais choix stratégiques. Raison pour laquelle Mason a engagé un coach professionnel. »

Hannah esquissa un sourire. Elle comprenait mieux, à présent.

« Craig cherche à obtenir une bourse sportive et Mason veut mettre toutes les chances de son côté ?

— C'est ce que je disais, ma chérie. »

Le sourire de Hannah finit de s'épanouir. Delores n'avait rien dit de tel, mais peut-être l'aurait-elle fait si sa fille avait patienté encore une vingtaine de minutes.

« Craig joue bien ?

— Il a fait de gros progrès. L'année dernière, il était presque tout le temps sur le banc de touche, mais aujourd'hui, c'est la star de l'équipe. »

Hannah sentit son cœur s'emballer. Quoi de plus efficace que les stéroïdes pour augmenter les performances sportives en un temps record ?

« Il y a une raison à cela, d'après toi ?

— Oui. Il a effectué un stage intensif l'été dernier. Dans un club très sélect, a dit Mason. L'effectif est limité à vingt garçons qui s'entraînent avec des professionnels et ont droit à un suivi personnalisé. Il paraît qu'à la sortie, la plupart des stagiaires passent directement dans une équipe universitaire. »

Hannah assista à la mort foudroyante de ses soupçons. Rien d'étonnant à ce que Craig ait tant progressé après un été passé à jouer avec des pros presque vingt-quatre heures sur vingt-quatre.

« Ces stages doivent coûter les yeux de la tête.

— C'est le cas. Mason n'est pas entré dans les détails, mais j'ai cru comprendre qu'il en avait eu pour son argent. Son fils disposait déjà d'une bonne base, mais depuis lors il a pris confiance en lui et c'est primordial. Voilà deux semaines, il a battu le record du lycée du nombre de paniers marqués dans un seul match. Ses coéquipiers l'ont élu capitaine et, d'après Mason, ils ne cessent de lui demander des conseils.

— Je te remercie pour ces informations, maman », dit Hannah en inscrivant le nom de Craig Kimball sur son bloc.

Elle irait lui parler. Si le jeune homme savait lequel

de ses camarades prenait des stéroïdes, et si elle parvenait à le convaincre du danger de ces substances et de la nécessité d'une aide médicale, peut-être finirait-il par lui donner un nom.

« Il faut que je file, maman. Je suis déjà en retard.

— Encore une petite chose. Je suis tombée sur Rod Metcalf à la fête, hier soir. Il m'a confirmé que Lucy Richards souhaitait écrire un article sur ma collection de bijoux anciens. Elle doit passer chez moi à 11 heures pour prendre des photos. À ton avis, quelles pièces dois-je lui montrer ? J'avais envie de les poser sur un tissu de velours bleu...

— Laisse tomber, maman, l'interrompit Hannah. Lucy ne viendra pas.

— Et comment le sais-tu ? »

Hannah soupira. Elle aurait préféré éviter le sujet mais ne voulait pas que sa mère sorte tous ses bijoux pour une séance photo qui n'aurait jamais lieu.

« Lucy ne viendra pas parce qu'elle est morte.

— Morte ?

— Oui, maman. Assassinée.

— Mais je n'ai rien entendu à la radio ! Pourtant j'ai fait attention, ce matin. Et comment se fait-il que tu sois au courant ? À moins que... » Delores s'arrêta net et reprit son souffle avant de poser l'incontournable question : « Hannah ? Ne me dis pas que tu... » Laissant sa phrase en suspens, elle s'éclaircit la gorge puis ajouta avec moult précautions : « C'est toi qui... ?

— Oui, malheureusement. C'est moi qui l'ai trouvée.

— Hannah ! Il faut vraiment arrêter ça !

— Mais enfin, maman, ce n'est pas un jeu. Je ne cours

pas après les cadavres ! » répliqua-t-elle. Réalisant qu'elle avait haussé le ton, elle tenta de se rattraper. « Je l'ai trouvée, voilà tout. Et il a bien fallu que je le signale.

— Oui, évidemment. Mais j'aimerais que tu te montres plus prudente, à l'avenir. »

Hannah éclata de rire malgré elle. Quel rapport entre se montrer prudente et trouver des cadavres ?

« Je ne vois pas ce qu'il y a de drôle, fit Delores, piquée au vif.

— Je sais, dit Hannah en ravalant un gloussement. Tu as raison, maman. Je te promets de faire un effort.

— Bien. Maintenant, raconte-moi tout.

— Je n'ai pas le temps. Mets la radio si tu veux des détails. Le bulletin d'information devrait commencer dans une minute ou deux. Il faut que j'aille bosser. »

Hannah raccrocha sans lui laisser le temps de répliquer. Puis elle respira profondément et, voyant Moshe la regarder plein d'espoir, ressortit la boîte de croquettes et lui donna un peu de rab. Après quoi, elle renfila sa parka, reprit le sac-poubelle et vérifia que ses clés étaient bien au fond de sa poche.

« À ce soir, Moshe », lança-t-elle en se dépêchant de sortir avant que le téléphone ne se remette à sonner.

Une bouffée d'air glacial l'accueillit et la poursuivit dans l'escalier menant au parking souterrain. Heureusement, ses marches ne glissaient pas. Il avait été conçu par un architecte de la région, en ciment texturé avec un toit pentu qui le protégeait de la pluie en été et de la neige en hiver.

Arrivée au sous-sol, elle balança le sac-poubelle dans la benne à ordures enfermée dans un édicule ressemblant à un petit bunker, enleva la prise du chauffe-moteur, enroula le câble autour de son pare-chocs et s'assit au volant. Puis, comme branchée sur pilotage automatique, elle tourna la clé de contact, alluma ses phares et s'engagea sur la rampe qui grimpait vers la rue. Quand elle bifurqua sur Old Lake Road et prit la direction du centre-ville, le visage de Craig Kimball apparut dans sa tête. Si elle se présentait à lui comme une amie désireuse de lui venir en aide, peut-être lui confierait-il le nom du joueur qui se dopait aux stéroïdes, à supposer qu'il le connaisse. Peut-être même serait-il soulagé de parler à une adulte. Après tout, c'était un lourd secret pour un si jeune homme.

Mais que faisait-elle de Mike ? Hannah fronça les sourcils. S'il apprenait qu'elle avait l'intention d'interroger Craig Kimball, Mike insisterait pour l'accompagner. Il voulait bien faire, mais sa présence serait contre-productive. Non seulement il était relativement nouveau dans la région, mais surtout, c'était un flic. Et le garçon refuserait de parler stéroïdes devant un flic. Non, elle devait s'entretenir avec Craig seule à seul et laisser Mike dans l'ignorance jusqu'à ce qu'elle juge son intervention nécessaire.

Hannah freina à mort en poussant un juron. Une voiture venait de la doubler par la gauche et de se rabattre beaucoup trop vite. Elle était immatriculée en Floride, et, de toute évidence, son conducteur ignorait les règles de conduite quand il y avait de la neige. Hannah fut tentée de le rattraper et de se ranger à sa hauteur pour lui dire le fond de sa pensée, mais redresser les torts des chauffards prenait du temps, et le temps était la seule chose qu'elle n'avait pas.

Un cookie l'aiderait à dissiper sa contrariété. Sans se retourner, Hannah chercha à tâtons sur la banquette arrière puis se rappela qu'Andrea avait mangé le dernier la veille au soir. Décidément, la journée s'annonçait mal. Elle avait dormi deux heures à peine, elle était en retard au travail, Delores avait appelé, elle avait frôlé l'accident, le chauffage de son break était encore plus paresseux que d'habitude et elle n'avait plus un seul cookie à se mettre sous la dent. Si elle n'avait pas eu le genre de peau qui rougit après trente secondes d'exposition au soleil, elle aurait sérieusement envisagé de sauter dans le premier avion pour Hawaï et de tout laisser choir pour passer un week-end à la plage.

« Salut, Hannah. »

Dès qu'elle poussa la porte du fournil et vit le grand sourire de Lisa, Hannah reprit du poil de la bête.

« Enlève ton manteau, je t'apporte une tasse de café.

— Et des cookies ? suggéra Hannah en suspendant sa parka.

— Les croquants aux pépites de chocolat sont encore tièdes. Tu en veux deux ou trois ?

— Ça ne suffira pas, répondit-elle en tirant un tabouret près de l'îlot central. Donne-m'en quatre pour commencer. »

Comme son assistante était aussi efficace au service qu'en cuisine, quelques secondes plus tard Hannah souriait béatement devant une tasse fumante et une assiette de cookies. Si manger du chocolat au petit déjeuner était obligatoire, songea-t-elle en mastiquant, il y aurait moins de gens grincheux le matin. Lisa la sortit de sa méditation.

« Tu m'as demandé de réfléchir à ce que nous pourrions préparer pour l'émission de ce soir. Eh bien, pourquoi pas des cookies ? C'est ta spécialité et tu n'en as pas encore fait.

— Tu as mille fois raison ! s'écria Hannah. Lesquels, à ton avis ?

— Les croustillants à la mélasse. Tout le monde les adore et ils ont bel aspect quand ils sortent du four.

— Va pour les croustillants à la mélasse. Tu auras le temps de préparer la pâte ? J'ai un truc à faire ce matin et il faut qu'elle passe un moment au frigo avant la cuisson. »

Lisa lui lança un clin d'œil rusé.

« J'ai pris de l'avance. Elle est dans la chambre froide depuis hier soir. Et ce matin, j'en ai cuit quelques-uns à titre d'essai.

— Tu savais que j'accepterais ta proposition ?

— Non. Je me suis dit que si jamais tu préférais autre chose, je pourrais toujours les cuire, les congeler et les ressortir pour le Noël des enfants. Ils sont si beaux avec un glaçage vert et rouge. On dirait des mini-couronnes de houx. »

Hannah grimaça. Elle avait promis d'en apporter dix douzaines au centre communautaire de Lake Eden pour la fête en question, mais la chose lui était complètement sortie de l'esprit. Lisa, elle, n'avait pas oublié. Elle pensait toujours à tout et avec une longueur d'avance. Lisa était bien plus qu'une assistante, se dit Hannah qui songeait depuis longtemps à lui proposer un partenariat.

« Je vais préparer tes ingrédients pour ce soir. J'ai du

temps à revendre avant l'heure de l'ouverture. Tu reveux du café ? Je vais t'en chercher.

— C'est bon. Je sais encore marcher », dit Hannah dans un sourire.

Elle se leva et passa la porte battante. En arrivant côté boutique, elle eut droit à une autre surprise. Non seulement Lisa avait dressé les tables, rempli les grands bocaux posés derrière le comptoir et inscrit les cookies du jour sur l'ardoise du menu, mais elle avait également décoré la boutique pour Noël.

Décidément, un partenariat s'impose, se répéta Hannah en regardant autour d'elle, médusée. Au centre de chaque table, Lisa avait posé le bouquet traditionnel alliant pommes de pin et sucres d'orge en forme de canne. Sur le pourtour de la vitrine clignotaient de minuscules ampoules. Elle avait accroché des bas de Noël rouge et blanc sur les murs au-dessus des lambris, une couronne sur la porte vitrée et, bien sûr, un magnifique sapin trônait dans un coin de la boutique. Si je devais la rétribuer à sa juste valeur, je me retrouverais rapidement sur la paille, songea Hannah.

Elle fit quelques pas vers l'arbre et s'arrêta en hochant la tête, faute de trouver les mots. Lisa s'était surpassée. Rien ne manquait, ni les guirlandes ni les petites lumières multicolores. En guise de boules, elle avait même accroché des breloques ressemblant à s'y méprendre à de véritables cookies.

« Je voulais te faire la surprise. » Lisa se tenait sur le seuil et la regardait avec un sourire radieux. « Je sais que j'aurais dû t'en parler d'abord mais tu étais tellement occupée. Je n'ai pas voulu te déranger. Ça te plaît ?

— Tu plaisantes ? Tout est magnifique, surtout l'arbre. Et ces cookies, ce sont des vrais ? »

Lisa hocha la tête.

« Recouverts de vernis. J'ai trouvé la méthode dans un livre de travaux manuels. Il paraît que ça tient plusieurs années.

— Je veux bien te croire, s'esclaffa Hannah en les touchant. Ils sont durs comme du caillou.

— Donc tu n'es pas fâchée que j'aie fait tout cela sans t'avertir ?

— Je ne suis pas fâchée, je suis impressionnée. Le Cookie Jar n'a jamais été aussi resplendissant. Souviens-toi, l'année dernière, je m'étais contentée d'une guirlande électrique. »

Lisa avait toutes les qualités. C'était une fille honnête et fiable, elle était aussi douée pour fabriquer des cookies que pour recevoir les clients, elle était devenue la reine du glaçage, allant même jusqu'à surpasser Hannah, et en plus elle avait décoré la boutique comme une vraie pro. Il était grand temps de bouger, sinon quelqu'un pourrait bien la lui chiper, se dit Hannah en opérant un demi-tour sur elle-même.

« Excellent travail, chère associée », dit-elle avant de lui administrer une vigoureuse poignée de main.

Plusieurs sentiments contraires transparurent sur le visage de Lisa. On voyait qu'elle doutait d'avoir bien compris, tout en l'espérant, mais en ayant peur de demander confirmation. Finalement, elle déglutit et se lança.

« Associée ?

— Associée, répéta Hannah, souriante. C'est la moindre des choses puisque c'est toi qui fais quasiment tout ici. Je demanderai à Howie Levine de préparer les documents légaux pour qu'on signe avant Noël. Je ne veux pas te laisser filer.

— Ne t'inquiète pas. Je n'ai pas envie de filer. J'adore travailler avec toi et être ton assistante me suffit déjà amplement.

— Mauvaise réponse, répliqua Hannah pour la taquiner un peu. Quand quelqu'un te fait une offre de partenariat, tu n'es pas censée l'en dissuader. Tu dois juste répondre "Non merci" ou "J'accepte". Et la discussion s'arrête là. »

Lisa opina du bonnet. Ses yeux brillaient.

« Tu as raison, Hannah. Eh bien, j'accepte. »

Après un rapide coup de fil à Charlotte Roscoe, la secrétaire du lycée Jordan, Hannah sauta dans son break et prit la route de l'établissement. Charlotte lui avait appris deux choses. Mike avait demandé qu'elle lui faxe les noms des joueurs appartenant à l'équipe des Gulls et Craig Kimball révisait son partiel de littérature anglaise à la bibliothèque entre 8 h 45 et 9 h 40.

Tandis qu'elle se garait sur l'une des places réservées aux visiteurs, Hannah réalisa qu'elle avait oublié d'emporter sa caisse d'ingrédients pour l'émission du soir. Elle descendit de son véhicule en pestant contre elle-même. Heureusement, elle avait pensé à prendre les croustillants à la mélasse que Lisa avait cuits à titre d'essai. Elle comptait les offrir à Craig pour l'amadouer avant de le soumettre à ses questions.

Un bus jaune était arrêté devant l'entrée. Une sortie scolaire, se dit-elle en apercevant à l'intérieur des élèves de l'école élémentaire avec leur instituteur et trois parents. Plusieurs vitres coulissèrent sur son passage, des têtes apparurent, des mains se tendirent. Pour ces gosses, elle était la « Dame aux Cookies ». Hannah leur fit un petit coucou en cachant les croustillants à la mélasse sous son manteau. Dommage, s'il y en avait eu davantage, elle aurait pu leur en distribuer.

Le hall du lycée était étonnamment silencieux. Les cours avaient commencé. Dans l'air planait cette odeur familière qu'elle aimait tant, un mélange de détergent, de corps tièdes et de poussière de craie, qu'elle associait à l'effort d'apprendre, d'engranger des connaissances. Elle s'engagea dans le couloir menant aux bureaux de l'administration, passa devant celui du proviseur et leva le bras pour saluer Charlotte qui ne la vit pas car elle avait le nez dans une armoire à dossiers.

La bibliothèque était toujours au même endroit, au fond du bâtiment, près du passage couvert reliant le lycée à l'école élémentaire. Hannah se revit enfant, en CM1, franchissant cette frontière symbolique avec dans sa petite main un mot signé de son institutrice, Mlle Paris, lui accordant le droit de se rendre dans la bibliothèque des grands à condition qu'elle ait terminé ses devoirs.

Rien n'avait changé, à part la salle d'informatique qui n'existait pas quand elle avait passé son diplôme de fin d'études. Son regard glissa le long des tables en chêne disposées sur le pourtour de la salle de lecture et tomba sur Craig, assis seul près d'un rayonnage. Hannah remercia sa bonne étoile. Elle pourrait l'interroger sans craindre les oreilles indiscrètes.

« Bonjour, Craig », dit Hannah en chuchotant comme

Mme Dodds, l'ancienne bibliothécaire, lui avait appris à le faire dès sa première visite. Mme Dodds avait pris sa retraite plusieurs années auparavant et une fille assez jeune pour être encore au lycée était installée à sa place, derrière l'antique bureau situé à l'entrée de la salle. « Tu as une minute ?

— Oui... pas de problème. »

Bien que clairement surpris de la voir, Craig tira une chaise et l'invita à s'installer à côté de lui. Ce que fit Hannah avec un sourire aimable. Elle avait décidé de démarrer en douceur et de le prendre par les sentiments.

« J'ai entendu dire que tu avais battu le record de paniers marqués en un seul match. Toutes mes félicitations. J'ai apporté une douzaine de croustillants à la mélasse pour ta récompense.

— Merci, mademoiselle Swensen, fit Greg, visiblement ravi. J'ignorais que vous suiviez notre équipe de basket.

— J'assiste à vos matchs chaque fois que je peux. »

C'était un pieux mensonge. Elle n'avait jamais vraiment aimé le basket, pas même au lycée, et le dernier match auquel elle avait assisté remontait à une dizaine d'années.

« Il faut qu'on parle des Gulls, Craig.

— Entendu. »

Craig ferma son livre après avoir marqué la page avec un crayon.

Hannah faillit perdre le sourire qu'elle s'était savamment composé. Si elle avait vu un élève utiliser un crayon comme marque-page, Mme Dodds aurait eu des palpitations, elle dont la devise était : *Les livres sont vos amis, vous casseriez le dos d'un ami ?* Heureusement qu'elle avait pris sa retraite, se dit Hannah.

Craig semblait attendre qu'elle se décide.

« Je ne voudrais pas être impoli, mademoiselle Swensen, mais je n'ai pas beaucoup de temps. J'ai un partiel à réviser.

— Littérature anglaise ?

— Oui. Comment le savez-vous ?

— J'ai appelé Mme Roscoe pour lui demander ton emploi du temps. Sur quoi porte cette épreuve ?

— Les poètes anglais du XIXe siècle, fit Craig en grimaçant.

— Je pourrais t'aider, si tu veux, enchaîna-t-elle en rapprochant sa chaise. On est dans ma sphère de compétence. J'ai fait un doctorat en littérature anglaise.

— C'est pas vrai ! s'exclama Craig avec une stupéfaction empreinte de respect. Alors vous connaissez... heu... Byron ?

— *Lord* Byron. Son poème le plus célèbre s'intitule *Le Pèlerinage de Childe Harold*. Jeune homme, il passait son temps à baguenauder sur les sentiers du Lake District et à courtiser les filles, malgré l'infirmité qui le faisait boiter. »

Craig écarquilla les yeux.

« Lord Byron boitait ?

— Eh oui », répondit-elle. Peut-être avait-elle eu tort de renoncer à la carrière d'enseignante, après tout. « Il était né avec un pied bot, mais ce n'était pas un problème pour ses groupies. Il n'allait nulle part sans qu'elles le suivent, accrochées à ses basques.

— Comme un chanteur de rock ?

— Exactement. Enfin, toutes proportions gardées. N'oublions pas qu'il vivait il y a deux cents ans. Il s'est marié, il a eu une fille, a divorcé peu après et s'est mis à voyager à travers l'Europe. En Grèce, il a contracté une fièvre et il est mort.

— Il est mort d'une fièvre ?

— Oui. En ce temps-là, les gens pouvaient mourir d'une grippe ou d'un coup de froid. Ils n'avaient pas les médicaments dont nous disposons aujourd'hui. »

Craig n'en revenait pas. Son prof de littérature avait manifestement omis de replacer les poètes romantiques dans leur contexte socio-économique.

« Pas même de l'aspirine ?

— Si, mais uniquement celle qui est contenue dans l'écorce de saule. Les médecins ne pouvaient pas faire grand-chose pour soulager leurs patients. Soit les gens guérissaient d'eux-mêmes, soit ils mouraient.

— On ne dit pas tout ça là-dedans, s'indigna Craig en pointant son manuel de littérature. La vie de lord Byron est sacrément intéressante. C'est comme dans un film.

— Je sais », répondit Hannah. Elle-même n'avait jamais trouvé excitant d'apprendre des titres et des dates par cœur. « La mémoire fonctionne mieux quand elle peut s'accrocher à des éléments de la vie quotidienne.

— Est-ce que... souffla Craig en se penchant vers elle. Est-ce que vous connaissez des histoires de ce genre sur Shelley et sur Keats ?

— Évidemment. » Hannah ouvrit le manuel et consulta la liste des auteurs inscrits au programme. « Et je pourrais t'en apprendre des vertes et des pas mûres sur Coleridge, Wordsworth et Southey.

— D'après ce que j'ai lu d'eux, ces types étaient carrément barbants, répondit Craig, dubitatif.

— Tu ne dirais pas cela si tu connaissais leur parcours.

Coleridge a été rejeté par sa famille pour avoir participé à la Révolution française, Wordsworth affirmait qu'il avait écrit ses meilleurs poèmes alors qu'il était ivre et Southey est mort fou. Tu trouves que c'est barbant ?

— Sûrement pas ! »

Hannah fouilla dans son sac et sortit le stylo que P. K. lui avait prêté la veille au soir, un Cross plaqué or avec une inscription gravée sur la longueur. Elle l'avait emporté sans le faire exprès, mais dès qu'elle en aurait terminé avec Craig, elle traverserait le parking et frapperait à la porte du car régie pour le lui rendre.

« OK. Voilà ce que je te propose, dit Hannah en échafaudant son plan au fur et à mesure qu'elle parlait. Sors de quoi écrire et je te donnerai tous les tuyaux nécessaires pour réussir ton partiel.

— D'accord, mais je dois vous prévenir. Je ne sais pas trop prendre des notes.

— Ce n'est pas grave. Tu n'as qu'à inscrire des mots-clés.

— Comme quoi ?

— Écris *lord Byron*, souligne et en dessous écris *pied bot*, *groupies* et *mort en Grèce*. J'ajouterai le reste. Donne-moi une feuille vierge.

— Tenez. » Craig arracha une page de son cahier et la lui tendit. « Au fait, qu'est-ce que vous vouliez me demander au sujet des Gulls ?

— Je te le dirai quand on aura fini de bûcher ton partiel. » Hannah savait qu'après avoir bénéficié de son aide, Craig serait plus enclin à lui offrir la sienne. « Commençons par John Keats. Savais-tu qu'il était chirurgien avant de devenir poète ? »

Craig se pencha sur sa feuille, prêt à écrire. Il en avait oublié ses croustillants à la mélasse. Hannah sourit. Peut-être devrait-elle créer un club de littérature anglaise au Cookie Jar.

Croustillants à la mélasse

Ne pas préchauffer le four.
La pâte doit passer au frigo avant la cuisson.

1 ½ tasse de beurre fondu (3 plaquettes – ¾ de livre)
2 tasses de sucre blanc
½ tasse de mélasse (prendre de la Brer Rabbit étiquette verte ou sinon une mélasse très foncée)
2 œufs battus (à la fourchette)
4 cuillerées à thé de bicarbonate de soude
1 cuillerée à thé de sel
3 cuillerées à thé de cannelle*
1 cuillerée à thé de noix de muscade (fraîchement râpée de préférence)
4 tasses de farine (non tamisée)

*Pour une saveur plus riche, mettre 2 ½ cuillerées à thé de cannelle et ½ de cardamome.

Faire fondre le beurre dans un grand bol allant au micro-ondes. Ajouter le sucre et la mélasse. Mélanger, laisser reposer quelques minutes puis incorporer les œufs battus, le bicarbonate de soude, le sel, la cannelle et la noix de muscade en remuant après chaque ajout. Verser doucement la farine sans cesser de remuer. On doit obtenir une pâte sèche et friable.

Couvrir et mettre au frigo pendant 2 heures au moins. (Toute la nuit c'est bien aussi.)

Préchauffer le four à 175 °C, la grille en position médiane.

Confectionner des boules de pâte de la taille d'une noix. Les rouler dans un bol de sucre blanc puis les disposer sur une plaque enduite de matière grasse (12 pour une plaque standard). Les écraser légèrement au moyen d'une spatule pour éviter qu'elles ne roulent quand vous les porterez dans le four.

Cuire pendant 10 à 12 minutes. Les cookies s'aplatiront d'eux-mêmes. Laissez-les pendant 2 minutes sur la plaque avant de les transférer sur une grille où ils finiront de refroidir.

Les cookies à la mélasse se conservent bien au congélateur. Enveloppez-les d'une feuille d'aluminium que vous glisserez dans un sac à congélation. Vous pourrez les garder jusqu'à 3 mois. (À condition de placer un cadenas sur la porte.)

C'étaient les cookies préférés de papa. Il me demandait toujours d'en préparer pour le petit déjeuner du dimanche et il les dégustait en lisant son journal. Maman les adore elle aussi, bien qu'ils ne contiennent pas un gramme de chocolat.

Chapitre 23

Hannah sortit de la bibliothèque en ruminant sa déception. Grâce à elle, Craig obtiendrait une bonne note à son partiel, c'était quasiment sûr. Mais il ne lui avait rien offert en retour. Pas l'ombre d'une info. Dès qu'elle avait prononcé le mot « stéroïdes », le gentil capitaine des Gulls s'était refermé comme une huître. Il était devenu nerveux et avait nié être au courant de quoi que ce soit. Une attitude qui prouvait exactement le contraire. Craig Kimball savait quel joueur prenait des stéroïdes mais ne cracherait jamais le morceau. Sa loyauté envers ses camarades était plus forte que tout.

Parvenue à quelques mètres du car régie, elle aperçut un mot collé sur la porte : *Réunion de service – reviens de suite*. Elle frappa quand même, par acquit de conscience, mais personne ne répondit. Décidément, que de déconvenues aujourd'hui !

Elle allait redescendre les marches quand une idée lui traversa l'esprit. Et si elle donnait le Cross plaqué or à Herb en lui demandant de le remettre à un membre de l'équipe de production qui le rendrait à P. K. ? Elle chercha dans son sac, sortit le stylo et changea d'avis en lisant l'inscription gravée sur la longueur. En fait, il appartenait à Mason Kimball, qui l'avait reçu avec le prix du meilleur court-métrage lors d'un concours universitaire. C'était un souvenir et elle ne pouvait pas le confier à n'importe qui.

Si elle avait su cela avant, elle aurait pu le laisser à Craig Kimball. Mais parfois les choses se goupillaient mal, on n'y pouvait rien. En plus, ça n'aurait peut-être pas été la meilleure solution, car si Mason apprenait que P. K. avait prêté son précieux stylo, il pourrait lui en tenir rigueur. Non, sa première idée avait été la bonne ; elle le restituerait à P. K. qui le remettrait à sa place initiale, dans le bureau de son chef.

Hannah relut le mot scotché sur la porte. *De suite* pouvait signifier cinq minutes comme trente, et elle n'avait pas le temps d'attendre. Elle s'arrangerait pour voir P. K. avant l'émission.

Tournant les talons, elle traversa le parking enneigé dans l'autre sens. Elle avait gâché une bonne partie de sa matinée et son cerveau tournait à vide. Il lui fallait d'urgence rentrer au Cookie Jar pour s'injecter une deuxième dose de chocolat.

« Il t'a dit quelque chose ? » demanda Andrea en se penchant vers sa sœur par-dessus le plan de travail.

Elle avait débarqué à l'heure du déjeuner pour savoir ce qui s'était passé depuis la veille au soir, après qu'elle eut quitté le car régie. Hannah lui avait déjà parlé de l'ourse gloutonne, des séquences où figurait la petite Tracey et du cours intensif de littérature qu'elle avait prodigué à Craig Kimball.

« Rien.

— Il a refusé de répondre à tes questions ?

— Non. Il a répondu mais il n'a rien dit, sinon qu'à sa connaissance aucun de ses coéquipiers ne prenait de produits dopants, stéroïdes ou autres. »

Andrea haussa les épaules.

« Ça ne m'étonne qu'à moitié. S'il était du genre à dénoncer ses camarades, il ne serait pas si populaire. Tu crois qu'il sait mais qu'il refuse de parler ?

— Oui. Et il connaît la gravité du problème. C'est déjà ça. Le sujet du dopage aurait été abordé durant le stage de basket-ball qu'il a suivi l'été dernier. À mon avis, il ira voir le joueur en question et lui proposera son aide. C'est bien, mais ça ne sert pas nos affaires.

— Et Mike ? Tu crois qu'il a trouvé un indice dans la liste des joueurs ?

— Je n'en sais rien. La dernière fois qu'on s'est parlé c'était à la Corner Tavern, autour d'un petit déjeuner.

— Un petit déjeuner ? répéta Andrea en la dévisageant. Tu as passé la nuit avec Mike ? »

Hannah éclata de rire.

« Une bonne partie de la nuit, oui, mais ce n'est pas ce que tu penses. On a visionné la fin des rushes, on a mangé un steak, des œufs, et on est allés se coucher... séparément.

— Oh, fit Andrea, légèrement déçue. Et maintenant, que prévois-tu de faire ?

— Rentrer chez moi en quatrième vitesse, nourrir

Moshe et préparer ma tenue pour ce soir. Avec un peu de chance, je pourrai aussi faire une petite sieste.

— Mais… le tueur ?

— Il attendra. Je suis à court d'idées, et quand je suis fatiguée je ne peux pas réfléchir. Il faut que je recharge mes batteries.

— OK. Je vais aller me balader dans le quartier de Lucy et distribuer des prospectus. La dernière fois, j'ai obtenu de bonnes infos par ce biais-là.

— Si quelqu'un peut en obtenir, c'est bien toi. »

Hannah se leva pour enfiler sa parka. Elle était si lasse qu'elle rata la manche gauche deux fois.

« Et si tu apprends quelque chose d'intéressant, appelle-moi à la maison.

— Je croyais que tu avais l'intention de faire une sieste ?

— C'est le cas, répondit Hannah en bâillant à se décrocher la mâchoire. Mais je veux bien que tu me réveilles, à condition que ça vaille le coup. »

Elle émergea vers 15 h 15, reposée à quatre-vingt-dix pour cent, mit la cafetière en route et s'assit à la table de la cuisine le temps que le café s'écoule. Moshe courut droit vers sa gamelle et eut l'air surpris en s'apercevant qu'elle était pleine. Manifestement, il avait oublié que tout à l'heure, au lieu de se goinfrer de croquettes, il avait préféré dormir avec sa maîtresse.

« On est l'après-midi, Moshe, pas le matin. »

Moshe la regarda fixement, comme s'il n'y comprenait plus rien.

« Laisse tomber, s'esclaffa-t-elle. Le temps est un concept difficile à cerner. Moi-même j'ai du mal, parfois. »

Hannah se versa une tasse de café, respira à fond la bonne odeur qui en émanait et récupéra les dix pour cent qui lui manquaient. Il n'y avait rien de tel pour se réveiller le matin, même si le matin était en réalité l'après-midi.

Au bout de la troisième tasse, Hannah se sentit enfin prête à affronter le reste de la journée, ce qui représentait peu de temps car déjà le ciel nuageux s'assombrissait derrière la vitre.

« Il faut que j'y aille, Moshe. »

Et comme de bien entendu, le téléphone se mit à sonner. Delores ? Andrea ? Mike ? Hannah fut tentée de laisser le répondeur parler à sa place mais n'eut pas la patience d'attendre la fin du message d'accueil. Reculant sa chaise, elle se leva et décrocha.

« Hannah ? » C'était la voix de Mason Kimball. « Nous avons un problème. J'ai besoin de vous voir avant l'émission.

— Je peux essayer de m'arranger. Quel est ce problème ?

— Nous changeons de format pour ce soir et il faut que j'étudie certains détails avec vous.

— Quand voulez-vous que je vienne ?

— Aussi vite que possible. Ce sera peut-être long. Je vous conseille d'emporter vos affaires. Vous pourrez vous changer dans la loge de Dee-Dee. À quelle heure prévoyez-vous d'arriver ? »

Hannah jeta un œil à la pendule. Il était 15 h 30.

« Je passe à la boutique prendre mon matériel et je vous rejoins. Disons dans trois quarts d'heure ?

— Entendu. Retrouvez-moi directement sur le plateau.

L'équipe ne sera pas encore là, ça me permettra de régler les angles de prise de vues avec vous. »

Hannah raccrocha le téléphone, s'empara des vêtements qu'elle prévoyait de porter et partit.

La circulation était fluide ; le trajet lui prit à peine une demi-heure. Hannah entra par le fournil, franchit la porte battante et déboula dans la boutique.

« Me revoilà », lança-t-elle à sa nouvelle associée. Lisa était en train d'accrocher des branches de sapin tressées en guirlande sur le miroir derrière le comptoir. « Ça fait chouette.

— Merci, Hannah. C'est papa qui a fabriqué ces décorations pendant ses cours de travail manuel au club du troisième âge. Tu restes ? »

Hannah secoua la tête.

« Non, je ne fais que passer. Mason Kimball a appelé. Il veut me voir. Je suis juste venue chercher les caisses d'ingrédients.

— Elles sont sur le plan de travail, près de l'évier. Prends-en seulement une. Je me charge des autres. J'apporterai aussi la pâte qui est au frigo et papa m'aidera pour les casseroles et les bols.

— Ton père sera encore dans le public ?

— M. Drevlow n'est pas disponible, mais Mme Beeseman m'a proposé de lui tenir compagnie pendant que je t'assisterai sur le plateau.

— Vraiment ? »

Hannah était surprise mais ne voulait pas trop le montrer. D'habitude, Marge Beeseman ne s'éloignait pas de son groupe d'amies.

« Herb a insisté auprès d'elle. Papa lui a dit qu'il avait

très envie de venir et Herb lui a promis de faire son possible. »

Hannah esquissa un sourire. Si Herb avait demandé un tel service à sa mère cela signifiait que les choses devenaient sérieuses entre Lisa et lui.

« Après l'émission, on se retrouvera tous à l'auberge pour faire la fête. Papa veut inviter Mme Beeseman à danser. Il se défend encore très bien. Et elle a promis à Herb d'accepter si papa le lui proposait. »

Hannah se prit à imaginer cette improbable soirée entre deux couples qui n'en étaient pas.

« Il faut que j'y aille, Lisa. On se voit plus tard, au lycée. Si Mike appelle, dis-lui que je n'en sais pas plus que la nuit dernière.

— Entendu. » Lisa recula pour contempler sa guirlande végétale. « Et si j'ajoutais des nœuds en velours rouge ?

— C'est toi la décoratrice. Si tu penses que des nœuds sont indispensables, prends des sous dans la caisse. N'oublie pas de demander un reçu et de le ranger dans la boîte sous le comptoir, celle que je sors tous les ans à l'époque des déclarations d'impôt.

— Les rubans en velours rouge sont déductibles ?

— D'après Stan Kramer, notre comptable, tout est déductible. »

Lorsqu'elle s'engagea sur le parking du lycée, Hannah vérifia l'heure à sa montre. Elle avait dix minutes d'avance et ça tombait bien. Ainsi, elle aurait le temps de restituer le stylo à P. K. avant de rejoindre Mason sur le plateau.

Justement, P. K. était là, assis sur le marchepied à

l'entrée du car régie, en train de fumer. Hannah descendit sa vitre et l'interpella.

« J'ai le stylo que vous m'avez prêté la nuit dernière. Attendez une seconde, je vous le rends. »

P. K. se leva et se porta à sa rencontre pendant qu'elle garait son break. Hannah descendit en laissant sa housse à vêtements accrochée à l'arrière. Elle reviendrait la chercher plus tard, après son rendez-vous avec Mason. P. K. lui prit des mains la caisse d'ingrédients et l'escorta jusqu'au camion.

« Je vais vous ouvrir, mais après il faudra que je m'en aille, dit-il en posant la caisse sur la marche du haut pour pouvoir déverrouiller la porte. J'ai des trucs à prendre à la station. Ça vous arrange si je dépose vos ingrédients près de la scène avant d'y aller ?

— C'est gentil, mais je peux m'en charger. De toute façon, c'est là que je vais. Voulez-vous que je laisse le stylo dans le bureau de Mason ?

— Ouais. Mettez-le dans le pot à crayons. Et quand vous partirez, vérifiez que tout est bien fermé.

— Promis », dit Hannah en s'écartant pour laisser P. K. redescendre les marches étroites.

Elle le regarda démarrer sa voiture, lui fit un petit signe de la main et rentra dans le camion.

Le bureau de Mason se trouvait au bout du couloir. Hannah passa devant la cabine où elle avait visionné les rushes, fit encore trois pas et s'arrêta, la main posée sur la poignée de la porte. Mason n'était pas là mais elle frappa quand même. Après tout, il y avait peut-être un membre de son équipe à l'intérieur. N'obtenant pas de réponse, elle ouvrit et entra.

La pièce était beaucoup plus petite qu'elle l'avait imaginé. Ce n'était guère plus qu'un cagibi avec une table, une chaise pivotante et des cloisons vides. L'espace d'un instant, elle s'étonna que personne n'ait pris la peine de décorer le bureau du patron, mais se rappela ensuite qu'elle était dans un camion et que des cadres n'auraient pas tenu, même bien accrochés.

En revanche, il y en avait sur sa table de travail. Hannah les vit en se penchant pour planter le stylo dans le pot à crayons. Sans doute Mason les rangeait-il dans un tiroir quand le camion roulait pour les ressortir lorsqu'il stationnait quelque part, comme ici sur ce parking. Dans le premier était glissé un portrait d'Ellen avec dix ans de moins. À côté, sur une photo nettement plus récente, Mason et Craig Kimball brandissaient fièrement une coupe en argent dont le socle représentait un ballon de basket. Père et fils affichaient le même sourire radieux.

Hannah prit le temps d'observer les détails. Cette photo avait dû être prise lors de la remise de prix dont Delores lui avait parlé, quand Craig avait battu le record de paniers du lycée Jordan. Le jeune homme portait sa tenue de basket et son père un blazer bleu, une chemise blanche et…

Hannah étouffa un cri. Quelque chose brillait au poignet de Mason. Son geste, bras levé, avait fait remonter la manche de son blazer et découvert le bouton de manchette fermant le poignet de sa chemise. Elle saisit le cadre, colla son nez dessus et manqua de le lâcher en reconnaissant sur le bijou une tête de cheval sertie d'un minuscule diamant à la place de l'œil.

Son cœur battait à tout rompre, ses jambes la soutenaient

à peine. Mason avait donc menti. Les boutons de manchettes étaient toujours en sa possession.

Et ils le désignaient comme l'assassin.

Hannah sursauta. Elle avait entendu des pas à l'extérieur. Des pas qui se dirigeaient vers le camion. Il fallait qu'elle sorte de ce bureau. Immédiatement. Mason ne devait pas savoir qu'elle avait vu la photo et découvert son secret.

Mais ses pieds refusaient d'obéir. Elle resta paralysée quelques épouvantables secondes, puis, galvanisée par la peur, se précipita hors de la pièce direction le téléphone posé sur le bureau de P. K. Elle devait absolument appeler Mike et lui dire qui était le tueur.

Hannah venait d'empoigner le combiné quand les pas firent vibrer le marchepied du car régie. La porte s'ouvrit. Mason entra avec un rictus qui lui ôta ses dernières forces. Un frisson grimpa le long de son dos, sa main se relâcha, le téléphone lui échappa.

Chapitre 24

« Ah, vous voilà, Hannah ! dit Mason dont le sourire venait de passer de froid à glacial. Nous avions rendez-vous, n'est-ce pas ? »

Hannah inspira profondément et décida d'y aller au culot. Avait-elle le choix ? Peut-être Mason n'avait-il pas compris qu'elle l'avait démasqué ? Peut-être était-ce seulement la peur qui lui jouait des tours ?

« En effet. Allons-y, Mason. » Prenant un air détaché, Hannah passa près de lui pour sortir du camion. « Je ramenais juste le stylo que j'ai emprunté à P. K. hier soir. Il m'a recommandé de bien refermer derrière moi. »

Mason ne répondit rien, mais quand elle voulut saisir la poignée, Hannah sentit sa présence menaçante dans son dos. Elle devait ouvrir cette porte le plus vite possible. Il y aurait peut-être des gens sur le parking. Il n'oserait rien faire devant des témoins.

Mais sa main tremblait si fort qu'elle dérapa sur la poignée. Mason s'avança pour l'aider et en passant lui effleura la taille. Hannah dut se faire violence pour ne pas hurler.

« Laissez-moi faire », dit-il. Mais une fois la porte ouverte, il lui bloqua le passage avec le bras. « Pourquoi vos mains tremblent-elles ainsi ?

— Je meurs de froid. » Elle avait dit la première chose qui lui était venue à l'esprit, sachant qu'en avouant sa peur elle aurait signé son arrêt de mort. « Le chauffage de mon break est en panne. »

Mason lui sourit avec malice.

« Bravo, Hannah. J'ai failli m'y laisser prendre.

— Pardon ? souffla-t-elle en feignant l'innocence.

— Mais je vois bien que vous savez tout. C'est écrit sur votre figure. »

Ses derniers espoirs venaient de s'envoler, mais elle essaya encore.

« De quoi parlez-vous, Mason ?

— Cessez de jouer. C'est inutile. » Mason partit d'un rire amer. « Vous vous êtes trahie la fois où vous avez évoqué ces boutons de manchettes. J'en ai déduit que vous aviez vu les photos de Lucy. J'étais pourtant sûr que personne ne ferait le lien, et que, dans le cas contraire, ce lien serait impossible à prouver. Mais cet après-midi, lorsque Craig est venu me dire que vous l'aviez interrogé, j'ai compris que vous ne tarderiez pas à rassembler les dernières pièces du puzzle. Dommage que vous soyez si perspicace, Hannah, parce que maintenant je suis obligé de vous tuer. »

Hannah déglutit pour faire passer la boule qu'elle avait dans la gorge.

« C'est impossible. P. K. sera là d'un moment à l'autre.

— Non, il ne reviendra pas avant un bon bout de temps. Je l'ai vu partir, tout à l'heure. Mais vous avez raison, Hannah. Quelqu'un pourrait entendre la détonation. » Mason lui saisit le bras. « Venez. Allons sur le plateau. Quand on trouvera votre cadavre dans la cuisine, ce soir, avant le bulletin d'information, les taux d'audience vont grimper en flèche. »

Mais Hannah résistait, bien campée sur ses deux jambes. Mason était fort mais elle l'était aussi. Elle s'imagina un instant le poussant hors du camion. Elle refermerait la porte, se précipiterait sur le téléphone...

« Ne tentez rien de déraisonnable, Hannah. » Mason tira un pistolet de sa poche et lui enfonça le canon dans les côtes. « Si vous m'y obligez, je vous abattrai sur place. »

Mason semblait déterminé. Hannah le voyait à son expression butée. Il allait la tuer, ça ne faisait aucun doute, mais elle pouvait gagner du temps. Si elle coopérait et acceptait de le suivre sur le plateau de télévision, elle trouverait peut-être un moyen de lui fausser compagnie.

« Vous avez gagné, Mason. Je me rends. »

Hannah n'avait pas envie de discuter avec un pistolet pointé sur elle. En descendant les marches, elle aperçut la caisse que P. K. avait laissée sur la plus haute. S'il la trouvait au même endroit en revenant tout à l'heure, il l'emporterait dans la cuisine et arriverait peut-être à temps pour la sauver.

« Qu'est-ce que c'est ? » fit Mason en donnant un coup de pied dedans.

Hannah savait que mentir ne ferait que l'irriter davantage.

« C'est la caisse où je range mes ingrédients.

— Prenez-la, ordonna-t-il avant de se raviser. Non. Posez-la. Qu'y a-t-il à l'intérieur ?

— Du beurre, du sucre, des œufs, de la mélasse, de la farine, du bicarbonate de soude et des épices, énuméra Hannah.

— Prenez-la », redit Mason.

En la soulevant, Hannah regarda à travers le couvercle transparent et, à son grand dam, vit que Lisa avait rangé tous les ingrédients dans des récipients en plastique, même la bouteille de mélasse qu'elle aurait éventuellement pu écraser sur la tête de Mason. On n'assommait pas quelqu'un avec une boîte Tupperware.

« Allez, avancez. »

Mason la poussa en se servant du pistolet qu'il venait de glisser dans sa poche. Elle se faisait l'effet d'une condamnée à mort marchant vers le lieu de son supplice. Soudain, elle se rappela que Herb montait la garde à l'entrée de la salle. En le voyant, elle lui adresserait un signal discret en forme d'appel au secours. Ou alors une phrase codée ? Mais quoi exactement ? Mason ouvrit la porte donnant dans le hall de l'auditorium et la fit entrer de force.

Herb n'était pas là. En apercevant sa chaise vide, le peu qu'il lui restait d'optimisme tomba au fond de ses chaussettes. Elle aurait dû s'y attendre. Mason avait tout prévu. Il s'était débarrassé de lui sous un prétexte quelconque, comme il l'avait fait avec P. K.

« C'est une mauvaise idée, Mason », articula-t-elle sur un ton qui se voulait raisonnable.

Elle devait à tout prix le distraire, retarder au maximum l'instant où il mettrait ses menaces à exécution. P. K. pouvait revenir, ou bien Herb. Mike pouvait apprendre par Lisa qu'elle était ici et la rejoindre. M. Purvis pouvait venir vérifier l'état de son parquet. En fait, des tas de gens pouvaient surgir à tout moment. Mais si elle était morte, cela ne servirait plus à rien.

« Bien au contraire. C'est une excellente idée. Et j'ai fait en sorte que personne ne nous dérange. »

Mason désigna une feuille placardée sur la porte de l'auditorium. *PLATEAU FERMÉ – INTERDICTION D'ENTRER* y était écrit en caractères d'imprimerie. En dessous, quelques lignes tracées par Mason lui-même : *Hannah – j'ai une réunion de service à 16 h 45. Rejoignez-moi au car régie à 17 heures.*

« Quand ils trouveront votre cadavre, ils penseront que vous êtes entrée ici pour déposer vos affaires, que le tueur vous a suivie et abattue au milieu du décor », expliqua Mason, visiblement fier de lui.

Le cerveau engourdi par la peur, Hannah devait faire de gros efforts pour rester concentrée. Mason ne la tuerait pas si elle trouvait le moyen de l'en empêcher.

« Vous n'avez aucune chance, Mason. Ils vous soupçonneront si vous n'apparaissez pas à la réunion de service.

— J'y serai. Il n'est que 16 h 35. J'ai encore dix minutes devant moi, et vous tuer ne m'en prendra qu'une ou deux. Ouvrez la porte, Hannah. Je n'ai pas que ça à faire. »

Hannah hésita. Devait-elle se retourner brusquement et frapper la main qui tenait le pistolet avec la caisse à ingrédients ? Non, elle ne serait jamais aussi rapide que l'index du tueur posé sur la détente. De guerre lasse, elle ouvrit la porte, pénétra dans la grande salle et se dirigea vers la scène.

« Grimpez, ordonna Mason en la poussant de nouveau avec le canon de son arme. Je vous suis, n'ayez crainte. »

Hannah monta sur le plateau et marcha vers la cuisine

construite pour les besoins du tournage, celle qu'elle avait utilisée au cours des trois jours précédents. Rudy avait oublié sa petite caméra sur le plan de travail. En la voyant, une idée lui vint. Mason finirait peut-être par la tuer, mais elle le coincerait quand même. S'il y avait une cassette dans la caméra et si la batterie était chargée, elle filmerait la scène et laisserait derrière elle la preuve de son crime.

« Oups ! » Hannah feignit de trébucher sur un gros câble qui traînait sur le sol et pour se rattraper au comptoir lâcha la caisse qui s'ouvrit et se renversa par terre. Par réflexe, Mason baissa les yeux deux secondes, le temps nécessaire pour qu'elle appuie sur la touche d'enregistrement. Puis elle se redressa, l'air de rien.

« Ramassez ce bazar. Dépêchons », hurla Mason.

Hannah s'agenouilla docilement et remit tout en place. En attrapant la farine, elle se rappela que son arrière-grand-mère Elsa en versait dans un bol le soir avant de se coucher et qu'elle mettait ce bol sur sa table de chevet au cas où un cambrioleur s'introduirait chez elle, l'idée étant d'aveugler le malandrin en lui jetant une poignée de farine dans les yeux. Elsa n'avait jamais eu l'occasion de tester son invention, mais en tant qu'arme de défense, c'était mieux que rien.

Jugeant qu'une poignée de farine ne pesait pas grand-chose face à un pistolet, Hannah plaça tout de même la boîte au-dessus des autres en se disant qu'elle servirait peut-être en dernier recours. Pour l'instant, l'essentiel consistait à faire parler son agresseur. Mais ce n'était pas gagné.

« J'ai une question, Mason.

— Laquelle ? »

Il lui fit signe de poser la caisse sur le comptoir près de l'évier. En s'exécutant, elle réussit à détacher le couvercle de la boîte contenant la farine.

« Aviez-vous l'intention de tuer le coach Watson ? demanda-t-elle en se retournant vers lui.

— Si j'avais eu l'intention de le tuer je serais venu chez lui armé. À la base, je voulais juste qu'il renonce à suspendre Craig, ajouta-t-il en fronçant les sourcils.

— Mais s'il s'agit d'une dispute ayant mal tourné, pourquoi vous n'avez pas tout avoué à la police ? Vous auriez pu plaider la légitime défense.

— J'aurais dû leur dire pourquoi on s'était battus, et ça, c'était hors de question. Une fois que Craig aura été accepté dans une université de renom, sa carrière sportive sera toute tracée. Mais si les recruteurs apprennent qu'il se dope aux stéroïdes, il pourra dire adieu à sa bourse et il ne passera jamais professionnel.

— Les candidats ne sont pas censés subir des tests urinaires avant leur admission ? »

Hannah glissa une main dans son dos, saisit le paquet de farine et attendit le bon moment.

« Oui, mais ils n'y verront que du feu. Ces stéroïdes viennent d'être introduits sur le marché, et pour l'instant il n'existe aucun test adapté. Tout se serait passé comme sur des roulettes si Craig n'avait pas paniqué à cause de certains effets secondaires sans importance. Après tout ce que j'avais fait pour lui, il est allé pleurnicher auprès du coach Watson. »

Devant une telle accumulation d'ignominies, Hannah ne pouvait qu'être écœurée. Cet homme s'était procuré des stéroïdes, les avait administrés de force à son fils et avait ensuite liquidé l'entraîneur auprès duquel le gamin avait tenté d'obtenir de l'aide. Mais son écœurement, pour légitime qu'il fût, ne devait pas la détourner de son objectif principal : faire parler Mason.

« Lucy Richards était-elle au courant pour les stéroïdes ?

— Bien sûr que non. La fuite a été colmatée par la mort du coach Watson. »

Hannah frissonna. Elle n'avait jamais porté Boyd Watson dans son cœur, mais il s'agissait quand même d'un être humain, pas d'un tuyau qu'on rafistole pour éviter une inondation.

« Dans ce cas, pourquoi l'avoir tuée ?

— Elle prétendait posséder des photos de moi avec le coach Watson, s'esclaffa Mason. Je n'en reviens toujours pas qu'elle ait eu le toupet de me faire chanter. Vous vous rendez compte ? »

Hannah ignorait si cette question appelait une réponse, et si oui laquelle. Dans le doute, elle préféra renchérir.

« Ces photos, vous êtes sûr qu'elle les avait ?

— Qui sait ? Elle prétendait n'avoir pas eu le temps de développer la pellicule, mais elle était prête à me la vendre telle quelle.

— Mais vous n'avez pas marché dans la combine.

— Non. Les clés de son appartement et celles de sa voiture étaient sur le même trousseau. Je suis revenu le lendemain chercher le fameux rouleau.

— Pourquoi pas le jour même, après l'avoir tuée ? Entre-temps, quelqu'un aurait pu le trouver et le développer.

— Qui ça ? rétorqua Mason avec un sourire jusqu'aux oreilles. Lucy n'avait pas d'amis et personne ne lui rendait jamais visite. Je savais que nul ne s'inquiéterait de son absence avant plusieurs jours, ce qui me laissait le temps d'agir sans précipitation. En parlant de temps, le vôtre sera bientôt écoulé. »

Hannah chercha en vain une autre question à lui poser. Dans quelques secondes, il presserait la détente ; c'était ce qu'il avait prévu dès le départ.

« Vous voyez cette bâche ? dit Mason en pointant le plastique bleu qui recouvrait le sol. Je l'ai mise pour éviter de tacher ce beau parquet, sachant que Purvis y tient comme à la prunelle de ses yeux. C'est très prévenant de ma part, vous ne trouvez pas ? »

Hannah frissonna en imaginant les taches auxquelles Mason faisait allusion. Des taches de sang. *Son* sang. À court d'arguments, elle dit la première chose qui lui passa par la tête :

« Plus prévenant pour le parquet que pour Lisa. Songez au choc que ça va lui faire de me trouver morte.

— Qu'y puis-je ? fit-il en haussant les épaules. Je suis désolé pour elle. Lisa est une fille intelligente, je l'aime bien, mais je dois d'abord penser à l'audimat. »

Hannah se raidit. La colère enflait en elle. Ce type était un monstre. S'il y avait eu une arme à feu dans sa caisse à ingrédients, elle n'aurait pas hésité à lui mettre une balle entre les deux yeux. Mais pour toute arme, elle ne disposait que d'un kilo de farine.

« L'heure tourne, lâcha Mason en baissant les yeux sur sa montre. Fini les cookies de Hannah Swensen, largement surévalués soit dit en passant. Le moment est venu de... »

Hannah attendit qu'il relève la tête et lui jeta la farine au visage. Mason poussa un cri de surprise. Quand il porta les mains à ses yeux, elle se précipita sur lui et lui saisit le poignet droit.

Mason était costaud, mais la rage qui fusait dans les veines de Hannah décuplait ses forces. Cet homme avait drogué son fils au point de le rendre accro aux stéroïdes, il avait tué Boyd Watson et Lucy Richards, il comptait booster son audimat en filmant Lisa au moment où elle découvrirait le cadavre de son associée, et, par-dessus le marché, il avait osé dire que ses cookies étaient surévalués. Hannah ne savait lequel de ces crimes la révoltait le plus, tant la colère lui brouillait l'esprit.

Ils luttèrent pendant un temps qui lui parut interminable. Mason s'évertuait à récupérer son poignet pour retourner l'arme vers elle, mais Hannah, qui avait vu des tas de films policiers, connaissait les rudiments du combat de rue. Pliant brusquement le genou, elle le frappa à l'endroit le plus sensible de sa personne, et, profitant qu'il avait le souffle coupé, le repoussa en y mettant tout son poids. Et quand il fut devant la poignée du four, elle lui écrasa la main dessus.

Le visage de Mason vira au blanc. Comprenant qu'elle lui avait fait très mal, Hannah recommença. Une fois, deux fois, jusqu'à ce qu'elle entende un os craquer. Le pistolet s'envola et retomba à l'autre bout de la cuisine.

Mason s'écroula en hurlant et en se tenant le poignet, mais Hannah n'éprouvait aucune pitié. Le laissant se tordre par terre, elle alla ramasser l'arme, puis elle revint, le retourna sur le ventre d'un coup de pied et l'immobilisa en plantant son talon au creux de ses reins.

« Bouge et j'aurai l'immense plaisir de t'éclater la cervelle, beugla-t-elle.

— Hannah ! Tout va bien ? »

Hannah reconnut la voix de Mike. Elle leva les yeux. Bill était là aussi. Ils couraient vers elle dans la travée. Mais elle ne lâcherait pas ce pistolet, pas avant qu'ils l'aient rejointe.

« Hannah, ça va ? » Mike grimpa les marches et fut accueilli par un sourire radieux.

« Très bien. C'est lui qui a un problème, et un gros. Il a tué Boyd et Lucy. J'ai enregistré sa confession sur une cassette vidéo.

— Vous avez fait quoi ? demanda Mike.

— Je vous expliquerai. Mais d'abord, passez-lui les menottes et ôtez-le de ma vue avant que je ne fasse un malheur. »

Chapitre 25

Hannah roulait des boules de pâte et les posait dans le bol de sucre que Lisa lui tendait. Son calme apparent tenait au fait qu'elle était encore sous le choc. Elle avait vu la mort en face et n'avait dû son salut qu'à une méthode de self-défense à base de farine mise au point par son arrière-grand-mère. Mais pour l'instant, elle préférait ne pas trop y songer. Elle avait une chose plus urgente à faire : poser les boules de pâte enrobées de sucre sur des plaques de cuisson puis les mettre au four.

« Ça va ? chuchota Lisa en la regardant aligner les dernières puis les écraser délicatement pour qu'elles ne roulent pas lorsqu'elle les transporterait.

— Oui, très bien, répondit Hannah sur le même ton.

— Tu m'as l'air encore un peu chancelante. Je peux m'occuper des plaques, si tu veux.

— J'y arriverai. » Hannah sourit en songeant à la célèbre devise des gens de théâtre : *Le spectacle doit continuer.*

Ayant enfourné les croustillants à la mélasse, elle repéra du coin de l'œil la bande jaune que la police avait collée à l'entrée de la quatrième cuisine. Le shérif Grant avait accepté que la finale du concours ait lieu à condition que cette partie du décor soit interdite d'accès. Cela dit, comme il ne restait que trois candidats, les gagnants des mercredi, jeudi et vendredi précédents, cette cuisine n'aurait pas servi, de toute façon. Les traces de farine sur la bâche en plastique bleu étaient là pour lui rappeler qu'elle avait failli subir le même sort que Boyd et Lucy.

À cet instant, Hannah réalisa pleinement ce à quoi elle venait d'échapper. Cette révélation l'ébranla à tel point qu'elle dut se tenir au plan de travail. Et si elle n'avait pas réussi à ouvrir le couvercle du récipient contenant la farine ? Et si Mason avait décidé de l'abattre dans le car régie ? Et si... ?

Plus tard, s'ordonna-t-elle. Tu y penseras plus tard. Pour l'instant, tu t'occupes de tes cookies et tu n'oublies pas de sourire.

Devant la caméra, Wingo Jones donnait les résultats sportifs. Pour ce faire, il utilisait des mots empruntés au vocabulaire guerrier. Telle équipe avait vaincu, battu, écrasé, laminé, anéanti telle autre équipe, comme si le terrain de sport était un substitut au champ de bataille. Jetant un coup d'œil dans le public, Hannah vit sa mère assise à côté de Carrie Rhodes et, quelques rangées devant, Marge Beeseman près du père de Lisa. La bande jaune délimitant la scène de crime était invisible depuis la salle, si bien que personne ne pouvait deviner le drame qui s'était joué moins de deux heures auparavant dans la quatrième cuisine. Le bureau du shérif ne livrerait l'information que le lendemain matin. À la suite de quoi Hannah deviendrait une célébrité locale, bien malgré elle. Quitte à être célèbre, elle aurait préféré que ce soit pour ses cookies.

Après que le Dr Knight eut réduit sa fracture du poignet, Mason avait été placé en détention dans la prison du comté. Mike avait récupéré la vidéo enregistrée par la petite caméra de Rudy et l'avait classée parmi les pièces à conviction. Mason finirait certainement ses jours derrière les barreaux. La sonnerie du minuteur retentit à l'instant même où Rayne Phillips, M. Météo, se levait pour rejoindre son écran bleu. Hannah retira les plaques du four et les posa devant Lisa qui les transféra sur l'échelle pâtissière pour qu'elles refroidissent. Elle était pile dans les temps. Il ne lui restait plus qu'à distribuer les cookies aux présentateurs du journal et à coiffer sa casquette de juré pour la dernière épreuve du concours. Ensuite, une fois son devoir accompli, elle pourrait enfin souffler, cette journée parfaitement exécrable étant bel et bien terminée.

Hannah regarda Rayne Phillips agiter les bras en promettant des températures négatives et d'occasionnelles chutes de neige. Rien que de très normal. Il faisait très froid en hiver dans le Minnesota. Et il neigeait la plupart du temps.

Lisa se rapprocha de Hannah pour la réconforter d'une petite tape dans le dos.

« Tu es un héros, Hannah. Sans toi, ils n'auraient jamais coincé Mason.

— Une héroïne », la corrigea Hannah.

Mis à part sa faute d'accord, Lisa avait totalement raison : si elle n'avait pas découvert les photos du meurtre de

Boyd avant que Mason mette la main dessus, la pellicule compromettante aurait été détruite comme les autres.

Pendant qu'en fond sonore Rayne Phillips annonçait qu'International Falls méritait encore une fois le titre de « ville la plus froide du pays », Hannah passa en revue les différents indices qu'Andrea et elle-même avaient rassemblés au fil de leur enquête. Le troisième véhicule, par exemple. Mme Kalick n'en avait parlé ni à Bill ni à Mike, mais Andrea avait réussi à lui soutirer ce renseignement. Même chose pour le coup de fil que Boyd avait reçu peu avant sa mort ; Danielle n'avait pas cru utile d'en informer la police. Quant à Norman, au lieu de porter plainte contre Lucy pour extorsion, il avait choisi de se confier à Hannah, sachant qu'elle ne divulguerait pas son secret. Pareil pour le rendez-vous dont Boyd avait informé Gil Surma, mais dont ce dernier s'était bien gardé de parler aux policiers.

En fait, c'était par pur hasard que Mike et Bill avaient débarqué à temps pour la sauver. Hannah les ayant mis sur la bonne piste en leur montrant les photos de Lucy et en leur rapportant les paroles de Gil Surma au sujet des stéroïdes, ils avaient passé la matinée à interroger les joueurs des Gulls. Et quand l'un d'entre eux avait fait allusion aux énormes progrès accomplis par Craig durant l'été, ils s'étaient rendus au lycée dans l'intention de recueillir l'avis de son père. En voyant le break de Hannah garé près du car régie, ils étaient entrés dans l'auditorium pour lui demander si elle avait vu Mason. À n'en point douter, Mike et Bill auraient fini par arrêter le coupable, mais les deux sœurs leur avaient considérablement facilité la tâche en faisant apparaître des éléments clés.

« Tout va bien ? redemanda Lisa.

— Tout va bien », répondit Hannah avec un grand sourire.

Heureusement qu'elle avait *interféré* dans cette enquête. Si elle s'en était abstenue, comme Mike le lui avait conseillé, Mason continuerait à faire pression sur son fils pour qu'il se dope au risque de compromettre sa santé et son avenir.

« C'est le moment », dit Lisa.

Rudy leur faisait signe. Ce soir-là, c'était lui qui dirigeait les opérations sur le plateau pendant que le régisseur occupait la place de Mason dans le car régie.

Hannah prit l'assiette de croustillants à la mélasse et fit un clin d'œil à Lisa. Elle avait retrouvé son allant et se sentait prête à tenir son rôle. Et si jamais Dee-Dee Hughes, la diva des régimes, mettait encore son grain de sel, elle prévoyait de dire à l'antenne qu'elle avait trouvé une boîte de chocolats fourrés à moitié vide dans sa loge.

Épilogue

Il y avait un monde fou à l'auberge de Lake Eden. La dernière fête, celle qui célébrait la fin du concours des farines Hartland, promettait de rester dans les mémoires comme une immense réussite. La lauréate trônait à la table d'honneur, placée au centre de la salle. C'était la créatrice des tartes au citron, celle qui avait gagné le premier soir. Quelques heures auparavant, tous les jurés sans exception avaient choisi de distinguer son ultime réalisation, une appétissante tarte aux pommes, comme la meilleure qu'ils aient jamais goûtée.

Au tout début de la réception, M. Hart avait pris la parole pour annoncer qu'il comptait installer définitivement son concours dans la bonne ville de Lake Eden, puis s'était retranché au fond de la salle avec le maire Bascomb et Rod Metcalf, sans doute pour discuter stratégie publicitaire et retombées financières.

Claire Rodgers était attablée avec le révérend Knudson et sa grand-mère. Peu avant, Hannah lui avait discrètement remis une enveloppe contenant les tirages dont Lucy s'était servie pour la faire chanter, ainsi que les négatifs correspondants. Le fait que Claire ait choisi de s'asseoir avec ces deux personnes qui ne brillaient pas par la finesse de leur conversation était peut-être une pénitence qu'elle s'infligeait. Pourtant, elle paraissait heureuse et plus détendue qu'elle ne l'avait été depuis des mois. Hannah en conclut que son histoire avec le maire était terminée.

M. et Mme Avery avaient choisi de se mêler aux autres candidats. Hannah leur avait rendu l'argent soutiré par Lucy, de même que les photos compromettantes. Mme Avery avait dit son intention de reverser la somme à une œuvre de charité, et M. Avery n'avait pas objecté. Rassurée, Hannah avait vu la femme tapoter gentiment la main du mari, signe qu'il était pardonné. Il y avait fort à parier que M. Avery ne referait plus ce genre d'erreur.

Danielle se reposait toujours à l'hôpital. Hannah était passée la voir avant de se rendre à l'auberge, et ensemble elles avaient déchiré la photo prise par Lucy puis jeté les morceaux dans les toilettes. Le comportement de Boyd ne serait jamais rendu public, sauf si un jour Danielle décidait d'en parler, ce dont Hannah doutait fort. Sa mort avait fait de lui un genre d'icône pour ses élèves, et, de toute façon, les secrets honteux avaient souvent tendance à se retourner contre la personne qui les divulguait.

Assise seule à une table de quatre, Hannah attendait le retour de Mike et de Norman, partis remplir leurs assiettes. Sally s'était encore surpassée, et les plats qui garnissaient le buffet avaient l'air plus succulents les uns que les autres. Pour patienter, Hannah croqua un morceau de sa dernière création, une pâtisserie baptisée « Barreaux au chocolat des alpages ». Il s'agissait d'une variante de ses célèbres barreaux au citron, recette qu'elle avait inventée quelques mois auparavant pour fêter la résolution d'une précédente affaire de meurtre. Les barreaux au chocolat, qu'elle avait rapidement confectionnés en début de soirée dans la cuisine de l'auberge, resteraient pour leur part associés à l'arrestation de Mason Kimball. Conjuguant biscuit moelleux et glaçage au chocolat noir, ils étaient si bons qu'elle avait décidé de les ajouter à la liste des spécialités du Cookie Jar.

Hannah observait d'un œil amusé les deux hommes qui riaient en puisant dans un plat de *lasagna verde*. Ils étaient si différents l'un de l'autre. Mike aurait pu tenir le rôle du séducteur dans une comédie romantique. Norman, lui, n'avait rien d'un jeune premier, mais sa pondération, sa solidité compensaient son manque de sex-appeal ; sa calvitie naissante elle-même n'était pas pour lui déplaire. Tandis que le charme ravageur de Mike provoquait en elle des réflexes purement sensuels, Norman et son léger embonpoint lui donnaient envie de se blottir, comme une enfant cherche le réconfort auprès de son ours en peluche. Si elle avait eu une baguette magique, elle les aurait fondus l'un dans l'autre et réalisé le souhait le plus cher de sa mère en épousant enfin l'homme idéal.

Lisa passa devant elle, tenant une assiette à dessert désespérément vide.

« Coucou, Hannah ! Papa et Mme Beeseman m'ont demandé de leur rapporter quelques barreaux. Mais je constate qu'il n'y en a plus.

— Si, va voir dans la cuisine. J'en ai fait une deuxième fournée. »

Lisa s'éloigna. Hannah reprit une gorgée de vin. Mike

avait commandé cette bouteille pour la remercier de les avoir aidés à épingler Mason Kimball. Hannah savait que c'était un grand cru et qu'il valait très cher, mais elle préférait son cubi de pseudo-chardonnay.

Herb s'arrêta devant sa table. Il semblait perdu.

« Où est Lisa ? Son père va bientôt danser avec ma mère et je suis sûr qu'elle ne voudrait pas manquer ça.

— Elle revient dans une minute. Elle est allée chercher des barreaux dans la cuisine. » Et avant qu'il s'échappe, elle lui posa la main sur le bras. « Assieds-toi un instant, Herb. J'ai besoin d'un service. » Elle attendit qu'il s'installe pour lui glisser à l'oreille : « Tu participes toujours à ces week-ends entre cow-boys ?

— Je n'en rate pas un. Pourquoi ?

— Je voudrais me former au maniement des armes. Tu pourrais m'apprendre ?

— Avec plaisir. Il y a un pas de tir dans mon club. Je t'y emmènerai un dimanche. Tu prévois d'acheter une arme de défense ?

— Pas exactement. » Hannah regarda autour d'elle mais personne n'écoutait. « Lisa t'a dit que j'ai immobilisé Mason avec son propre pistolet ?

— Oui.

— Eh bien, voilà le problème. Je sais tirer au fusil. Grâce à mon père. Mais devant ce pistolet… je…

— Tu t'es retrouvée démunie.

— Exact. Bien sûr, je savais où se trouvait la détente. Je ne suis pas stupide. Mais j'ignorais si je devais faire un truc avant d'appuyer dessus.

— Je te montrerai ma collection d'armes pour que tu te familiarises avec les différents modèles. Dès que tu connaîtras les bases, tu te sentiras plus à l'aise. Lisa a suivi mes cours et elle s'est classée deuxième lors du dernier concours.

— Tant mieux pour elle. »

Hannah esquissa un sourire. Décidément, Lisa possédait des talents insoupçonnés.

Quand Herb fut parti, Norman la rejoignit et se mit à lui expliquer le fonctionnement du logiciel qu'il avait installé sur son ordinateur. Mike les surprit alors qu'ils parlaient avec animation de leur maison idéale.

« Asseyez-vous, Mike, lui dit Hannah avant de répondre à la question que Norman venait de lui poser. Non, d'après moi, on aura besoin d'au moins trois salles de bains. Une dans la suite parentale, une au premier pour les enfants et une au rez-de-chaussée pour les invités.

— Et un cabinet de toilette au sous-sol, près de la salle de jeu. On pourrait le mettre sous l'escalier, qu'en pensez-vous ?

— Riche idée », acquiesça-t-elle. Puis elle se tourna vers Mike qui la regardait d'un air sidéré. « Oui, qu'y a-t-il ?

— Vous allez acheter une maison avec lui ?

— Nous concevons une maison ensemble. Nuance », se contenta de répondre Norman.

Hannah les dévisagea l'un après l'autre pour tenter de déchiffrer leurs expressions respectives. Chez Norman, elle décela du triomphe, chez Mike de l'inquiétude. Ce dernier ressemblait un peu au fermier qui, entrant dans son écurie en pleine nuit, tombe sur un voleur s'apprêtant à lui ravir sa meilleure jument.

Hannah avait bien conscience qu'une explication s'imposait, ne serait-ce que pour lever tout malentendu, mais elle se sentait extrêmement lasse. Elle avait échappé de peu à la mort quelques heures auparavant, et, face à cela, les chamailleries de ces deux messieurs lui paraissaient bien futiles.

« Auriez-vous oublié de me dire une chose, Norman ? attaqua Mike, bille en tête.

— Pas vraiment, non. Et vous, Mike ? »

Hannah décida de couper court. Andrea aurait su comment gérer cette situation, mais elle n'était pas comme sa sœur, et, en plus, les hommes jaloux l'insupportaient. Elle recula donc sa chaise et, se redressant de toute sa hauteur, lança à la cantonade :

« Désolée, je dois partir. Quelqu'un m'attend dans mon lit. »

Mike la regarda, éberlué. Norman lui-même parut choqué. Devant leur stupeur muette, Hannah sentit monter un fou rire.

« On peut savoir qui ? finit par demander Norman.

— Oui, qui ? » insista Mike, pas content du tout.

Hannah fut tentée de leur répondre comme une gamine espiègle : « Vous n'avez qu'à deviner », mais préféra s'en abstenir. Le fait qu'elle les ait transformés en collégiens bredouillants n'impliquait pas qu'elle s'abaisse à leur niveau. Aussi se borna-t-elle à sourire avant de tourner les talons. Mais bientôt rattrapée par sa conscience, elle fit volte-face et lâcha sur un ton narquois :

« Moshe. Qui d'autre ? »

Sur ces mots, elle quitta la salle à grandes enjambées, effectuant une sortie digne de Katharine Hepburn, son actrice fétiche.

Barreaux au chocolat des alpages

Préchauffer le four à 175 °C, grille en position médiane.

1 tasse de beurre ramolli (2 plaquettes, ½ livre)
½ tasse de sucre glace (dont vous aurez retiré les éventuels grumeaux)
½ cuillerée à thé de sel
2 tasses de farine (inutile de tamiser)

4 œufs battus (à la fourchette)
1 tasse de beurre fondu puis refroidi à température ambiante (2 plaquettes, ½ livre)
1 tasse de sucre blanc
1 tasse de levure chimique
¼ cuillerée à café de sel
½ tasse de farine (inutile de tamiser)
2 ½ tasses de pépites de chocolat (les mesurer AVANT qu'elles fondent)
⅓ tasse de sucre glace (amylacé) à saupoudrer sur la préparation

PREMIÈRE ÉTAPE : battre le beurre avec la ½ tasse de sucre glace et le sel. Ajouter la farine, bien mélanger. Étaler la pâte (avec les mains) dans un moule à gâteau standard (20 x 30) préalablement graissé.

Cuire à 175 °C pendant 15 minutes. La pâte doit être bien dorée. Retirer du four (sans l'éteindre !).

SECONDE ÉTAPE : mélanger les œufs battus avec le beurre fondu et le sucre. Ajouter la levure chimique, le sel, la farine, et mélanger soigneusement. (En cas de fatigue, prendre un batteur à main.)

Faire fondre les pépites de chocolat au bain-marie sur vos plaques de cuisson ou dans le four. À moins que vous ne préfériez les passer 3 minutes au micro-ondes réglé au maximum. (N'oubliez pas de remuer – les pépites ont tendance à garder leur forme, même fondues.)

Ajouter ce chocolat fondu dans votre bol et malaxer longuement.

Verser le mélange obtenu sur la pâte que vous venez de cuire en inclinant le moule de sorte que la couche soit égale sur toute la surface. Enfourner et laisser cuire encore 25 minutes. Sortir le moule et saupoudrer de sucre glace.

Quand le gâteau est à température ambiante, coupez-le en morceaux rectangulaires de la taille d'un brownie que vous mettrez ensuite au frigo. (Ils deviennent fermes lorsqu'ils sont froids.)

Andrea dit qu'ils sont tellement nourrissants qu'on ne peut pas en manger plus d'un (mais je l'ai vue en avaler trois d'affilée pendant la fête de clôture).

Index des recettes

Conversion des volumes

États-Unis	**France**
½ cuillerée à thé	2 millilitres
1 cuillerée à thé	5 millilitres
1 cuillerée à soupe	15 millilitres
¼ tasse	50 millilitres
⅓ tasse	75 millilitres
½ tasse	125 millilitres
¾ tasse	175 millilitres
1 tasse	250 millilitres

MIXTE
Papier issu de sources responsables
FSC® C003309

L'éditeur de cet ouvrage s'engage dans une démarche de certification FSC® qui contribue à la préservation des forêts pour les générations futures.

Pour en savoir plus :
www.editis.com/engagement-rse/

Achevé d'imprimer en juillet 2022
par Normandie Roto Impression s.a.s. à Lonrai
N° d'impression : 2203881

Imprimé en France